ことのは文庫

夢かうつつの雪魚堂

紙雪の舞う百鬼夜行

世津路 章

JN103047

MICRO MAGAZINE

雪魚堂

SETSUNADO

―目次―

CONTENTS

夢かうつつの雪魚堂

紙雪の舞う百鬼夜行

いえ、此度の一件に関して手前は当然働きかけてなどおらぬわけです。

ご承知おきのとおり、贖罪ひとつとったところとて数えるのも倦むほどの年月を要するつまらぬ紙魚の分際にございますれば、かように美事なる御縁の綾を如何にして差配することなど叶いましょうや。

しかしながら、みこころうつしの逸品を御前に奉呈するに際しまして、各々が生まれるに至った顛末を奏上しますくらいであれば、この非才の身にも赦されましょう。

ええ、ええ、彼女の目を借りるのが一等上策と存じます。

迷い子のようにあどけない目であの真景繚乱百鬼夜行を見つめていた彼女——

白銀の紙雪を、情焔のほとばしりを、妖怪達がめいめい自由に振る舞う様を、

ただ単純に、

愛した彼女——

あれが、おわり。

〝ふつう〟に子ども時代を経(へ)て、
〝ふつう〟に成人し、
〝ふつう〟に社会に出、
〝ふつう〟に挫折(ざせつ)せども、
〝ふつう〟に立ち上がり、
〝ふつう〟にもがき、あがき、みうしない——

そんな〝ふつう〟尽くしの二五年間を生きてきた彼女の、
〝ふつう〟三昧の人生の、あれがおわりでございました。

そしてそのすべては彼女が手前どもの紙問屋、
あの雪魚堂(せつなどう)の敷居(しきい)をまたいだことに端(たん)を発します——

目録ノ壱　泪鹿の子、蓑亀に七福神の宝物

　またまた『書類選考結果のお知らせ』なるお祈りメールがやってきた。

　カフェスタンドでたっぷり三〇分ほど放心したのち、成海（なるみ）は予定どおりなんとか二社分の応募書類を整え、郵便局で出した。既に時刻は一四時を回っている。

　中天を過ぎたとはいえ夏の日差しは相も変わらず猛烈で、とぼとぼと通りを歩いているだけで、汗が滴り落ちてくる。長居した埋め合わせにカフェスタンドでテイクアウトしたアイスコーヒーの氷も、見事に溶けてしまっていた。

　そんなだから、タートルネックが首元に張りつき、剥きだした二の腕からは絶え間なく汗が揮発し、速乾性が売りだから買ったレギンスパンツでさえ着替えたいほど蒸れている。長い黒髪を一本にまとめてうなじでお団子にしているのだって、今すぐほどいて冷たいシャワーを浴びたい。また振り出しに戻ったという無力感ごと、洗い流してしまいたい。

　猪瀬（いのせ）成海、二五歳。

　現在絶賛転職活動中だが、まったく芽が出ないままひと月が経過した。

（ウケる……学生時代（むかし）はあんなメール、百来ても平気だったのに）

本当なら、書類の投函は午前中早々に済ます予定だった。その後はいつもの立ち食いうどん屋で軽く昼を済ませ、別のカフェに入って資格勉強するつもりだったのだ。しかし、昼間着信したメールにすべて持って行かれてしまった。『貴殿の益々のご活躍を祈念しております』で結ばれる、慈悲のかけらもない不採用のご連絡だ。

はあ、とため息を吐きそうになって、ぐっと呑みこむ。とりあえず水分を補給しようと、足を早めた。カフェスタンドが点在するオフィスビル群を抜け、人形町甘酒横丁を突っ切ると、青々とした木々の立ち並ぶのが見えてくる。人形町と浜町を区切るように細く長く連なる、浜町緑道だ。成海は外出したあと、たいていこの緑道をゆっくり歩きながら居候している祖母の家へと帰っていく。

その昔、小学校の夏休みに祖父母宅へ預けられていたときから、この辺りも随分と様変わりした。日本橋浜町・人形町・蛎殻町・中洲と、華やかなエリアに囲まれる糊ノ木町は、ここだけポツンと取り残されたようにいまだ下町の風情を湛えている。しかし、ふと天を仰ぐと、すぐ近くにある高層のオフィスビルやビジネスホテルの威容が視界の端に留まり、なんともちぐはぐな感じがして、成海はそのたび居心地悪く思っていた。

それでも、この緑道のベンチに腰を下ろし、目を閉じて、風に揺れる木々のざわめきにそっと耳を傾けているときだけは、不思議と心が落ち着くのだ。まだ子どもだったあの頃に、祖母と祖父の真ん中で手をつながれ、散歩した記憶がよみがえるからかもしれない。

だが今日は、それすらも遠かった。

むせ返るような炎天下、うまくいかない転職活動――それは幼い日の優しい思い出より、ここ数年の挫折の日々を強く想起させる。また、あの時分に逆戻り――結局自分は一歩も前に進めない、いつまでたっても無力な子どものまま――

(――だめ)

ぴしゃん、と成海は頬を叩く。

(そんな弱音吐いたって、現実は一ミリも変わらない。前に進め、猪瀬成海！)

テイクアウトしたアイスコーヒーを一気に飲み干す。くず箱に空のカップを捨て、そのまま早足で緑道を抜けた。隅田川（すみだがわ）に続く新大橋通り（しんおおはしどお）りを渡り、居候している祖母宅――和菓子の晴海屋（はるみ）を目指す。

しかし、細い通りに入って少ししたとき、ふと迷いが過（よぎ）った。

(戻るにはちょっと、早い時間なんだよなぁ。どうしよ……店手伝うって言ってもばあちゃん嫌がるし。家事すらさせてくんないし。かといって、今日はもう作業できる気がしないし……隅田川の河川敷でも、ぶらぶらするかなぁ)

そして一度新大橋通りへと戻ろうとして、ハタと立ち止まる。

「……ここ、どこ？」

ぽろりと本音を零（こぼ）すと同時に、成海は自身の失敗を悟った。上の空で歩いていたので、ものの見事に迷子になったのだ。

糊ノ木町は今でこそひっそりとした住宅地だが、その昔職人街だった名残で、狭い区画に重なるように休業した問屋や工房が軒を連ねている。ひとつひとつの通りが細く、似た曲がり角ばかりでまちがいやすいのだ。新参者の成海は、いつも帰るときは「新大橋通りから三つ目の筋を右に一、二つ目を左、四つ目を右！」と呪文のように胸の中で唱えながら晴海屋ののれんを目指すのだが、今日はそれを失念していた。

二五歳にもなって迷子になったという不甲斐なさを堪えながら、成海は再び歩き出す。とりあえず大通りを目指すが——角を曲がれば、曲がるほど、行きあたるのは馴染みのない路地。次第に、どこか知らないところを歩いているような、奇怪な不安がこみ上げてくる。

（そ、そんなことある？　あたし、方向音痴の気はあるけど……ばあちゃん家に住み始めて一か月は経つんだし、ご近所に見憶えがないってのは、さすがにおかしくない……？）

そうしてかれこれ一五分以上、成海はさまよい歩いた。既に夕刻に向けて太陽は傾いていたが、アスファルトからはいまだ熱気が立ち上り、身体中から汗が噴き出してくる。

鞄からハンカチを取り出したはずみで、地図アプリを頼ればいいのだとようやく気づくも、頭がぼんやりしてうまく働かない。

（だめ……とりあえず、どこか、日陰を探して……）

すると火照った頬を涼やかな風がひとつ、なでていった。

（きもちいい……こっちから……？）

すぐ左手に薄暗い路地裏があり、風はそちらから吹いている。

ふらり、と中に足を踏み入れると、ひんやりとした心地よさが成海を包み込んだ。少しず

つ、熱を持った身体が鎮まっていく。ホッと胸をなで下ろしたそのとき、

——しゃん……

軽やかな鈴の音が、路地裏の奥から聞こえた。

(なんだろ、今の……)

なんとなく惹かれて、成海は奥へと歩みを進める。

路地の奥のどん詰まりは、開けた空間になっていた。だからだろうか、それまでの薄暗さからは幾分明るくなっていて、その中に現われた光景にしばし唖然とする。

鎮守の森と見紛うほどに、広壮と生い茂った木々——しかしその中央に佇むのは社ではなく、二階建ての堂々たる日本家屋だ。規模は小さいものの丁寧にしつらえられた前栽もあり、白々と敷かれた玉石の上に、玄関口に向かって飛び石が並べられてある。

(な、なんか随分立派だけど……ばあちゃん家の近所に、こんなところがあったんだ。看板もある……あ、もしかして今流行りの古民家カフェ、とか？)

なら中で冷たい飲み物でも、と成海は飛び石の上を進んでいく。一〇を数える頃には入り口に辿りつき、その上に掲げられた看板をまじまじと眺めた。黒檀と思しき重厚な造りの看板には、たいそう卓抜した筆致でただ三文字、こう書かれている。

雪魚堂、と。

（なんて読むんだろ……ゆき、の、さかな？　あれ、そんな漢字の魚っていなかったっけ）

思い出そうとしたがパッと浮かばず、成海は鞄の中からスマートフォンをひっぱり出す。しかし画面上に出てきたのは検索結果ではなく、通信不良を告げるエラーだった。

（あれ、なんでだろ……建物に囲まれてるから電波悪いのかな？　糊ノ木って東京の、しかも日本橋にあるクセに、こーゆートコあるよなぁ……）

などと悪態を吐いていると、いきなり目の前の引き戸が、ガララッと開く。成海はビクつくも、なんてことはない、内側から誰かが開けたのだ。しかし現われたのは、古民家カフェを経営していそうなリタイア後の老夫婦でも、新進気鋭の若手経営者でもなく、

「……」

ひどく大人しそうな、幼い少年だった。

全体の印象として、とにかく、黒い子どもだ。ざんばらな髪も、長い前髪に隠れがちの眠たげな目も、日に焼けた肌も、着ている甚兵衛も、暗い色――というより、火に炙られたように煤けてみえる。成海の腰ほどもない背丈から小学校低学年くらいかと思われるが、その体躯の細さはどこか不安を感じさせた。

「こ、……こんにち、は？」

スマートフォンを尻ポケットに突っ込みつつ、成海は挨拶する。

少年は聞こえなかったのか、そろり、そろりと、視線をさまよわせるばかりだ。奇妙に思いつつ、成海は再び話しかけてみる。

「あの、あなたはここの家の子？　ここは、お店屋さんですか？」

「………………」

「え、えーっと……あたし、喉が渇いちゃって……もしここがカフェだったら、中で休ませて、ほしいんです、けど……」

成海が喋りかけている間にも、少年は黒の双眸をぼんやりとそこここに遊ばせていた。聞こえていないのか、敢えて無視しているのか……そのどちらともわからず、成海が休憩を諦めてその場を辞そうとした、そのとき。

「………………」

少年はやはり何も言わず、ふらついた足取りで中に戻っていった。

戸は、開いたままだ。

（……とりあえず、中には入っていいのかな？）

表通りで待っている灼熱のアスファルトを思うと、引き返す気がみるみる失せていく。カフェじゃないにしても、涼しげな店内で時間を潰して日暮れを待つのは一興だ。

「そ、それじゃあ……おじゃまします」

成海は一歩、店の中へと踏み出した。そのとたん、スッと鼻先を独特の香が掠める。

爽やかで、シンと心身の芯が透きとおるようで——胸がじんと熱くなるような懐かしさが、ある。不思議なその匂いの正体が何なのか、成海は興味をそそられてそろりと店内に視線をめぐらせた。

（これは……木？　だけど、ほんのり甘い感じもするような……）

建物の中は外観から予期していたよりずっと広い。夕暮れ時のほの明るい空間に、陳列された棚の数々が静かに佇んでいる。それらは抽斗付きで、中にはきっと商品が入っているのだろうが、勝手に触るのは躊躇われた。派手なディスプレイはなく、なぜか店の奥の片隅に追いやられている赤い壺や、窓辺におかれている安楽椅子など、コンセプトがいまひとつ判然としない。

（っていうか、目が疲れてるのかな？　なんか視界がブレてよく見えないや）

困惑しつつ壁際に視点を転じて、成海は思わずほうっと吐息を零す。

（絵、というより、紙？　色んな柄の紙が、見本みたいに貼ってあるんだ）

額縁などはなく、裸のまま並べられたその有様は、思い出の中からぽっかり浮かんできたような親しみを感じさせた。いずれも彩り豊かに、創意工夫に溢れた意匠のもと形作られたものだ。それらの柄や色彩を言い表す語彙を持たない自分に肩を落としつつ、ふと既視感を抱いた。

前にも、そんなことがあった――そう、幼い頃。祖父が折に触れて買い与えてくれた千代紙。見ているだけで別世界を廻るかのような心地になって、折って形を作るのも、大切なものを包むのも、文をしたためる便せんにするのも、とにかく楽しかった憶えがある。この色はなんという名前で、この柄はどんな由来があるか……祖父は優しく話してくれた。

しかしそれも、遠き日のこと――感傷に口許を歪めながら、成海はじっと眺める。

（あの千代紙みたいに……ううん、あれよりもっと、もっと、きれい――）

しばしそうして立ち尽くしていたが、

ガタンっ、

と大きな物音がして成海は我に返った。

音の原因は、先ほど引き戸を開けてくれた少年だ。安楽椅子に座ろうとして失敗したのか、その手前でこけている。

「あなた、大丈夫っ?!」

「…………」

成海は少年に駆け寄り、異状がないかしゃがみ込んで確かめようとした。しかし、やはり少年の視線は茫洋としていて、倒れたまま、両の手で探るように床を叩いている。その様子を見て、成海はひとつの仮説に行き当たった。

（もしかして、見えてないの？　音も、聞こえてないんじゃ……）

ごくりと喉を鳴らしたものの、すぐ気を取り直す。なんにせよ、今この少年は起き上がれずに難儀しているのだ。なら、なすべきことは決まっている。

「……大丈夫、ほら、あたしに掴まって。ゆっくり、起きようね」

安心させるために、まずそっと肩に手を添えた。彼が驚いたり嫌がったりしていないのを確認してから、その背を軽くなでるように叩く。それから反対側の手を彼と床の間に滑りこませ、注意しながら力を込めた。言葉どおり、ゆっくりと少年の身体を起こしていく。

抵抗はなかったのですんなりと済み、目立った外傷もないように見える。一安心して成海が手を離そうとしたとき、

「………」

少年の左手が、弱く成海の右手に触れた。なんでか、成海は泣きそうになった。だけどそのぶん、思い切り――彼には見えてないのかもしれないが、それでも――笑って見せながら、その小さな手を優しく握り返す。

「大丈夫。ここに、いるよ」

その言の葉が、届いたのか――

一瞬、少年のうつろな両の眼が成海を捉えた気がした、

「カナ、どうかしたのかい？」

そのとき、誰かがそう言った。

成海が見遣ると――居住部にでもつながっているのだろうか――閉じられていた奥の襖（ふすま）をカラリと開けて、ひょろりとした男が出てくる……や否や、わざとらしく口許に手をやり、

「あいやー……こりゃまたおジャマだったかしらん？」

「は?! え、いや、誤解です誤解っ！　やましいことは何もっ……これは、たまたまっ」

ブンブンと頭を振って否定する成海に、襖の座敷から出てきた男は下駄をつっかけ、かん

らかんらと笑いながら近づいてきた。成海より頭二つぶんは上背があるが、棒切れのような体躯なので威圧感はない。ない、のだが……

「あっはっは！　なぁに、出逢い頭の小粋なジョークってヤツだよ。おいらだってお嬢さんがこんな明るいうちから男児誘拐を目論む不届き千万な無法者だなんて本気で思っちゃあいないさ。いやいや、最初の三秒ぐらいはほんのちょっぴり小指の爪の先っちょほどには思ったけど、そりゃそうりゃそれで、ご愛嬌ってことでひとつ」

　どっちなんですか！　とツッコみかけたのを、成海はすんでのところで呑みこんだ。よくよく見て、この男の得体の知れなさをはっきり認識したからだ。

　縦縞のくたびれた着流し姿……というのは、まだ納得がいった。最近では、普段着として和服を愛用する男性もいると耳にする。だが目の前のこの男——いまいち年齢がはっきりしないが、四〇歳前後だろうか——が奇異なところは他にもあって、ぼうぼうに生えたのを後ろでひとつに結わえただけの蓬髪がものの見事に真っ白で、しかし総白髪というにはしっとりとした艶があるのだ。

　さらに輪をかけて珍妙なのが、

（大きな黒レンズの丸眼鏡って……ちょっと露骨に不審すぎない……？）

　偏見は百も承知で、成海はそう思わずにはいられなかった。アーティストなどが洒落た造形の丸いサングラスをかけているのは雑誌で見たことがあったが、あれはあれで本人たちのポリシーに基づいたチョイスなのだと理解できる。しかしこの男の場合、着流しも、白の蓬髪も、目許をすっぽり隠す丸い黒眼鏡も、何かよからぬものを隠すために取ってつけたような雰囲気が滲み出ていた。適当なことをのんべんだらりと垂れ流すその弁舌も相まり、直截的に言って、胡散臭いことこの上ない。

（……もしかしなくても怪しいツボ買わされる流れ！　よし、帰ろう!!）

思い立ったが吉日、と成海は立ち上がろうとした……が、握ったままだった少年の左手がもそりと動いた気がして、躊躇いが生まれる。ここにいるよ、と声をかけた直後に立ち去るのは、良心にもとるように思えたのだ。だが、

「ああ、それなら心配には及ばないさ」

と、見透かしたように男が言ってのけるので、成海は口から心臓が飛び出そうになった。

「な、なっ、なんのことで、」

「そいつを置いてここを去るのに罪悪感があるんだろう？」

バスの時刻表を見て次の便の時刻を教えるかのような気安さで、男は続ける。

「なら心配する必要はないってことさ。だってそいつは何もわかっちゃいないんだから」

「……へ？」

予想もしない話の流れに、成海はきょとんとした。

男は道化のように大仰に口を動かしながら、わらべ歌でも唄うように言う。

「そいつはね、何もわかっちゃいないんだよ。お嬢さんがここに来たのも、そこにいるのも、自分がこけたのも、それをお嬢さんが助けてくれたのも、何ひとつわかっちゃいないのさ。

だからお嬢さんがここからこのまま去ってしまったとして、不平不満不服不承その他一切の異議申し立てを唱えることはない。だからね、お嬢さんはなんら憂うことなくここから去っていいいんだよ」

「……あの、ちょっと、なんのことだかよくわからないんですけど」

「うん？　そうかい？　いけないいなぁ、おいらすごぅく噛み砕いてお伝えした所存なんだけど……どのへんがお嬢さんの理解を頂けなかったかよろしければご教示願えるかしらん？」

「…………こちらこそ物わかりがほんっっっっっっっっとうに悪くて申し訳ないんですが、もう一度詳しく聞かせて頂けます？」

小馬鹿にされている——カチン、とスイッチが入った成海の頭から、退却という選択肢がすっぽり抜け落ちた。

「この子が何もわかっていない……？　そんなわけないでしょ！　戸を開けて、外にいるあたしを中に入れてくれたのは他でもないこの、……えぇっと、」

「名前ならカナだけれど」

「そうカナくん……可愛らしいお名前ですね？」

「そういう感想を狙ってないわけでもございませんが、まったくもってシンプルイズベストに、〝仮〟の〝名〟前で〝カナ〟。本名は絶賛募集中なのでご応募お待ちしております」

「はあ？　……いや、もうとりあえず話進めますけどっ！　ともかくですね、カナくんが親切にも、熱中症寸前のあたしをこの店の中にいれてくれたわけです！　それなのに、この子が何もわかってないなんて、理屈がとおってないでしょ?!」

「そうかなぁ？　カナはお嬢さんに『中にお入り』なんて言葉をかけたかい？　なぁかけたのかい、カナ？」

　男に訊ねられても、成海の腕の中にいる少年——カナは何も答えない。

　それどころか、眠気を催しているのかうつらうつらと舟を漕いでいる。成海はこれまでの勢いを失して口ごもった。確かにカナは戸を開けただけで、入っていいとは言っていない。

「それは、その、勝手に入ったのは謝りますけどっ！」

「ああ別にいいんだよそんなことは」

　これまたケラケラと男は笑う。

「ここは入りたくない人以外は誰でも入っていいトコだから、そんなことで咎めようなんてケチなことは言わないさ。もしカナがお嬢さんにセールストークのひとつもけしかけて誑し込んだっていうなら、急いで赤飯炊いてバースデーケーキ買ってこなきゃって心が一足先にキャッキャウフフしただけなので、どうぞ何卒お気になさらず♡」

「はぁ、どうも……じゃなくて！　あ〜も〜っ、話を引っ掻き回さないでくださいっ！　なんで怒ってんのかわからなくなってきちゃったじゃないですか！」

「うふふ、それはお嬢さん、こういうことじゃないかしらん」

　男はぽんと手を打った。

「つまり、ここにいるカナ少年はまったきひとつの生命たる個にして尊厳と権利を保障されるべき人間であるにも拘らず、やれこの得体の知れない男がしたり顔で『こいつには何もわからない』などと戯言をほざき彼の意志を軽々と嘲笑う——そのような不埒に、お嬢さんの胸中で義憤が火を噴き上げたと、まぁ顛末としては斯様なところでいかがでござんしょ？」

「〜〜〜〜〜〜〜〜っ!!!　そーですっ、かよーなところざ、ん、すっ!!!」

講談師のように滑らかな男の口調が気に喰わないが、まったくもってそのとおりなので成海としては立つ瀬がない。見当ちがいなことでも混ざり込んでいれば反撃できるのに！　と彼女が歯噛みしている傍で男がいきなり——今度は大笑いし始めた。

「いやぁ、あっはっは!!　おもしろいねぇ、お嬢さん！　ああ愉快や愉快、久しぶりだねこんな気分になったのは!!」

腹を抱えながら今にも転げそうな勢いで身体を揺らし、自分の笑い声で喘ぎ苦しんでいる。いきなりそんな狂態を見せつけられて、成海のボルテージは一気に鎮火した。

（……いったい、なんなの、このひと）

二秒ほど真剣に考えようとしたが、止めた。多分一生わかり合えない類の存在だ。今度こそ成海はこの店を出ることにした。どこか後ろめたい想いもあったが、現状自分には何もできそうにない……そう言い聞かせて、少年の手をそっと放して立ち上がったとき、

「あ、あのう……ここって、入ってもいいんですか……？」

開きっぱなしだった戸口で、誰かが気弱にそう言った。リクルートスーツに身を包み、黒く染めた髪を後ろでまとめた女子就活生が、おどおどと店内を覗いている。

止めといたほうがいいですよ、と成海が言うより先に、

「どうぞどうぞ！　みこころのまま思うまま、お気の済むまでご随意に！」

と男が快諾したので、就活生は少しホッとした顔で入ってきた。

「よかった……道に迷っちゃったんですけど、スマホも通じないし、外は暑くて……」

「うふふ、よござんすよござんす。うちは常世(とこよ)現世(うつしよ)三千世界と全国津々浦々から選りすぐりの逸品を揃えた紙問屋、紙を用いた小物類も豊富に備えております。きっとお客さんのお気に召す一品も……ほら、摩訶不思議な紙でこさえたこれなるブックカバーなどいかが？　今は無地ですが直に貴女色に染まりますよ」

「え？　えっと、私、最近そんな本読んでないから……」

「そうですか、でしたらこの……」

就活生は曖昧に笑って穏便に流そうとしていたが、少し離れて聞いていた成海にはわかる。あんな怪しい男からは紙一枚だって買いたくない。

というかここは紙の問屋だったのか、とか、自分にはあんなまともな接客しなかったじゃないか、とか、考えれば考えるほどムカつきがぶり返してくるので、もう何も考えず、就活生がヤツの興味を惹いていてくれている間に退出することにする——が、

「ちょいとお待ちを、お嬢さん」

聞こえないふりをして去ればよかったのだが、それはなんだか——そう、負けた気になるので、止むを得ず成海は肩越しに振り返った。

「……まだ、なにか？」

「あらやだ剣呑！　ご来店の記念にこれをどーぞってだけですよ！」

はい、と男が差し出してきたので、しぶしぶ受け取る。

どうせ変なものだろう、という予想とは裏腹に、それは至極まっとうな、紙の栞だった。

「いやはや、ご遠慮は結構！」

訊かれる前に、またも男は話し出している。

「あちらのお客さんにも渡しましたし、お越しになったすべてのお客さんにお渡ししているものなのでね。ああ、無論お代も結構郭公亀の甲！　ただ、さみしいとき、つらいとき、くるしいとき、せつないとき、心が燃えてどうにもならないとき——この栞を見て思い出しておくれ。今日という二度とないこの日に、お嬢さんがこの店に訪れたというそのことを」

「……その肝心のお店の名前、なんて読むのかわからないんですけど」

成海はツンケンと言ったつもりだったが、やっぱり男はからりと笑って、

「これはとんだ失礼をば！　これなる紙問屋は名を雪魚堂、己等は店主名代・魚ノ丞と発します！　よろしくどうぞ、ごひいきに」

と、ようやくそこで自己紹介をしたのだった。

それからどうやって祖母宅に戻ったのか、成海はよく憶えていない。

気づいたら、いつの間にか晴海屋の見慣れたのれんの前にいたのだ。

閉店のためののれんを下げに来た祖母の菜穂海が、

「……えらく汗だくじゃないか、夕飯前にとっとと風呂に入っておいで」

と勧めてくれたのでとりあえず従うことにした。しかしシャワーを浴びて、着替えて、夕食のために居間でちゃぶ台の前に座った今でも、成海はなんだかキツネにつままれたような気持ちが拭えない。

「……あの、すみませんお嬢さん、お山に合いませんでしたか？」

「えっ?!　ま、まさか、とんでもない！」

隣に座っていた毅一が心配そうに覗き込んでくるので、成海はブンブンと頭を振った。

「毅一さんの料理、毎日おいしくて……あたし、ここに来てから食べ過ぎて太っちゃったから気をつけなきゃなって思ってるくらいです！」

「フン、だったらそんな辛気臭い顔してるんじゃないよ」

向かいに座っていた菜穂海が、成海の小鉢から里芋の煮っ転がしをひとつ見事な箸さばきでかっさらっていく。

「あぁっ?!　ばあちゃんそれっ、せっかく最後まで取ってたのに！」

「もたくさしているおまえが悪い」

七〇を過ぎているのに祖母の動作は機敏で、小柄な身体に似合わず威風堂々とした雰囲気を醸している。それは度重なる不景気にも負けず店を守り続けてきた経験が織りなすものだが、しかし一方で、時折こんな子ども染みた真似もする。居候を始めてから幾度となくすきなおかずをかっさらわれるので成海も注意していたのだが、今日は気が抜けていた。

孫からせしめた里芋を涼しい表情で咀嚼して、菜穂海は薄い唇を開く。

「……ふむ、毅一、なかなかよく煮えてるね」

「恐れ入ります、師匠」

「でも鮭は皮が焦げていたよ。気をつけな」

「はっ、はい！」

ぱあっと顔を輝かせる毅一に、成海はいつものことながら思う。褒められたときより注意されたときのほうが生き生きしてみえるのは、タフだからなのか、はたまたマゾだからなのか、いったいどっちなんだろうと。

山田毅一は、この晴海屋で働いてもう一〇年以上になる和菓子職人だ。菜穂海とともに店を営んでいた祖父が亡くなった後にやってきた。最初は通いだったらしいが、ひとりで不便している菜穂海の助けをしているうちに、住み込むようになったという。

今では店で出す和菓子のほとんどは毅一の手に成るものだ。それでも本人は「いえ、師匠にはまだ及びません」と謙虚に日々の仕事をこなしていく。まだ三十路の青年が真摯に和菓子作りに勤しむ姿はご近所のマダムたち（平均年齢七五）にも好評で、晴海屋の売上の四割は彼女たちの日参によるものだと成海は試算している。

（まぁ、毅一さんは、ばあちゃんとの和菓子修行しか眼中にない感じだけど……）

苦笑しながら、成海は味噌汁をすすった。

おいしい。

いりこ出汁にナスの風味がよく混ざり合って、全身に沁みわたる味わいだ。里芋の煮っ転がしも、菜の花のからし和えも、菜穂海にはダメだしされていた焼き鮭だって、ひとつひとつ手を抜くことなく丁寧に調理されているのがわかる。

これを毎日、朝昼晩と献立を変え、毅一がひとりで作っている。

（うう、おいしい……こんな文句なしにおいしいご飯出されたら、三食コンビニで済ませてたあたしなんて出る幕ないんだよなぁ……）

それだけに留まらず、洗濯も掃除も風呂沸かしも、この家の用事はぜんぶ彼が晴海屋の仕事の合間を縫って回しているのだ。本人が「師匠に教えて頂くのですから、弟子がやるのが当然です」と言ってのけるのを聞いたときは、江戸時代にでもタイムスリップしたのかと思ったものである。おかげで居候の成海は家の中ですらなんの仕事にもありつけず、外に出て転職活動に勤しむしかないのだった。

（くやしいけどおいしい……うらめしいけどおいしい……！　歩き回って汗ダラダラだったから、余計塩分が沁みる……あ、そうだ）

料理のおいしさが一周回って恨みに転じる前に、成海は気持ちを切り替える。

「ねえ、この近所に雪魚堂ってお店……前からあった？」

「……」

「せつなどう、ですか？」

菜穂海は少し目を瞠ったようだったが、そのまま箸を動かし食事を続ける。祖母は興味のある話題にしか乗ってこないのを知っているので、成海は毅一に向けて続けた。

「そうそう、あたしも最初見たとき古民家カフェかなんかだと思ったんですけど、紙問屋ですって。すごく立派な日本家屋でね、周りに木なんかもしっかり植わってて……でも小学生の頃この家に遊びに来たときはなかったし、最近できたのかなって思って」

「うーん、自分も知らないですね……そんな目立つ店ができたなら、ご常連たちが何かしら噂してるはずですけど、聞いたこともありません」

「えっ、ホントですか？」

「はい、お役に立てなくて申し訳ないですが……」

「ああ、いえ、全然！　でもそっか、毅一さんでも知らないってなると……」

実は、成海もうすうす感じていた。自分は、白昼夢でも見たのではないかと。糊ノ木に生まれ育った毅一が知らないのだと聞いて、その思いはますます深まる。

（やっぱり、あれは幻覚？　……でも、それにしては……やけに生々しかったんだよなぁ）

例えば、店の中に一歩踏み入れたときのあの香り。

整然と並べられて静かに時を待つ棚の数々。

壁に貼られた色とりどり柄とりどりの千代紙。

それから、カナという名の不思議な少年と――

（……思い出しただけでムカついてきた。会ってものの一〇分でこれだけ悪印象残せるって逆にすごいな、あの魚ノ丞ってひと）

いやいや、大したものではござんせんよ――丸い黒眼鏡をかけたあの顔が陽気に笑っているのがポンと頭の中に浮かんできたので、振り払うように成海は夕食をかきこんだ。

それから一階の厨房に降りて自分の食器を洗うと（本当は後片付けぐらいぜんぶやりたいのだが毅一がやらせてくれないのだ）、居間で食後のお茶をしているふたりにおやすみと声をかけて、屋根裏への梯子（はしご）階段を上る。

一階が店舗部分と厨房、二階は居間と祖母と毅一の部屋に風呂・トイレがあって、成海は屋根裏の納戸に厄介になっている。前職を辞めるや否や即座に社宅を追い出され途方に暮れていた彼女には、この上ない天国だ。

だが日中の熱気がこもっている今は釜茹で地獄になっているので、東西の窓を開け放し、扇風機で風をとおす。ダメ押しのうちわでパタパタと扇ぎながら、眉根を寄せた。

（あづい……これじゃまだ寝られないなぁ。荷物の整理して、明日の準備でもするか……）

トートバッグを持って窓辺に座り、微かにそよぐ夜風に当たりながら鞄の中身を引っ張り出す。企業研究と自己分析用のノート、資格勉強のためのテキストと、白紙の履歴書に求人票、ノートパソコン――それらを並べているとき、何かがひらりと宙に舞った。

（あっ――この栞、あの店でもらった……）

床に落ちたそれを、そっと抓んで眼前にかざした。

淡雪を敷き詰めたように真っ白な紙片――

上部には小さく穴が開けられて、銀色の細いリボンが結ばれていた。そこから視線を下ろしていくと、指で抓んでいる辺りに何か文字が書いてある。なんとなく、書いてある言葉はわかっていたが、成海はそっと親指をずらして確かめた。

（――〝雪魚堂〟。やっぱり、本当に、存在してた……？　でも毅一さんの言ったとおり、あんな目立つ店ならご近所で話題にならないわけがないし……あー、わかんないっ！　やめやめ、こーいうときは何考えてもムダ。メールチェックして早めに寝ちゃお）

成海はトートバッグに手を突っ込む。が、残っていたのは筆記具のケースと細々としたものをまとめたポーチくらいで、お目当てのスマートフォンはない。

（あ、そっか……確かパンツのポケットに入れたんだっけ？　脱衣所で落としたかな）

納戸に置かれた掛け時計を見ると、二二時前だった。今日の片付けや明日の仕込みを終えた毅一が、ようやく風呂に入っている頃合いだ。大事を取って、たっぷり三〇分以上待ってから成海は脱衣所へと下りた。そこで無事スマートフォンを見つけて――

「……ない」

事はそう上手く運ばなかった。

今日穿いたレギンスパンツの尻ポケットは見事スカ。どこかに滑り落ちたのかと脱衣所の隅から隅まで捜したのだが、目当てのものは出てこなかった。ガサゴソ音をさせているのを心配に思って覗きに来た毅一にも確認したが、彼も見かけなかったという。

一瞬、菜穂海にも訊こうかと思ったが、既に就寝しているはずだし、毅一と同じ答えが返ってくるだけだろうと想像がついた。

（……考えたくないけど、外で落とした……しか、ないか）

納戸に戻って一旦座り、深呼吸して気を落ち着ける。

（最後にスマホを触ったのはあの店……雪魚堂の前だったから、あそこが一番可能性高いよね。すっかり二三時過ぎだし、今行っても暗いから見つけられないかも。仕方ない、明日の朝早起きして涼しいうちに捜しに行けば、）

と段取りを決めかけた成海の脳裏に突如思い出された、ある事実。

（今日面接合否連絡くるんだったああああああああああ!!!）

文字どおり頭を抱え、成海はその場で激しくのた打ち回る。

（……そうじゃん！　そうじゃん、朝からずっと待ってたのになんで忘れてんの?!　ばかばか、あたしのばーーーーーーか!!!）

心の中で自分をボカスカ殴りつけるも、当然事態は改善しない。現実逃避もそこそこに、成海は再びどうするか考える。

（いや、でもさっき決めたとおり……もう真っ暗だし、捜しに行ったところで見つかるかどうか……それに連絡が来てても、返事するのは明日になるし……）

やはり、最善は明朝出かけることだ。今出たところで、無駄骨になることは成海自身理解している。だが、それでも割り切れない。

(転職活動始めて一か月、二〇社以上応募して、やっと面接まで進んだ一社。もし、落ちていたら……)

ぶるり、と全身に走る悪寒に、思わず二の腕に爪を立てた。

(やっぱだめ！　結果見るまで絶対寝られない！)

散歩用のパーカーとスパッツに手早く着替え、祖母や毅一を起こさないように注意して、二階の裏口から静かに外へ出た。ブリキの階段を下り、通りへ駆け出そうとしたところで、

しゃんっ——

……聞き憶えのある音に、成海は足を止める。

(あれ？　今の、どこかで——……)

どこから響いたのか探ろうとして視線を左右させたが、何か白いものが視界を過り、ふと空を仰いで——あんぐりと口を開いた。

しゃん、しゃんと、重なり響く鈴の音とともに、雪が、舞い散っている。

白銀というに相応しいその淡いかけらに一時見惚れ、しかし成海はハッと我に返った。

(雪が降るなんて……ありえない、だって今、八月なのに……！)

南半球の国々ならそういう時季だろうが成海がいるのは北半球が極東の島国・日本で、北

海道なら前例もありそうなものの、ここはなにし負う東京は日本橋の片隅にある糊ノ木町だ。

連日最高気温を更新する天気予報にうんざりして、今日の日中も玉のような汗をしとどに流し、そのせいで珍妙な出来事に遭遇して――

（って、そうだ！　スマホ！）

目的を思い出した成海は、ともかく隅田川へ続く新大橋通りを目指す。あの謎の店に辿りついたのは、外から糊ノ木町へ帰ってきたときだった。正確な道順が思い出せない以上、まずは最初からなぞってみることにした。

だがその間にも、しゃん、しゃん、と鈴の音が、静かに、確かに、大きくなる――

白銀の雪はちらちらと舞い、惑わすように、あわく、やわく、まろい光を弾いている――

成海は落とし物に集中しようとしたが、この奇怪な現象を前にどうしても困惑を禁じ得なかった。ひとまず大通りまで出たものの、珍しく車のひとつも走っていない。荒くなった息を整えようと立ち止まり、またおかしなことに気がつく。

（空の色……もう真夜中だっていうのに、変だ……）

本来なら静かに宵闇の帳（とばり）を垂らしているはずの九天は、誰そ彼時（たかれとき）の緋と彼は誰時（かたれとき）の紫が織り交ざったようなほの明るさを灯し、見たことのない彩に染む。

その空を、ちらちらとあの銀の雪が降りしきる。以前テレビで見た北欧のオーロラ紀行にも似ていたが、あれよりもっと、現実味がない。

（……もしかして、あたしもう、寝ちゃってるとか？　スマホがないって夢の中で騒いでる

だけってオチなのかな）

一気に自分がバカらしくなって、成海は頭の芯がぼうっとするのを感じた。

ふと、虚空へ手を伸ばす。

（こんなにきれいなのも、夢だからか……そうだよね、こんなの現実なわけがない。だって現実って、もっと、）

と、雪がひとひら、成海の手の中に舞い降りた。

あ、と声が漏れるとともに、ぬくもりが伝わる。

（……あったかい？　雪なのに？　……あれ、ぜんぜん融けない。これって……）

もう一方の手で、雪片に触れる。融けない。

指先で抓む。消えない。

不思議に思って指の腹で軽くこすると、独特の滑らかな感触がした。

（これって……紙の、雪？）

しゃんっ――

ひときわ大きく鳴り渡った鈴の音に、成海は思わず頭を上げる。

その瞬間、固まった。

「あ～あ、ようやっと始まるよ」「長かった長かった、待ちくたびれた！」「ねぇ聞きました奥さん、あそこの洋菓子屋さん最近盛況だけど」「ノルマ、ノルマ、ノルマ……ああいやだ、いやだ、いやだ……」「えーっと、今回使うノート、どれだっけ」「おぅい、まだかい！　さっさと火を灯してくれったらよォ！」

突如、成海を取り囲むようにして立ち上った種々の団欒(だんらん)の声。

しかしそれは仕事終わりでハメを外した会社員たちでも、こんな夜更けに次なる天地を目指す飲んだくれどもでも、あるいは昼間思い切り観光を楽しんでホテルに帰る観光客のものでもなかった。では何かと言えば——ゴシゴシと両の眼を手のひらでこすって今一度よく辺りを眺め直した成海の眼には、こう映る。

一つ目小僧。

口裂け女。

一反木綿にろくろ首。

両腕にそれぞれ子泣き爺(じじい)と夜泣き婆(ばばあ)をぶら下げた天狗が、得意な顔で飛び回り。

化けネコと化けタヌキに化けキツネは、頭を突き合わせて井戸端会議中。

……パッと見て名前がわかるのはそのくらいだが。

他にも山盛りのリモコン類を片っ端からほおばっていく謎の生物だとか、何十本もの触手を垂らして宙に浮いている未知の球体だとか、巨大な足跡だけが地面にプリントされていく面妖な現象だとか、見れば見るほど思考活動を停止したくなる奇々怪々たるものどもが、成海を取り巻いていたのだ。

そう、俗にいう〝妖怪〟どもが。
（……なんだ、あたしやっぱもう布団に入って、夢の中にいるんだ――）
乾いた笑いとともに成海がそう納得しかけたとき、妖怪たちが一斉に天を仰いだ。夢とわかって気が緩んだ彼女もそれにつられて見上げ――

ひい
ふう
みい、と
そりゃそうりゃそれで
じゅうぶんさ

あの鈴の音に乗って、歌が聞こえてきた。

ひい　ふう　みい
ひい　ふう　みい、と、
かぞえつづけておだいじん
そりゃそうりゃそれで
うきよばらいにゃ　じゅうぶんさ

こんどはこちらに　おいでやおいで
さあさ　いっしょにあそびましょ

隅田川へと連なる四車線は、今や妖怪どもでひしめき合い、その頭上を、ゆっくりと壮麗な山車が宙に漂い泳ぎくる。

どんどんちきりん、どんちきりん――お囃子の音が次第に大きく、迫ってくる。

山車の上には人――少なくとも、姿かたちはそう見えた――の影がふたつ。物静かに腰かける少年と、陽気に小躍りしている男。唄を詠じているのは男のほうで、着流しの袂に突っ込んでいた手をパッと出し、宙に弧を描く。

すると、あの紙吹雪が勢いよく舞って、山車を囲う妖怪たちが待ってましたと言わんばかりに声を上げた。その歓声に迎えられたのは……

「雪魚堂の、魚ノ丞……っ、さん⁇!」

驚きが口から飛び出て、成海は慌てて手で塞ぐ。だが時既に遅く、呼ばれた男――魚ノ丞は歌うのを止め、山車の上から彼女の姿を見つけ出していた。

いかにも胡散臭い黒レンズの丸眼鏡をキラリと光らせ、彼は屈託なく笑ってみせる。

「やあや、昼間のお嬢さん！　いかにも己等、雪魚堂が五代目――」

と言葉が切れてわざとらしく渋面を作り、

「あれ、四代だっけ？　いや十代？　はたまた初代？　さりとて三代、いや八代?!　……まあよござんすよござんす、今宵は数のことなんざ、きれいさっぱり忘れましょう！」

　自分が言い出したくせに、なあなあと手を叩いてなかったことにした。

「こうしてせっかく廻りあそばしたご縁にありますれば、粋とイナセの限りを凝らし、この雪魚堂が名代・魚ノ丞——みこころ尽くしの一夜を約します！」

　そして身をくるりと回転させると、いつの間にかその腕の中には不思議な形をした琵琶があり——彼はなんら気負いなく遺憾なく躊躇いなく、バチを五弦に叩きつける。

「さあさ、どなた様もおこしませい！　今此処に生るは常現世のあわいに咲く、真景繚乱百鬼夜行が花道にござい！」

　それが合図だったのか、魚ノ丞の傍ら、座っていた小さい少年が立ち上がった。

　呆然としていた成海は、思わずアッと悲鳴を漏らす。

（カナくん?!　あぶないっ、あんな高いところで立ってちゃ——）

　しかし彼女の心配をよそに、少年——カナは、山車の上にしっかりと二本の足で立っていた。それから右手を口許に当て、まるで風船を膨らませるように大きく息を吐き出すと、

　ぶおぉうっ！


　と火焔が勢いよく口から飛び出す。

　その皓々たる激しさに総毛立って成海は言葉を失うも、周囲の妖怪たちはますます盛り上

がった。彼も彼女もそうでない者たちも、一斉に腕を上げる。その手――とかそれに相当すると思しき触手だとか前脚だとか尻尾だとかには、松明が握られていた。

カナは今も、その口から火炎を噴き出している。

それは宙に舞う紙吹雪と交わって白銀の光球となり、ふわり、ふわりと落ちていく。そうして妖怪たちの持つ松明に灯り、そこここに燈火の光が溢れた。しかしその放つ光輝は白色ばかりではない。

嘆くような紫色、恥じらうような薄紅色、燻るような焦茶色、いじましいような萌黄色――様々な感情を喚起する、微細な彩。銘々の情動を湛えた焔を掲げ、妖怪たちは意気揚々と行進を始めた。

ひい
ふう
みい、と
そりゃそうりゃそれで
じゅうぶんさ

そぞろ歩いていく妖怪たちは口々に、それぞれのやり方で、唄い出す。

ひぃ　ふう　みぃ
ひぃ　ふう　みぃ、と、
かぞえつづけておだいじん
そりゃそうりゃそれで
うきよばらいにゃ　じゅうぶんさ
こんどはこちらに　おいでやおいで
さあさ　いっしょにあそびましょ

彼らに囲まれていた成海もなし崩しに歩いていく羽目になった。だんだんと驚きが麻痺してきて、少し落ち着いた頭の片隅である考えが過る。

（これって……百鬼夜行、ってやつ……？　でも、小さいときばあちゃんに読んでもらった話だと、もっとおどろおどろしかったような気がするけど……）

涙混じりだったり、金切り声だったり、音痴だったり、テンポがずれてたりと、妖怪たちの合唱はまるで統一感がない。

そういえば、ここにこぞっている妖怪たちはその姿かたちも、古今東西、文化すら問わず、これまたてんでばらばらだ。人を驚かせたり崇ったりするよりも、自分たちの行進のほうによほど執心しているようにすら感じる。

（……なんか、おっかしい）

思わず、成海はクスクス笑ってしまった。

世間一般に囁かれる妖怪像と、実際自分が出くわしたものとのギャップがひどく滑稽で、しかしなんだか、心地よい。これが夢かうつつかも定かでないが、そんなことはどうでもよくなっていた。

（こんな気持ちになったの、いつぶりだっけな……ふふっ）

そうして歩きながらひとりで笑っている彼女の隣で、

「へえ、お嬢さんそうやって笑うんだね」

と、聞き憶えのある声。

ふっと見遣って、成海ははっきり顔が強張るのがわかった。

「な、な、魚ノ丞、さん……?!」

「ええ、ええ、いかにもあなたの魚ノ丞でござんすよ」

そう軽薄な言葉を吐いてカラカラと笑うので、反射的に成海は眉根を寄せる。

だが魚ノ丞はどこ吹く風で首を傾げた。

「しかしはて……なんでお嬢さん、そのままなのかね？」

「は……？　なんのこと、ですか？」

「いやだって、この夜行においでになるお客さんがたはみーんな、」

魚ノ丞の言葉は、わあ、と突如立ち上ったどよめきに遮られた。成海が周囲を見渡すといつの間にかどの妖怪も立ち止まり、何かを避けるような仕草をしている。

「ああ、すみません！　すみません！　あっ、お願い踏んづけないで!!」

妖怪たちの間を縫って、着物姿の女がひとり、あっちへこっちへ駆けていく。大事なものを落としてしまったらしく、拾い集めているようだが、おかげで夜行が再開できない。不平の声が上がり始めた中、べべんっ！　と琵琶が掻き鳴らされる――魚ノ丞だ。

「皆々様方、今しばらくお着物の裾を押さえていてくだされよ――っそぉい！」

べべんっ、とまた魚ノ丞がバチで手早く絃を弾くと、辺りをたちまち疾風が駆け抜けた。

ごおうっ、と猛烈に吹き上げた風は、しかし妖怪たちの松明に灯った焔を消しはせず、ある特定のものだけを地面から拾って宙に浮かし上げる。それらを見て成海は度肝を抜かれた。

何を隠そう人の喉元から頭頂部にかけての部位……つまるところの生首が、ぽぽぽぽーんと合計五つ、冗談みたいな軽やかさで現われたのだから。

(ちょっとスプラッタは勘弁してよ!!!　……って、あれ？)

気が遠くなりかけるも、微かな違和感に踏みとどまる。そうこうしている間に魚ノ丞が、びょん、と琵琶をもうひとつ鳴らした。どこからともなく吹き抜けたつむじ風が五つの生首をさらって、ひとところに――元の持ち主であろう女の許へと運んでいく。

「ああっ、ご迷惑をおかけしました……！　よかった、ぜんぶ無事だ……！」

「いえいえ、この夜行の興行主として、当然の計らいをしたまででござんす」

魚ノ丞がスタスタ歩いていくので、違和感の正体を確かめるべく成海もついていった。そろりと彼の背後から覗き込んで、確信を得る。

（あ、やっぱり……あの生首、マネキンだったんだ）

首から血が滴っていなかったのでもしや、と思ったが、正解だった。Ｒ－15指定な展開を避けられて成海はホッと一息吐いたのだが、

「ホントすみません……私、どんくさくって」

と言う女の首から上がないので、またも凍りついた。

そんな成海をよそに、魚ノ丞はカラカラ軟派に女へ笑いかける。

「何を仰いますやら！　それも貴女がお持ちの魅力のうちでありましょう？」

「あはは、どうかなぁ……親からも友人からも、疎まれてるように思います」

女はマネキン頭のひとつを両手に持つと、自分の肩と肩の間にスポッとはめ込んで、きゅっきゅと位置を調整した。確かにはめ込まれているのを確認してから、女は残りのマネキン頭を手持ちの巾着にひとつずつ詰め込んでいく。

明らかに双方の体積は釣り合っていないのだが、押し込まれたマネキン頭は大人しくひとつずつ巾着の中へと収納された。すべてしまいこんでから、女は立ち上がる。

「だからこうやって幾つか〝顔〟を用意してるんですけど、だめですね、うっかり落としてしまうなんて……」

「そういうこともありますさ。それにしても、随分たくさんこさえたもんですね？」

「ええ、まぁ……でもだめです、まだまだ足りません、まだまだ……」

「ふうむ、そういうものですかいねぇ……案外、ほんものがひとつあれば事足りるので

は？」

女は動かないマネキンの口許から、

呆れたような、諦めたような、そんな苦笑をひとつもらして、

「ああ、だめですね――それは、求められていませんから」

その言葉とともに一礼し、百鬼夜行の灯りの届かぬ向こう側へと帰っていく。

見送った魚ノ丞が音頭を取って夜行はそろそろと再開されたが、成海は彼女の背の消えたあともまだしばらくその場にとどまっていた。

（……あの女の人の、マネキンの顔……）

違和感は、もうひとつあった。

記憶の隅に引っかかっていたのが、最後の最後でようやくわかった。

彼女の入れちがいで雪魚堂にやってきた、女子就活生――

マネキンの顔は、あの面差しとうりふたつだった。

❄

軽快と耳障りの両極を行き来する、馴染みのアラーム音で目が覚める。

枕元に手をやると、果たして定位置にそれはあった。ひっつかみ、画面をスワイプしてアラームを切って、自身の手の中にあるそれ――つまりスマートフォンを見て、成海は一気に

脱力する。

「…………………やーっぱ夢なんじゃーん…………………………」

朝、目覚めたばかりだというのに、徒労感が果てしない。

憶えている限りでは、確か落としたスマートフォンを捜して夜間外出し、そこで——いわゆる百鬼夜行などという、妄想極まる現象に遭遇した。そしてそれは、ものの見事に単なる妄想だったわけだ。ちょっと設定が仔細に富んだだけの。

すべてバカバカしくなって、起き上がる気力もない。そのままスマートフォンをいじって通知をチェックしていると、案の定お祈りメールが来ていて、余計やる気がなくなった。

(もういい……ここでこのまま干物になる……そしたら毅一さんがおいしく焼いて朝食に出してくれるだろうし、ちょっとはばあちゃんに恩返しもできるよね……)

などと三〇分ほど布団の上を思う存分ゴロゴロして逃避に勤しんだあと、頬をピシャピシャ叩いて気持ちを切り替える。

(進め。前に進め、猪瀬成海……！)

勢いよく起き上がり、二階に降りる。シャワーを浴びて寝汗を流すと、タイミングよく居間から味噌汁のいい匂いが漂ってきた。

玉子焼きに大根おろしを添えたシラス、それからしっとり焼き上がったタラの西京焼き(自家製である)と、本日も健康的な食事にありつける幸福に感謝しながら、菜穂海の「また職探しに出るってんじゃないだろうね」という鋭い眼差しをのらりくらりと成海は躱(かわ)す。

ぺろりと膳を平らげてから屋根裏に戻り、転職活動セットを持ってそそくさと家を出た。

前職でのオーバーワークが祟って入院し、なし崩しに退職。そして身体が回復して早々に転職活動を始めた孫を、菜穂海は褒めるどころか激怒した。昔、小学生の成海が採ってきた蝉をうっかり晴海屋の店内に放してしまったときだって、あんな怒られはしなかった。

心配はありがたい。しかし、無職でろくに家事手伝いすら任されない居候というのは、なんとも肩身が狭いものである。成海が間借りしている屋根裏は、猛暑も相まって昼間は殺人的な温度になるという事情も手伝い、住み始めてからこの一か月、彼女はたいてい外で過ごしている。

今日も、さっそく糊ノ木町から脱出して人形町のオフィス街方面へ赴き、チェーンのカフェスタンドを転々とするつもりだった。履歴書や職務経歴書の作成、企業分析、資格試験……成すべきタスクは山ほどある。面接を一回落としたところで、くよくよしている暇なんてないのだ——とよくよく自分に言い聞かせながら、ずんずん通りを歩いていく。

(……はずなのに、なんでかなぁ……)

新大橋通りへ出るつもりだったのに、気づけば成海は見憶えのある狭い通りに立っていた。すぐ右手にある薄暗い路地裏からは誘うように、涼しい風が一陣。

(……あーっ、もう!)

成海はガシガシ頭を掻いて、路地裏に踏み込んだ。最初は早足で、次第に焦れて駆け足で、奥から差しこむ光に向かい、飛び込むように進んでいく。

一つ目の飛び石で、立ち止まった。上がった息を整えつつ、眼前の光景を受け止める。

厳かに青葉を揺らす木々。その中央、深と佇む二階建ての日本家屋。

軒先に掲げた看板にある〝雪魚堂〟の店名と――

「やあや、お嬢さん。またお会いしたね」

開け放たれた戸口に佇む自称店主名代の魚ノ丞は、今日も胡散臭い黒いレンズの丸眼鏡をかけていた。


「あいにくとうちはカフェじゃあござんせんけど、せっかくこんな炎天下の中お越し頂いたんだ、冷たいお飲み物のひとつくらい喜んでお出ししますよ。麦茶とほうじ茶と水出し緑茶に珈琲それから季節限定で檸檬（レモン）水薄荷水冷やしあめと、せいぜいそのくらいの備えしかなくていささか恐縮ここに極まれりですが、さあさどれに致しましょ？」

「いえ、自分のボトル持ってるんで結構です」

ほとんどカフェじゃないかなんて意地でもツッコんでやるもんか、と口許をひん曲げつつ、招かれて成海は雪魚堂に足を踏み入れた。

そろりと店内を見回して、おや、と思う。昨日訪れたときと、明るさが変わりないように感じられる――夕暮れ時を間近に控えた、少し物憂い橙（だいだい）。特別な照明でも使っているのかと探るも見当たらず、代わりに別のものが目に留まる。

「……あっ、カナくん！」

窓際に置かれた安楽椅子の上、すうすうと安らかな寝息を立てる少年の姿に、成海は思わず声を上げた。慌てて口を押さえたが、カラカラと魚ノ丞が笑いを投げかける。

「大丈夫だよ、もとより聞こえちゃあいない。それに昨日は随分と吐き出したからね、久しぶりにぐっすり眠っているよ。晩まではまず起きないさ」

「……吐き出したって、あの――炎の、ことですか」

言いながら、成海はその荒唐無稽さに頭が痛むのを感じた。だが、それをはっきりさせたくて、わざわざ招きに応じたのだ。意を決し、魚ノ丞に向きなおる。

「昨日の晩の、あの――百鬼夜行？　は、なんなんですか？　プロジェクションマッピング……ですっけ、あと、えーっと、映画に使われてる特殊メイクとか、最新技術かなんかを使ったイベント？　それとも、まだあたしは夢の中にいて――この店も、あそこにいるカナくんも、それから……あなたも、ぜんぶあたしの頭の中の、幻か何かなんですか？」

「そうさなぁ……お嬢さんはどう思うんだい？」

「そりゃ、……こんなの、十中八九夢でしょ？　そうじゃなかったら、説明つかないじゃないですか」

「ふうむ、なるほどなるほど……しかしいいんじゃあないかね、説明なんぞつけなくたって」

「……は？」

ぱちくりとする成海に、魚ノ丞は袂から引っ張り出した扇子でぺんっと自分の頭を叩いた。

「お嬢さんは昨日この雪魚堂においでになった、これは実。その晩に奇怪極まる百鬼夜行の現場に出くわした、これも実。そこに集いしものたちは吃驚仰天混じりけ無しの妖怪変化どもで、しかしいささか現実味に乏しくにわかには信じがたい……なるほどこれも実。夢かうつつかと思い煩い惑った足が、今ひとたびこの紙問屋に辿りつき、素性の如何わしいみょうちきりんのへんちきりんのとんとんちきとお喋りしてる――これまた真っ赤で真っ青な、実！」

そしてパッと扇子を開き、パタパタ扇ぐ。

「つまるところそれで十分なんじゃあありませんかい？　これが夢かうつつかなんて瑣末お粗末！　お嬢さんがみこころに感じた不審不安困惑当惑感嘆驚嘆愉快期待、それこそまごうことなきまったき実！　これ以上の説明なんて、ヤボってもんだとおいらは思うがね？」

「…………」

「おや、ご納得頂けないかい？」

「どころか、何を言ってるのかこれっぽっちもわからないです。そういう、煙に巻くみたいな言い方しかできないんですか？」

と、さすがにこれは余計なひと言だったとすぐ気づき、成海は目を逸らした。包んだ物言いをすべきところでできなくて、これまで散々要らぬ反感・不興を買って生きてきたのだ。学校でもバイト先でも正論を叩きつけては煙たがられて、社会人になってようやく愛想笑いが身についた。それも、ちょっと頭に血が上ると途端にボロが出る——そんな自分に辟易しているのが、猪瀬成海だ。

だが魚ノ丞は一向に頓着してないようで、扇子を閉じたり開いたり遊ばせていた。

「ふ〜む、それならヤボを承知でもう少しばかり喋ろうか。お嬢さんが仰った〝あたしの頭の中の幻〟ってのはね、三分の一があたりで三分の一がはずれさ」

「……残りの三分の一は？」

「それを今からお話ししましょう」

ぱちんっと勢いよく扇子を閉じると、彼はその先端ですいと三本の線を引いて見せる。

「お嬢さん、三途の川ってご存じかい？」

「え？　ええ……人が死ぬ前に渡るっていう……」

「そうそう！　この雪魚堂はね、あれの兄弟姉妹みたいなもんなんだよ」

「……えっ?!」

全身をビクつかせる成海に、魚ノ丞はかんらと笑って続けた。

「そうそう怖がりなさんな！　三途の川は渡し賃を払っちゃうとほぼほぼクーリングオフ不可でまず帰ってこれないんだけど、あれはそういう場所だからね。その点はほら、うちはまた役割がちがうから」

「い、いったいどうちがうって言うんですか？」

「雪魚堂はね、常世と現世のはざかいにあって、それは三途さんと一緒なんだけど……まぁいわば、防波堤みたいなもんなんだよ。お嬢さんも今身を以て実感してると思うけど、こういうご時世になって、わりと簡単に人間が常現世を行き来できるようになっちゃったんだよね。昔はさぁ、神道さんとか仏教さんとか、あと大陸の西のほうだとあの十字架のね、なんかすんごい伝播したやつ！　ああいう、その土地土地のルールっていうかマナーっていうか心得っていうかお気持ちっていうか、まぁそんな感じの何かしらを皆様胸に携えて、順序を守って現世から常世にＩＮなさってたわけですよ」

「……ふわふわすぎでわかるようなわからないようなですが、とりあえず続けてください」

「でも最近の現世ってそういうの流行らないじゃない？　いや、おいらはそういう、昨日よりは今日、今日よりは明日、って古い仕来りに縛られず前人未到を更新せんとする皆様のこと素晴らしいなぁ〜尊いなぁ〜って思うんだけど、それはそれ、これはこれでね？　まだ現世でバリバリ現役なのになんの準備もなく常世に迷いこんじゃって、それこそよくわからないまま三途さんの舟に乗って行っちゃって、南無……っていう事例が近年後をたたなくなってきちゃったんだよね」

「……なんかものすごく怖い話な気がしてきましたが、続けてください」

「そういうわけで、天にましますお偉いさんがたが、どげんかせんといかんって号令かけて、いろいろ施策を打ち出して、その一環がこの雪魚堂と、こういうことなんでござんすよ」

「つまり……ここは人間がうっかりあの世に行くのを防ぐための場、と？」

「ご名答！」

「具体的には、どうやって？」

「そりゃお嬢さん、あれですよ……企業秘密ってことでひとつ」

へへっ、と魚ノ丞は口端をだらしなく緩ませた。成海はそれを見て、すっくと立ち上がる。

「……わかりました、ご説明ありがとうございます」

「ありゃ？　もうお帰りで？」

「ええ！　おかげさまでやっぱり自分が夢の中にいるっていうのが嫌ってほどはっきりしました！　帰って寝直します、今度はもう少しいい夢を見られるように願いながらねッ！」

「こりゃまた剣呑。でも今のお嬢さんならきっとまた、ここに来ると思うけどね」

「冗談……！　あたし、現実主義者なんです。こんな……トコヨ？　だの、ウッシヨ、だのっ、子どもっぽい嘘っぱちばっかの夢っ……あーもう、見てる自分が腹立たしいくらいっ！」

きゅっと踵を返し、成海は雪魚堂を出ようと歩き出した。

その背に、舞い落ちる葉ほどに軽い魚ノ丞の笑う声が投げかけられる。

「さぁて、嘘かな実かな？　その解は他ならぬお嬢さん自身が、一番ようくご存じだと思うけどね」

「なら答は嘘一択です、おじゃましました！　未来永劫さようならっ！」

肩越しに振り返ってベッと舌を出し、敷居を跨ごうとする。そこで、きゃっとか細い悲鳴と行き合い、成海は足を止めた。折悪くやってきた誰かにぶつかってしまったのだ。

「ごめんなさいっ、大丈夫……って、あなた、昨日の……！」

「え……？　あ、はい……昨日もこの店に来ました」

成海がぶつかったその人物……昨日彼女と入れちがいでやってきた女子就活生は、どこか茫然としながら呟くように返す。

「なんでだろ……今日は朝から説明会に行かなきゃいけないのに、気がついたら……なんで か、このお店の前にいて……」

思わず喉が鳴るのを成海は感じた。

これは夢だ、目の前にいるこの妙に生身っぽい人間だって昨日自分が見かけた人を無意識が引っ張り出してきているからで――あれ、でもこの子と会ったのは夢の中のはずのこの紙問屋で――結論の出ない堂々巡りに眩暈(めまい)を覚える彼女の後ろで、カランと魚ノ丞の下駄の音がした。

「言ったろう、お嬢さんの夢だっていうのは三分の一があたりで、三分の一がはずれ――残りの三分の一はご覧のとおり。そう、これは常現世のあわいに迷い込んだ、皆々様方で見ている夢なのさ。そして夢っていうのは見る者にとって、またひとつの現実でもある……」

そう言いながら彼は成海の隣に立って、新しい来客にうやうやしく一礼した。

「ようこそお越しになりました、雪魚堂へ。さぁさ、この店主名代の魚ノ丞めが、お客様のお話をとっくり伺いましょう」

結局、成海はなし崩しに雪魚堂に留まることになった。

店の奥、襖を開けて座敷との段差になっているところへ敷かれた座布団に、女子就活生と並んで腰かける。随分と喉が渇いて、マイボトルの中の麦茶を半分も飲み干してしまった。

一方、女子就活生——名前は草壁双葉（くさかべふたば）というそうだ——は魚ノ丞から出された檸檬水に、なんの疑いもなく口につけている。

双葉は都内の女子大に通っているごく普通の就活生らしいが、向かうべき就活説明会場ではなく、この謎多き紙問屋を訪れてしまった自分に、さほど戸惑いはないようだ。不思議には思っているが、成海のように強烈な違和感・拒否感を抱いていないのが窺える。

（なんか、大騒ぎしてるあたしがバカみたい……いーやっ、まちがってない！　あれっ、なんかヘンだなーって思ってたのを散々放置したツケで、前職じゃ身体壊したんだからっ！）

もう過ちを冒すまい、と心の中で彼女が固く決意している一方で、双葉を挟んで向こうに座っている魚ノ丞がゆるりと扇を扇いで口火を切った。

「しかし、これまた大変だねお客さん。こんな朝早くから出かけて職探しとは」

「あ、いえ、そんな……家にいても気まずいだけですし」

「と、仰ると？」

「父は私に興味がないし、母はこのままで大丈夫なのか、ちゃんと就職できるのかって聞いてくるばかりですし……妹なんか、『サークルの先輩はどの内定切るか悩んでるよ、お姉ちゃん本当に就活してる？』って。前まで大丈夫だよ、やってるよって、笑って流してたんですけど……最近、なんか……」

「ふうむ……まるで顔がマネキンにでもなったみたい？」

魚ノ丞がポンと言うと、双葉はびくりと肩を震わせた。

少し顔を俯かせ、ぽつりぽつりと零し始める。

「笑おうとしても、なんか……顔が引きつって……。面接でも言われました、『笑顔がぎこちない』、『そんなんで社会でやっていけるつもりか』、って……」

双葉はふいに、傍らに置いていた就活鞄の中から何か取り出して膝の上に広げる。

それは五冊のキャンパスノートで、いずれも使いこまれているのが見て取れた。

「いつも、面接に行くときはノート作るんです。その企業が求めている人材はどんなふうか、そこに自分はどう向いているのか……これこれこうだから、私は御社に貢献できると思いますってプレゼンできるように。でも、なんか、上手く伝わらなくて……逆に、そんなふうに言われちゃって……」

「ひどい……！」

成海は膝の上に揃えていた両手で思わず拳を握った。

「そんなの、気にする必要ないですよ！　逆です、逆。そんな会社、落ちてよかったんです！」

きっぱりとした彼女の否定に、双葉は礼を告げるように口角を持ち上げる――その微笑みを見て、成海はぎくりと背筋が強張るのを感じた。

——マネキンの、ようだった。

昨晩のあの百鬼夜行で見たあの笑みだった。

「お客さん、どーして仕事探してるんで？」

見計らったかのようなタイミングで、風のように軽く魚ノ丞がそう言う。双葉はそこで、先ほどまでぼんやりとさせていた表情に、わずかにだが焦燥を浮かべた。

「どうしてって、それは……だって、来年の春には卒業だし、就職浪人とかありえないし……！　みんな働いてるのに私だけ無職なんて、恥ずかしすぎるじゃないですか！　社会不適合、みたいな……そんなにはなりたくないです」

「わかります……わかります、双葉さん！」

他人事には思えず、成海は双葉の手を取って熱っぽく畳みかける。

「あたしも今転職活動中で、全然ひっかからなくて……！　でも大丈夫ですよ！　絶対なんとかなります、努力は絶対実るんです！」

「お姉さん……そう、そうですよね……！　努力はきっと、報われますよね……！」

「もちろんです！　頑張り屋の双葉さんが報われないなんて、そんなのおかしい……！　だから諦めないで、前に進みましょ！」

精一杯の笑顔で成海は励ました。双葉は、こくんと頷き返す。そうだ、自分たちは何もまちがっていない——この道をまっすぐ進んでいく、それが正しい選択なのだ。確認しあうように二人はお互いへ笑顔を向けた。

そこで和やかなムードになって気安い談話のひとつも弾み、

「そうかいなぁ」

と流れるはずが異を唱えるものがひとり。

成海と双葉のやりとりを傍観していた魚ノ丞だ。

この紙問屋の名代は組んだ脚の上に頬杖をつき、その足先でプラプラと下駄を持て余しながら淡々と述べた。

「そんなんで社会に出てやっていけるのかって言ったオンシャさんの気持ちも、なぁんとなくわかるがね。存外、嫌味じゃなくて心配してくれてたんじゃないのかい？　だってお客さん、今にも潰れちまいそうだ」

「……！」

「ちょっと……何、言ってるんですか？」

あからさまにトゲのある成海の言葉を、魚ノ丞は口許を持ち上げて軽々といなす。その意は侮蔑か憐憫か――黒い丸眼鏡の向こうに眼差しは秘され、窺うことは叶わない。

「お客さん、自分でも気づいているだろう？　マネキンみたいになっているのは顔だけじゃない。首、肩、腕、指、胸、腹、腿、脛、足先……それからなんといったって、心。お客さんの御魂はガチガチに強張って、今にも粉微塵と崩れ落ちてしまいそうだ。そんなになってまで、働く必要はあるんでございましょうかね？　そうして無理して潰れちまうくらいなら、不適合で何が悪いと社会なる不届き千万の大悪党に唾吐くほうが、よっぽどせいせいしそうなもんだ」

多少ほぐれたはずの双葉の緊張が、また全身に漲る(みなぎ)のが傍目にもわかった。魚ノ丞の物言いは、関係ないはずの成海の血まで熱くさせ、思わず口を出させる。

「魚ノ丞さん！　無神経にもほどがあります、双葉さんがどれだけ頑張ってきたのか……！」

「そうかい？　このお客さんがどれだけどういうふうに頑張ってきたのか、お嬢さんは本当に知っているのかい？　知っていたとして――お客さんの代弁者になる資格なんて持っているのかい？」

「っ……！」

成海はカッとなって思わず立ち上がった。怒鳴り返そうと大きく口を開いたところで、握った右の拳が引っ張られる。

見遣るとそこにはいつの間にか起きていたカナが立っていて、ふるふる頭を振っていた。

昨日のように目の焦点は合っておらず、視界に成海をうまいこと納められないようだ。それでも――彼が何をしようとしたか、成海には伝わってきた。

魚ノ丞の言ったことは正しい、少なくとも成海に向けたものに関しては。

今更ながら、成海は双葉の境遇に自分を重ねて勝手にわかったつもりになっていたのに気づく。双葉のために、と湧き上がった怒りは、なんてことない、自分のためのものだ。これ以上見境がつかなくなる前に、カナは割って入ってくれたのだ。

こんな幼い少年にそんな振舞いをさせてしまって、にわかに成海は羞恥を感じた。そして魚ノ丞と双葉に謝ろうとして、目をぱちくりとさせる。双葉は顔を少し青ざめさせてそこに座ったままだったが、魚ノ丞がいない。

「いやぁ、やっぱり己等、お客さんにはこいつが必要だと思うんだけどいかがかしらん？」

店の棚からガサゴソ何かを取り出して、魚ノ丞が軽い足取りで戻ってきた。双葉に、手にしていたそれを差し出す。

和紙で作られたと思しきブックカバー。柄はなく、生成り色の素朴な風合いだ。

おずおずと受け取る双葉に、魚ノ丞は微笑みながら言う。

「お客さん、ひどく辛そうだ。働くためのご縁を手繰り寄せようとして、却って拒絶しているみたいに見える――ちょいと息抜きして、心身の空気を入れ替えたって罰は当たらんのじゃあないかい？　そんでうまうまと肩の力も抜けて、お客さんが自分の顔で笑えるようになりゃ、自然と似合いのご縁がやってくると……僭越ながら、己等はそう思いますがね」

「……だめ。本当の私なんて、誰も要らないって言うんだもん！」

ここにきて双葉は、思いの丈を弾けさせた。

涙の滲む目をぎゅっと瞑るとともに、手の中のブックカバーもぐしゃりと握り潰し、投げ捨てる。そして就活鞄を固く握りしめ、脇目も振らず雪魚堂から出ていった。一連の出来事はつむじ風のように荒々しく過ぎ去り、成海は双葉に声をかけることすらできなかった。

一方で、商品を台無しにされた魚ノ丞はさして気にしたふうもなく口笛を吹き、成海の傍らにいたカナをひょいと抱き上げる。

「ほれカナ、寝られるんならもう少し寝ておきなさい。今晩も忙しいぞぉ～」

「な、魚ノ丞さん、何を悠長な……！」

安楽椅子の上にカナを下ろす彼に、成海は思わず呆れた声をかけた。

くりんっ、と振り向いた魚ノ丞は、わざとらしく首を傾げる。

「悠長って一体全体何がだい？」

「双葉さんのことに決まってるじゃないですか！　彼女、もしあのまま、早まったりでもしたら……！」

「ああ、そりゃあそれで心配ござんせん――あのお客さんならまたすぐ会えるさ、そう今宵にでも」

そこで魚ノ丞はポンと手を打った。

「そうだ、せっかくだから最初からご覧になりゃあいい。こうなったのも何かの縁だ、お迎えにあがりますよ」

❄

その晩、成海は窓からぼんやり、のっぺりと一様に暗い空を眺めていた。

結局、昼間は何も手につかなかった。例のごとくいつの間にかあの店の外にいて、ひとまず腹ごしらえしようと行きつけのうどん屋に入ったが、呆けている間に食べ終わって味のひとつもわからなかったし、履歴書を書こうにも資格勉強しようにもまるで注意散漫で、ろくに成果が上がらなかった。夕飯のときも、祖母がまるまる小鉢ひとつ分牛のしぐれ煮をかっぱらっていったのにも気づかず、見かねた毅一がおかわりを持ってきてくれたほどだ。

さすがに日中掻いた汗を流しにシャワーは浴びたが、袖を通したのはパジャマではなく散歩用のパーカーとパンツだ。自分でもどうかと思ったが、いいや、と開き直って窓辺に座り、中天に昇りゆく月を睨みつけていた。

(なーにが『お迎えにあがります』よ！　どーせこのまま寝ちゃって、明日の朝この恰好のまま布団の中にいるに決まってるじゃない……どーせどーせ、夢なんだからっ！)

スマートフォンを見ると、時刻は二三時半。昨晩出かけたのも、このくらいの時間だった。目は爛々(らんらん)と冴えている……と自分では思っているが、成海はぷるぷる頭を振った。

(昨日も起きているつもりが、いつの間にか夢の中にいたんだもん。今日ももう絶対寝てる。まちがいなく既に夢の中にいる。あーっ！　早く朝に、)

なれ……そう念じたそのとき、

――しゃんっ……、

と聞き憶えのある、あの鈴の音がした。

そして、

「こんばんは、お嬢さん。今宵もよい月夜だね」

「……」

雪魚堂の奇妙なふたり――魚ノ丞とカナが、目の前に立っていた。

ぎゃあ！　と悲鳴を上げ、成海は窓辺から飛びのく。闇夜にいきなり人の姿が浮かび上がった、その唐突さに心臓が早鐘を打っている。

だが、冷静になれ、と言い聞かせた。彼女のいる屋根裏の窓の向こうにはちょっとしたスペースがあり、洗濯干し場として人が出入りできるようになっている。魚ノ丞とカナは、そこに立っているに過ぎないのだ。

（……それにしたって現われるの突然すぎない?!　っていうかそもそも不法侵入だし!!　い、いや、ちがうっ、これは夢だから多少不条理で意味不明なのもあたりまえで……っ）

などとパニックになっている成海をよそに、

「さあ、カナ、灯しておくれ」

魚ノ丞は手にしていた物を胸元ほどの高さまで上げ、つ、とカナへ向けた。

円柱状の紙燈籠（かみどうろう）――側面が二重になっていて、外側の紙には様々な文様が切り抜かれている。カナは提燈（ちょうちん）の上部を覗きこむように身を屈めた。

髪も瞳も着ている衣類も燃え殻のように真っ黒な少年は、いつも彷徨（さまよ）わせている視線をこのときはすぐ提燈の口に定めた。己の口端に右手を添えると、ふう……と細く長い息を吐く。その吐息は瞬く間に白い焔と変幻した。

ぎょっと成海が驚愕している間にも、カナは提燈の中へと白焔を注ぎ、やがて息を止めて居住まいを正す。相当の焔を呑み干した提燈は、ぼうっ、ぼうっ、とその紙の肌を燃え上がらせ、煌々と爆ぜるような光を四方八方にばら撒き始めた。

それを、ぽぉん、と冗談みたいな軽やかさで魚ノ丞は天に放り投げる。

一一九番、の四文字が成海の頭を駆け抜けたが、放り上げられた提燈は落下することなく、側面をくるくると回転させながら輝度を上げた。切り絵の文様が影となり、回転木馬のように辺り一面を駆け巡る。

人の心を幻惑させるようなその光景はむくむくと膨らみ、やがて目が焼けるほどの眩さを刹那に発した。反射で瞼を閉じた成海は、光が少し収まったのを感じておそるおそる目を見開き、唖然とする。

何を隠そう、至極壮麗な造りをした山車が洗濯物干し場の向こう側に――つまり、空中に現われていたのだから！

「な、な、何これっ?!」

にわかには信じられず、成海は窓辺から飛び出して、突如出現したこの未確認飛行山車を凝視した。そんな彼女の手を、魚ノ丞が取る。

「それをこれから、とくとご覧にいれましょう。さあさ、特等席へご案内！」

言うなり、彼はぴょんと跳ねて山車に飛び乗った。さして力みない動作だったのに、成海の身体も一緒に引っ張り上げられる。素足の裏が山車の上山につく――そのいやに現実味のある感触に戸惑っている間に、しゃらん、と鈴の音が一際大きく響いた。

山車の台輪が、引手もいないのに回り出す。と同時に、その巨体が更に高いところへ舞い上がった。それに伴い、どんちきりん、どんちきりんと、どこからともなく祭囃子が響く。

ぼう、ぼう、と虚空に祭り提燈が連なって、成海と魚ノ丞、それからいつの間にやら移動していたカナを乗せた山車は、ゆうらゆうらと飛んでいく。

成海は勇気を出して、自らが立っている天蓋つきの上山から、下を覗きこんでみた。

予想どおり、山車を引っ張って動かしたり、お囃子を鳴らしたりしている人物の影は見当たらない。その代わり、胴山の部分が明滅しているのがわかった。先ほどの紙燈籠のように、側面が回り、中から発せられている光を外に伝えているようだ。そしてそれは切り絵を通して影絵遊びとなり、様々な文様を辺り一面に投じている。

そうしてあちこちに視点を転じていた成海は、アッと息を呑んだ。遥か頭上、夜空に揺蕩うはのっぺりとした暗色ではなく、妖しくもどこか心惹かれる色彩――誰そ彼時の緋と彼は誰時の紫がまぐわいあう、奇妙なほの明るさを宿した宵の闇。

呆然としている彼女の隣で、魚ノ丞が着流しの袂に手を差し入れる。中から掴み出したのは、一握の紙屑――彼はそれをなんの気なく宙に振りまいた。そして、カナが胸いっぱいに息を吸い込み、ふうぅ、と深く吐き出す。

少年の小さな唇から零れた皓々たる白焔は、瞬く間に紙吹雪へと移る。しかしそのまま燃え滓に変じたりはせず、銀の光球となって、やわらかく地上に降り注いだ。

その先を目で追って、成海はぽっかり口を開ける。

糊ノ木町と芝町の境にある、隅田川へと続く新大橋通り――そこを埋め尽くすように、異形の徒たちがひしめいていた。

彼や彼女や、そうした単語で括り得ぬものたちは、松明を掲げる。銀の焔を灯した紙吹雪は定めたように、その芯へと舞い降りていく。すると、各々の松明は焔を勢いよく灯した。

その焔は、銘々の彩で縁どられている――そうした光芒が幾重にも交わり合う光景はまるで虹の川が流れているようで、成海は知らず見惚れた。

びぃん――と幽玄の音が辺りに響き渡る。成海が見遣ると傍らの魚ノ丞が知らぬうちに琵琶を抱えていて、朗々と声を――水鏡のように透きとおるその声を張り上げた。

ひい
ふう
みい、と
そりゃそうりゃそれで
じゅうぶんさ

彼の歌に応えて、地上の妖怪たちもそぞろと歩き出す。

それぞれのやり方で、それぞれのすきなように、歌い出し、踊り出す。

ひい　ふう　みい
ひい　ふう　みい、と、
かぞえつづけておだいじん
そりゃそうりゃそれで
うきよばらいにゃ　じゅうぶんさ
こんどはこちらに　おいでやおいで
さあさ　いっしょにあそびましょ

「——この百鬼夜行においでになるのはね、雪魚堂のお客様さ」

「え……？」

琵琶の音をかそけく紡ぎながら、魚ノ丞は淡々と述べる。

「常現世のあわいに紛れ込む人はたいてい、現世で所在なさを抱えてらっしゃる——その内実は十人十色だ、ひとつとして同じものはない。だけどいかんともしがたい胸の内を抱えながら、ともに歌って踊って騒いでってしているうちに、なぁんとなく共有できるのさ……自分だけじゃないってぬくもりを。そしてそのぬくもりは、各々の所在なさをいつの間にだか癒してくれる――」

銘々の歌声を響かせる妖怪たちの行進を見つめながら、彼は続ける。

「昔から百鬼夜行ってね、現世にカチコミをかける妖怪変化どもの決起集会みたいな物騒な扱いを受けてて……いや、まー、そういう過激派もなくはないんだけど――それだけじゃなくて。まつろわぬみこころを抱えた皆々様方が少しばかりでも現世の憂さを晴らそうってていう、他愛ない夢まぼろしのお祭りなのさ。店で渡すあの栞は、いわば招待状といったところさね」

「やっぱり……夢、なんですか」

自分の声が存外拗ねた響きを帯びていて、成海は我がことながら驚いた。

これは夢にちがいないとあれだけ言い張っていたものの、いざそのとおりと判を押されると約束を裏切られたような、子どもじみた感覚が胸を騒がせる。平素の自分には見られない心の動きに、どこか居心地が悪くなってしまう。

しかし魚ノ丞はそれをからかうでも、詰(なじ)るでもなく、

「そうさ、夢――だけど見ている者にはまごうことなき、実」

琵琶の絃を鳴らしながら、優しくそう言った。

「雪魚堂やこの百鬼夜行で過ごした思い出は、皆々様方のみこころの奥深くに秘される。常世のはざかいにまで足を踏み入れたなどというのは、現世を生きていくには重すぎる記憶だからね。だけど――なかったことにはならない。夢まぼろしのかすみとなって、皆々様の心

の片隅に在り続ける……」

　そこで魚ノ丞は、夜行を見守っていたその視線をくりんと成海に向けた。

「だから、お嬢さんはとても不思議なんだよ」

「へっ？　あたしが？」

「そう──なんでお嬢さんは、現世の姿のままなんだろうね？」

　彼は大仰に眉を八の字に寄せる。

「現世で自らを縛るくびきから逃れるために、ここを訪れるお客様方はみな化物──妖怪・あやかし・名状しがたきもの等々、まぁなんでもいいんだが、とにかくそうしたものの皮を被るのさ。だけどお嬢さんはまったくもってそのままだ。しかも見たところ、雪魚堂やこの百鬼夜行のことも明瞭に憶えていらっしゃるご様子。一体全体実体無体、どういうからくりを使ったんで？」

「そん、なの……こっちが聞きたいですっ！」

　噛みつくように返しつつ、成海は軽くパニックに陥った。

　二五年間、なんの変哲もない人生を歩んできた自分だ。むしろどうしてこんな目に遭っているのか責任者に問い質したいくらいなのだが、それと思しき魚ノ丞には逆にわけのわからないもの扱いをされる始末。ではこのモヤモヤをどこにぶつければいいのか──

「ちがう！　これじゃない、これでもない！」

　そのとき、夜行の中から絶叫が上がった。

琵琶を弾く手を止めて眉間にかざした魚ノ丞は、地上の騒ぎの中心を探す。その視線が一点に定まったところへ、成海も目を向けた。止まってしまった夜行の只中、狂乱の様相で取り乱しているものがひとり――ああ、と魚ノ丞が納得の声を上げた。

「あのろくろ首のお客さんだね」

「ろくろ首？」

成海は訝しむ。

「って、首がみょーんって伸びる妖怪じゃなかったですっけ？」

「最近取りざたされるのはそっちのほうが多いけど、もうひとつ種があるんだよ。大陸に伝わる飛頭蛮(ひとうばん)に影響を受けた、首から上がすっぽり抜けて飛び回るっていう類のね。あのお客さんはそっちのほうさ、でも――」

魚ノ丞は琵琶をひとつ、びょん、と鳴らす。

「たくさん頭を……〝顔〟をこさえすぎて、どれがほんものか、わからなくなってしまわれたらしい」

中空を漂っていた山車はゆるやかに下降し、気づいた妖怪たちが道の左右に割れて、空いたところに着地した。魚ノ丞はちらりと成海を見て、左手を差し出す。

キザなその仕草に彼女はムッとするも、その手を取った。すると魚ノ丞がふわりと跳ねて、そのまま地上に降り立つ。山車に乗り込んだときのように、成海の身体もそれに倣った。

「ぜんぶちがう……ちがう!!　どの顔なの!?　どれをつければ正解なの!?」

ろくろ首は持ち合わせていた頭を次々に胴体の上に乗せて、地団太を踏んで取り外し、辺り構わず投げ捨てた。昨日は五つばかりだった頭はもっと増えていて、しかし、見るからに出来損ないといったものも多い。

それらを次々に首の上に挿げ替えては、やはり気に入らず地面に叩きつける。がしゃん、がしゃん、と陶器が割れる悲壮な音は、さきほどまでこの百鬼夜行で流れていた和やかな空気をぶち壊していた。

成海は、もう理解していた——あのろくろ首は、草壁双葉だ。

昼間の自分なら、何を荒唐無稽な、と一笑に付すだろう。しかし今の成海は、到底そんな気になれない。これが夢だろうがうつつだろうが関係なしに、突き刺さる。

ろくろ首が……双葉が、苦しんでいることが。足掻きもがいていることが。それらがひとつも功を成さず、すべて無に帰していることが。そのために、彼女が追い詰められているその実情が——夢以上の仰々しさと現実以上の生々しさで、伝わってくる。まるで双葉の心に入り込んで、その粘膜で覆われてしまったように。

どうにかしてその荒ぶる情動から解放してあげたいのに、手立てを思いつかず成海は途方に暮れる。そうこうしている間に、がしゃん、と最後の頭が砕け散った。頭を失ったままのろくろ首は、ふと、己を取り巻く周囲の妖怪たちに気がつく。とと、と小走りになって、一番近くにいたねずみ男に近寄った。

「ああ……ああ、あなた、いい顔してる……私にちょうだい!!」

「ひぃっ!?」

ねずみ男は逃げようとしたがろくろ首のほうがなお早く、相手の頭を両の掌でしかと挟み込んだ。たおやかな女の手が見る間に変化し、赤黒く節くれだった鬼のそれになる。

万力のようにギリリと両側面から締め上げられて、ねずみ男はにわかに顔を青ざめさせた。このままその頭を首から引き抜かれてしまう——誰もがそう思ったとき、

ごおぅっ、

と豪風が一陣、ろくろ首を横殴りにして駆け抜けた。

あまりの勢いに、ろくろ首はその場に尻餅をつく。その間にねずみ男はほうほうの体で逃げだした。追おうとしたろくろ首だが、ひょろりとした影が立ちはだかる。

「うふふ、お客さん——うちでおイタはご法度でござんすよ」

そう言って魚ノ丞は、びょびょん、と琵琶の音を遊ばせた。その間にろくろ首は立ち上がる。ふらついていた足許をきゅっと踏ん張らせると、身の内で暴れる想いを爆ぜさせたように眼前の魚ノ丞へと飛びかかった。

「邪魔するなら……あんたの顔をちょうだい!!」

「魚ノ丞さんっ、あぶな——!!」

思わず成海は叫んでいた。だがむなしくも、ろくろ首の鬼の手が魚ノ丞の頭を挟み込む。

その瞬間、彼が消えた。

いや――男の姿を結んでいた像が、泡が弾けたように無数の紙吹雪となって四散したのだ。

ろくろ首の手は行き先を失い、勢いのままステンと転ぶ。するとろくろ首の背後に、飛び散った紙吹雪が意志を持った生き物がごとくひとところへ集い始めた。その動きを見て、ある想像が成海の脳裏をかすめる。

(まるで小さな魚の群れみたい――紙の、魚……?)

そうこうしている間に、紙吹雪は人の形に降り積もり、カッと銀の光を放った。その煌めきが治まったとき、立っていたのは――魚ノ丞だ。

彼はすたすたと歩き、転んだままのろくろ首の前にしゃがみ込む。丸型の黒眼鏡の奥、その目に浮かぶのは慈悲か嘲弄か窺わせぬまま、口の端にやわく笑みを結ぶ。

「己等の顔なんて、これほど無意味なもんもござんせん。それよかお客さんはもっと上等なものを既にお持ちでしょうに」

「ない……そんなものはない！」

ろくろ首は地面に拳を叩きつける。その手は、しゅうしゅうと縮み、元の彼女のそれになった。肩を震わせながら、失ったままの虚ろの眼で天を仰ぎ、悲壮に叫んだ。

「私がほしいのは、みんなに求められて、みんなに愛されて、みんなに許される、そんな顔なの！　なのに、どれだけ作っても失敗ばかり……ぐうぅっ?!」

突然、ろくろ首は地面をのた打ち回った。

閻魔様の巨大な手で左右にはたかれるかのように、じたん、ばたん、ともんどりうつ。

やがて仰向けになった彼女は、両の手で胸元を必死にかきむしりだした。

「あァッ、アっ！　焼ける……焼けるうぅ！　ぐ、る、じ、、、、、だ、、ず、、げっ、」

その場にいる皆が唖然と息を呑む。

禍々しく黒みを帯びた、不吉な紫紺の焔――それがろくろ首の胸から柱となって突き出した。焔は意志を持つかのごとく彼女の身体にまとわりつき、じゅう、じゅうと燃やしていく。

その燃焼の生み出す臭気と熱気、何よりろくろ首の断末魔の叫びは、傍で見ている者の心胆を寒からしめた。

だがそうして誰も動くことができなかった中で、ただひとり。

「カナー、ちょいとこいつを代わりに弾いといとくれ」

魚ノ丞は呑気な口調でそう言って、手許の琵琶とバチを山車の上へと放り上げた。それはふわりとカナの腕の中に納まる。少年は手の中のそれを指でなぞって確かめると、こくりと頷きその場に座り込んだ。

それから魚ノ丞はスタスタと成海へと歩み寄って、

「んで、お嬢さんにはこいつだ」

そう言って自らがかけている眼鏡を外し、にっこりと笑う。

「現身のままのその眼じゃ、灼けちまうかもしれないからね。この御燭眼鏡をしっかりかけておくんだよ」

成海がうんともすんとも言わないうちに眼鏡を彼女にかけて、さっさと離れていった。その背に成海は声をかけようとしたが、ままならない。心臓が尋常じゃないほど早打ちしすぎて、息を吸うので精一杯だったのだ。

あまりに、うつくしい男だった。

胡散臭い黒眼鏡の向こうに、魚ノ丞は総毛立つほど優美な面差しを備えていた。眉や眦、鼻梁、唇の端に至るまで、すべてがほどよく、ちょうどよく、完全なる調和を以て整っている。もはや人間のそれではない——幾百の年月を重ねて磨き上げられた菩薩像のような、畏怖と神秘を感じずにはおられないうつくしさだ。

とりわけ、その双眸が——清らなる月光を集めたような銀色をしたその眼が——

（……あれ？　そういえば魚ノ丞さんの白髪って、あんなにピカピカしてたっけ？）

かけられた丸眼鏡——禦熄眼鏡の位置を直しながら、成海はまじまじと眺めた。不思議なことに、色の黒さに反してレンズの向こうに広がる視界は裸眼と同様であるが、ひとつ特異な箇所がある。魚ノ丞の白の蓬髪が、双眸と同じ銀の煌めきを放っているのだ。

その光輝は徐々に強まり、彼の全身を包み込むように広がっていく。

満月のごとく満ち充ちたと同時に、魚ノ丞はすい、と右手を高く上げた。

その手には扇子が握られていて、バッと開くとともに朗と声を響かせる。

ひいふうみいようういつむうななやあ

ひいふうみいようういつむうななやあ
ひゃくせんまんかい　となえても
とおにとどかず　なく　あなた

カナの弾く琵琶の音色に合わせて詠じながら、魚ノ丞は扇子をくるくるりと翻した。下駄を履きながらも滑らかな摺り足で、ゆうら、ゆうらと舞い廻る。

成海は昔学校行事の一環で見学した日本舞踊の舞台を想起した。だがその所作のひとつひとつは、当時見たものより遥かに洗練されている。

食べる、眠る、呼吸する——そうした生理的な動作と同じような気軽さで、彼は舞う。だからその左手にあの紙吹雪を握っているのも、サァッ、と宙に解き放たれるまで成海は気がつかなかった。緊急事態にも拘らず、彼女は思わず見蕩れる。

誰そ彼とも彼は誰ともおぼつかぬ夜闇に、舞う白銀の紙雪の、なんたる美事か——

はらり　はらはら　そのしずく
たれたあしあと　みてくりゃれ

魚ノ丞は唄うとともに扇子で大きく弧を描いた。するとふわふわ漂っていた紙吹雪が、すう、と、導かれるようにひとところへと——ろくろ首の胸から噴き上げ激しく燃え盛る、焔の柱へと舞い落ちていく。

儚い紙の雪はたちどころに焼き尽くされてしまうにちがいない。その予感に成海は息を呑んだ。しかし、事態は彼女の想像を超えていく。

銀の紙片が触れた先から、猛き焔がその色を変じる――禍々しい紫紺の燃焼は目を瞠る玉虫色と化し、高く舞い上がっていくのだ。

魚ノ丞はどんどんと紙吹雪を宙に放つ。それらは次々と火柱に身を投げ、多彩揺らめく光輝をまとい天へと昇る。

陶然とそれを眺めていた成海の耳に、唄の最後の一節が深と響いた。

おおきな　おおきな　みかがみに
ひいのでまえから　おわします
とおのさきの　あなた
とおのさきの　あなた

謡い終えた魚ノ丞は両の腕を大きく広げ、典麗な面差しに人好きのする笑みを浮かべて朗らかに声を張り上げた。

「さあさ皆々様方、お力を拝借！」

なんのことだか成海はわからなかったが、周囲の妖怪たちは意気揚々と応じる。彼や彼女やそうした言葉で括り得ぬ、総じて異形の同胞たちは、みなそれぞれに、今し方魚ノ丞が紡いだ歌を、舞を、なぞりだした。そして今一度魚ノ丞も、今度は両手に扇子を携え唄い踊る。ろくろ首を苦しめていた焔の欠片たちはそれに呼応して、中天に浮かび、右に左にとやわらかく流動した。あたかも、地上から響く唄と舞の熱気にあやされているかのように——

ひいふうみいよういつむうななやあ
ひいふうみいよういつむうななやあ
ひゃくせんまんかい　となえても
とおにとどかず　なく　あなた

はらり　はらはら　そのしずく
たれたあしあと　みてくりゃれ

おおきな　おおきな　みかがみに
ひいのでまえから　おわします
とおのさきの　あなた
とおのさきの　あなた！

――やがて、焰の塊は見る見ると凝縮し、刹那に閃光を放った。

あまりに眩いその輪光に成海はぎゅっと瞼を閉じる。光が治まったとき再び目を見開くと、焰はどこかに消え失せ、代わりに何か、中空を舞い落ちるものがある。

それは地図のように大判な、一枚の紙。

ひいらひらりと羽衣のように落下するそれを、魚ノ丞はしかと両の腕で受け止めて、恭しい足取りで歩いていく。その先には、火柱から解放されたろくろ首がいた。

上半身を起こしたろくろ首は、しかし立ち上がりはせず、そのままそこに茫洋と座りこんでいた。その傍らに魚ノ丞が立つと、おもむろに彼女は語りだす。

「……高校生のときです。中学の頃、親友だと思っていた子とちがう学校に別れて、それでも休みにはよく遊んでいました。お互い本を読むのがすきで、一番気があうと思っていたから」

魚ノ丞も、周囲の妖怪たちも、成海も、その言葉に耳を傾けた。

拒む者がいないとわかってか、ろくろ首は幾分声を大きくする。

「でも……ある日、感想を話していたら意見が食いちがって、大ゲンカして。そのとき言われたんです、『あんたのどんくさい顔、ずっと気持ち悪いって思ってた――特に笑ったところが』って。それ以来、連絡が来なくなって――」

「笑うのが、怖くなった?」

その魚ノ丞の問いに、ろくろ首は肩を震わせた。その頭部は依然失われたままだが、なぜか成海には見える気がした――その目に、地面を睨みつけているその目に、在りし日の苦渋が浮かんでいるのが。

「それからは、家でも、進学してからは大学でも、ずっと顔を作るようになりました。笑うことも、それ以外の感情も、顔に出すのが怖くて……なんとか、なんとか、やり過ごしてきました。でも、就活を始めてから上手くいかなくて、自己分析のセミナーに行って言われたんです。『もっと本当の自分を出しなさい』って」

ろくろ首の声音が、震えだす。

胸の内、情動が昂ぶるままに呼吸が乱れ、手のひらで地面を何度も叩きつける。

「だから、私、頑張って、頑張って――そうだ、本を読むのがすきだったって思い出して、ある面接でそのことを話したんです。すきな作家さんとか、どうしてその人の本がすきなのかとか……その中に、自分がどういう人間なのかのすべてが詰まっているって感じたから。ほんとうの私はこうなんだって思い切ってぶつけたら、きっと何か変わると願って――」

ぽっかりと、間が空いた。

そして彼女が次に口にした言葉には、自嘲の色が滲み出ていた。

「……失笑されました。『ああ、その作家って流行ってるよね』って……就活対策の付け焼刃だとでも言わんばかりに……」

ぱたたっ、と、彼女が叩きつけていた地面が濡れる。

あれは、ろくろ首の涙だ。

「ほら、やっぱり誰も、ほんとうの私なんて要らないじゃない――」

縋る想いで己を曝し、空回って傷ついてしまった彼女の――草壁双葉の心が流した血だ。

それはあとからあとから滴って、地面に大きな染みを作っていく。まるで止まる気配がない……それだけ双葉は傷つき続けたのだと、成海はなぜか理解していた。

他人から見れば、他愛ない、よくある失敗談に過ぎないのかもしれない。でもそんなことは毫ほどにも関係ない。双葉がこれまでずっと傷ついてきて、そして臨界に達したという事実には。

その傷を自ら直視して涙を流し続けるいたわしい彼女に、魚ノ丞は声をかける。

「ないがしろにされて、くやしくて、つらくて、涙してしまう――それって、それほどまでに譲れない己が、お客さんの中にあるってことじゃあないのかい？」

「……！」

ハッとしたように、ろくろ首が身体を起こした。

魚ノ丞は微笑んで、手にしていた紙をそうっと彼女に手渡す。

「さあ、どうぞ――これはお客さんの荒ぶる情焔にて織りなされた、みこころうつしの一枚にござんす」

成海の立っている位置からも、その紙上に描かれたものが垣間見えた。それだけで、無意識に感嘆の吐息が零れる。

「なるほど、地紋は泪鹿(なみだか)の子(こ)――」

魚ノ丞が、神への供物を検分するように謹んで述べる。

「蓑亀が歩いた軌跡に、尾についていた海藻が落ちて、そこから様々な宝が生まれ出でる。宝珠に小槌、蓑に笠……ふうむ、どうやら七福神の至宝といった塩梅。亀の歩みは鈍間だが、かくも多様な富貴繁栄を世にもたらす――そう語りかけてくるような、なんとも素晴らしい出来栄えにはありますまいか」

手の中のその一枚をまじまじと眺めていたろくろ首は、彼の語りかけに応える代わりにただ一言、

「……とても、きれい…………」

混じりけのない想いを、口にした。

聞き届けて満足そうに、魚ノ丞は頷く。

「その紙の上に広がる情景は、まごうことなくあなたのみこころ。あなたという一個のまったき存在の中には、それだけの世界が拓かれているのです。一瞥したにすぎぬ真っ赤な他人が、その真価をいかにして評し得ましょうや？」

ろくろ首が手にしていたその紙は再び光り輝いた。膨張と収縮を繰り返し、球体のような形状になる。そしてひとりでに浮かび上がると、彼女の周りをくるりと一周し、その首の上に収まった。

一度大きく光を放ち、それが徐々に治まって――

「…………」

後には、ろくろ首の頭が――

草壁双葉のほんとうの顔が、残るばかりだった。

彼女は両手で頬を、額を、鼻を目を唇をまさぐる。やがてこめかみに宛がうと上に引き抜こうとした。

抜けないのを確かめて――双葉は、笑った。

小さな、涙でぐちゃぐちゃの、だけど心からの笑みだった。

「双葉さ――……っ?!」

声をかけようとした成海だが、その前に双葉の姿は淡い燐光を放ち、そのままどこかへ掻き消えてしまった。成海が目を白黒させているうちに、パンパンと魚ノ丞が柏手を鳴らす。

「皆々様方、ご協力のほど恐悦至極に感謝感激雨あられでござんした！　さぁさ名残惜しくもじきに夜明けにて、雪魚堂が主催の真景繚乱百鬼夜行も今日のところはひとまずこれにてお開きに――」

そのとき、

ずうん、

と重い地響きがした。

解散しかけた妖怪一同が、震源地を見遣る。新大橋の袂――昇りかけた朝日を覆い隠すように、巨大な黒い影。最初成海は、それを山だと思った。その考えはすぐ打ち消された。

動いた。

二階建ての一軒家ひとつ分の体積を優に超えた胴体から、細長く生えた脚が八つ。

その先端の鋭い爪で車道のコンクリートをガキン、ガキン、と抉りながら、ゆっくりとこちらに向かってくる。

この闖入者（ちんにゅうしゃ）が近づくうちに、成海は気づいた。黒く見えるのは逆光のせいだと考えていたが、それだけではない。その体表に絶えず、何か揺らめくものがある。

その正体が何か見極める前に、全身に悪寒が巡った。あれは、よくないものだ。さきほどろくろ首の双葉を狂乱に陥れた焔の、何十、何百、何千倍も怖ろしい何かを、あれは孕（はら）んでいる――！

今すぐ退避するように周囲へ呼びかけようと成海が口を開いたとき、

「いやはやなんと驚き桃の木山椒の木、これほど立派な土蜘蛛（つちぐも）さんも久方ぶりだね～」

魚ノ丞がすたすたと出迎えに歩いて行ってしまった。

「魚ノ丞さん?!　危ないですっ、それは――!!」

成海の言葉を待たず彼は闖入者の許まで辿りつき、鷹揚に語りかける。

「だけど申し訳ない、今日の夜行はもう終いにしようというところでござんすよ。また明日にでも、」

と、言い切るより先に、闖入者は長い前脚の一本で、スパンッ、と魚ノ丞を薙ぎ払う。

あーれー、と魚ノ丞はどこか呑気な悲鳴を上げ、昔のアニメよろしくクルクル回転しながら飛んでいき、夜明け前の空の遠く彼方で星となった。

「魚ノ丞さーーーーーーーーーん!!!」

だから言わんこっちゃない、と成海はツッコみかけたが、それは叶わなかった。

――いいぃいいいいいらぁあああぁあいぁあああぁらあああぁんぬううううあああぁいい

言葉のような気も、した。しかし、あまりの声の大きさでくわんくわんと反響するので、聞き取りようがない。成海も、他の妖怪たちもそのおぞましさにただ身を竦ませるばかりだ。

だが、いつまでもそうはしていられなかった。さきほどまでの鈍重な足取りとはうって変わって、絡まりはしないかと心配になるような速さで八つ脚を繰り、闖入者が猛突進をしかけてきた。

瞬時に、辺りは阿鼻叫喚のるつぼとなる。妖怪たちは踏み潰される前に、三々五々、散り散りになって逃げだした。成海もそれに倣おうとする……が、かくりと膝が折れてその場に崩れ落ちた。

（ど、ど、どうしよっ、腰が、抜けちゃって、）

なんとか這おうとするものの、

いぃいぃいいいいらぁあああぁあいぁあああぁらあああぁんぬうううあああぁいいいいい

更に間近で怨嗟の叫びを浴びて、心身ともに萎縮してしまう。

そして成海は真正面から、その闖入者と相対し、なぜ慄きを感じたのか、悟った。

土蜘蛛――魚ノ丞がそう呼んだとおり、蜘蛛の妖怪であるのは疑いがない。

だが異様なことに、その胴体には注連縄が何重にも巻かれ、おびただしい量の呪符が貼られている。何より気味が悪いのは、その頭部と思しき箇所に、いくつもの能面が被さっているところだ。

吐き気と眩暈が一気に成海を襲い、凄まじい虚脱感に見舞われた。開けてはならない匣を開けた瞬間のパンドラの気持ちは、こうでなかったか――そんな錯覚が過る間に、土蜘蛛がもう目の前に迫る。

山のごとき化物は立ち止まり、前脚を高々と持ち上げると、その鋭利な爪を成海目がけて振り下ろす。彼女は観念してぎゅっと目を瞑った。

――しかし、いつまで経ってもそのときは来ない。

おそるおそる瞼を押し上げて、ポカンと口を開けた。

「…………」

自分の目の前には、小さな少年――カナが立ちはだかっていた。

彼は大きく両腕を広げ、土蜘蛛の凶刃と真っ向から対峙している。

その鼻先に土蜘蛛の爪先が突きつけられていた。にも拘らずカナはその場で震えることなく仁王立ちし、ゆるりと頭を振ってたしなめるような素振りすら見せる。

どのくらい、そうしていたかわからない。だがやがて土蜘蛛は矛を下ろし、カナと成海に背を向け、どこぞへ去っていった。カナの背に庇われながらそれを見ていた成海は、どっと全身から汗が噴き出すのを感じた。

（おれい、いわなきゃ、カナくんに………）

そう思えど唇を動かす余力もなく、彼女の意識は泥のような眠りに引き込まれていった。

❄

「いつまで寝てるんだい？　それとも、ここでこのまま干物にでもなるつもりかい！」

「ふぇ?!」

雷のような声に飛び起きてみれば、そこは屋根裏部屋の布団の上だった。

成海はパタパタと辺りを見回したが、特段異変はない。呆れたように眉間にしわを寄せる祖母が、枕元に立っていること以外は。

「ダラダラするのは結構だが、よそでやんな！　おまえみたいなでっかい干物、穀一でももてあましちまうよ！」

ふん、と鼻を鳴らして、祖母はノシノシと出ていった。成海はまだ呆然としながら置時計を確認したら、時刻は九時を過ぎている。晴海屋の開店で忙しいときに寝坊助の世話をさせてしまい、ただただ恐縮しきりだ。

それから成海は大量の寝汗をシャワーで軽く流し、用意されていた朝食にありがたく舌鼓を打つ。いつもなら、そこで転職活動に出るところだったが――

（……何してるんだろ、あたし……）

簡単なメイクを済ませて、成海は足早に家を出た。向かう先はすぐ近く――糊ノ木町と芝町を分かつ新大橋通りだ。

隅田川に続く広い四車線には、なんの変化もない。せわしなく車が行き交い、スーツ姿のサラリーマンや、陽気に笑う観光客が歩道をまばらに歩いている。この道を埋め尽くすほどの妖怪たちの痕跡も、土蜘蛛の爪で抉られたコンクリートの穴も、どこにも見当たらない。

そういえば、貸してもらったあの黒眼鏡だって、起きたときには持ってなかった。

は、と乾いた笑いが吐息とともに零れ落ちる。

（……わかってたことじゃん、そうだよ、あれは夢――あのひともそう言って、）

そのとき、すぐ隣を誰かが追い抜いていった。

一瞬視界を掠めたその顔に見憶えがあり、思わず成海は声をかける。

「あのっ、双葉さん!?」

呼び止められたリクルートスーツの女子就活生は、立ち止まると訝し気に眉をひそめた。

その眼差しに怯みながらも、成海は確信する。

　そうだ、この就活生はまちがいなく昨日出逢った――あの奇妙な紙問屋で、あの奇矯な百鬼夜行で出逢った、草壁双葉だ。

「お姉さん、どこかでお会いしましたか？」

　だが双葉のほうは警戒を緩めず、不審そうにそう言うばかりだ。単なる他人の空似か――そう思って謝ろうとした成海の舌に、別の言葉が乗る。

「そ、そのブックカバー……！」

「え？　ああ、すみません……歩きながら読まないように、注意します」

「いや、そうじゃなくて！　そのブックカバー、どこで手に入れたんですか……?!」

　成海がそう訊ねると、双葉も今気がついたように首を傾げる。

「あれ？　そういえば、どこだったっけ……憶えてないや。でも、久しぶりに本棚から出して来たらかかったままだったんで……きっとだいぶ前、この本を買ったときに、ついてきたんだと思います」

「そう、ですか……」

　僅かに逡巡したが、成海は止めた。そして、口許を綻ばせる。

「……とても素敵な柄だったからつい声をかけちゃいました。驚かせて、すみません」

「いえ……ふふっ、なんだか嬉しいです。これ、褒めてもらえて」

　それじゃあ、と双葉は頭を下げて背を向け、自身の向かう場所へと歩いていった。しっかりと胸に愛著を抱えながら。

そのブックカバーの柄は、泪鹿の子に蓑亀と七福神の宝物――。

（……これが夢かうつつか――なんて、もー、どうでもいいや）

彼女を見送りながら、吹っ切れたように成海はひとりくつくつと笑う。

これが夢でもうつつでも、双葉は笑っていた。すっきりとした、気持ちのいい、彼女自身の笑顔だった。それを見て成海は、とても嬉しかったのだ。

理由はよくわからないけど、これでよかったと――そう思ったのだ。

「そう、お嬢さんがみこころに感じた情焔の煌めき――それこそまごうことなきまったき、実」

すぐ隣で、飄々とした声。見遣って、成海は仰天した。

「な、魚ノ丞……さんっ！」

「ええ、ええ、あなたの魚ノ丞でござんすよ」

あの黒い丸眼鏡――禦熄眼鏡をかけて、かんらかんらと白髪の男は笑った。

いい感じに折り合いをつけた成海の胸中はまた一気に掻き乱される。

「大丈夫なんですかっ、あなた遥か彼方に吹っ飛ばされたんじゃ……！　いや、それよりもまず、昨晩のあの百鬼夜行のこととか、蜘蛛のこととか、えーっとそれからっ」

「うふふ、お嬢さんは本当に威勢がよくて感心さねぇ」

左手を着流しの袂に突っ込み、右手の扇子でパタパタ扇ぎ、魚ノ丞は軽く頷く。

「積もる話は星の数よりあれど、こう炎天下じゃたまったもんじゃあござんせん。どうでしょう、ここはひとつおいらのお願いを聞いてくださいやしませんかね？　そうすりゃパーッとぜんぶ解決！　桜ならぬ紙雪吹雪いて一件落着と、こうなること請け合いなんですがね」

「はい？　お願いって……あたしに、ですか？」

「もちろん！　そのために、おいらあのあと暁までの一時ばかりに千里を駆けて戻ってきたのさ。なあに、大したことじゃあござんせん！　お嬢さんにも悪くないお話ざんすよ」

「い、いったい、なんなんですか、そのお願いって」

言い募る魚ノ丞に若干気圧されつつ、訊ね返してしまったのを成海はすぐに後悔する。

「なぁに甚だ簡単なことさ——お嬢さん、雪魚堂で働かないかい？」

目録ノ弐　矢絣、燕求むは葡萄か空か

都営浅草線は人形町駅Ａ４出口を上がってすぐのところに、立ち食いうどんの佐々木家はある。名物のきしめんはおいしい上にワンコインで食べられて、目下転職活動中で金欠の成海にはありがたい行きつけの店だ。

その日も、飯田橋のハローワークへ出かけ、昼過ぎに日本橋へ戻ってきたので佐々木家にふらりと立ち寄った。いつものように月見かけの食券を買い、店主に渡してカウンターで待つ。その間、ハローワークでもらってきた求職票を眺めようと鞄の中に手を入れたが、なんとなく気が乗らなくて止めた。

（…………………なんで『はい』とか言っちゃうかなぁ、あそこで!!）

ここ数日、彼女はずっと同じことで自問自答の自縄自縛を繰り返していて、ろくな成果を上げられていない。というのも、

『なぁに甚だ簡単なことさ――お嬢さん、雪魚堂（うち）で働かないかい？』

――というザルなリクルートに、うっかりＯＫを出してしまったからである。

（いくら、転職活動行き詰まってるからって……あんな得体の知れない申し出に頷く、ふっ

ー?!　あーもー、我ながらアホすぎて涙出てくるっ!!　っていうか受けるにしても、まず労働条件とか勤務時間とか給与体系とか福利厚生とか確認することてんこもりだってのに、なんで……なんで……あんな、テキトーな誘いに乗っちゃうかなぁ）

思い出すだけで不可解だった。いつもは求人票だって穴の開くほどすみずみまで確認するし、転職支援エージェントも条件が納得できないものは利用しない。頭に血が上りやすい性分なので慎重に行動するよう肝に銘じているだけに、あっさり引き受けてしまった自分が理解できないどころか業腹ものなのである。

無礼を承知で返事を取り下げようにもあれ以来魚ノ丞から音沙汰はないし、いくら捜し回っても雪魚堂は見つからない。苛立つ想いを鎮めるべく引き続き転職活動に勤しもうとするも、成果はさっぱりなのだった。

「はい、おまたせー」

「あ、どうも……わっ♪」

堂々巡りの自責から成海を解放したのは、カウンターの向こうから店主が渡してきた月見かけのどんぶりだった。出来たてほやほやのきしめんを前にして、つまらぬことを考えてはバチが当たるというものだ。割り箸を持ち、両手を合わせて一礼する。

（いただきまーすっ………んんっ、おいし～♪）

ずっと顔に貼り付いていた渋面も、やわやわと綻ぶ。さっぱりとした塩ベースの出汁とともに、つるりと口の中へ飛び込むきしめん。コシはなさすぎず、ありすぎず、阿吽の呼吸で咀嚼されていく。

　添えられた海苔とさやえんどうは、箸休めにもってこいだ。シンプルな味わいを堪能し尽くした頃に、玉子を潰して卓上の一味をかける。一杯で二度おいしい、これがワンコインだというのだから頭が上がらない。一歩外に出れば炎天下だが、キンキンに冷房の効いた店内であつあつのきしめんを頂くというのは、今の成海に許された数少ない贅沢だ。

(今日はちくわ天の気分だったけど……んーん、ガマンガマンっ！　失業手当出るまであと二か月あるし、貯金はなるべく温存しなきゃ)

　などと成海が心うちで呟いていると、カララと店の引き戸が開かれる。新しい客か、と思いちらりと横目で見遣って、固まった。

「どうもどうも～。いやぁ、今日も暑いねぇ」

　かんらかんらと笑いながら入ってきたのは、雪魚堂の魚ノ丞——成海が頭を痛めている雑なリクルートをけしかけてきた、当人である。

「あ、あ、あなた……っ?!」

「おんやぁ？　お嬢さんもこの店に来てるなんて奇遇さね！　あ、大将、いつものね」

　そう言いながら、魚ノ丞は成海の隣に収まって、カウンターに頬杖をついた。

　縦縞の着流しに総白髪、それから黒レンズの丸眼鏡。控えめに言って悪目立ちするそんな恰好で、よく表をほっつき歩けるものだと成海は呆れた。驚いて声に出してしまったのは失敗だったが、仲間だと思われたくないので自分のきしめんを平らげるのに専心する。

魚ノ丞のほうはどこ吹く風で、鼻歌まじりに自分のどんぶりを待っていた。気にしたら負け、と思って成海は麺をすするも、どこかそわそわと浮き足立ってしまう。

（……ここ前払いなんだけど知らないのかなぁ……って）

おもむろに店主が魚ノ丞に出してきたどんぶりを見て、成海は仰天した。

彼女が諦めたちくわ天はおろか、まいたけ天にかぼちゃ天、いか天えび天かき揚げ等々トッピングのフルコース、挙句別の小皿におむすびとおいなりまでひとつずつ伴って、おぼんの上が見たこともない黄金の輝きを放っている。

お目にかかったこともないその豪華絢爛たるオーラに成海が驚愕している傍から、

「んー、うまいっ！　いや〜やっぱこの店に来たらコレに限るねぇ〜♪」

魚ノ丞が次から次に口の中に放り込み、本当に噛んでいるのかと疑わしくなるスピードで平らげていくのだから、質素倹約を心掛けている彼女には堪ったものではない。

（あぁっ?!　そんなっ、いか天とえび天をひと口で?!　ううっ、もっと味わって食べなさいよっ！　ホンっっっっっト、ムカつく人!!!）

唐突に見せつけられた格差に憤りつつ、成海は自分の月見かけをよく噛んで味わう。ああ、でも、やはりちくわ天くらい頼めばよかった……などと思っていると、隣でカチャンと箸を置く音がした。

「ふぃ〜、食べた食べた♪　大将、ごちそーさまー♡　ああ、お嬢さんはゆっくりお食べね、また後で迎えにいきますから」

汁の一滴まで見事完食した魚ノ丞が、ぷらりと手を振ってそのまま店を出ていった。あっけらかんとしたその挙動に呆気にとられていた成海だが、すぐさまある事実に慄く。

(……無、銭、飲、食!!!)

さぁっと血の気が引くも、幸い店主も店員も厨房で仕込みやら洗い物やらをしていて、金も払わず出ていった不届き者には気づいていないようだ。成海は残りのきしめんを早急に平らげると、鞄の中の財布から千円札を二枚出してカウンターに置いた。

「すみませんっ、さっきの人のぶんはとりあえずこれで……! ごちそうさまでした!!」

早口で告げて、自らも佐々木家を出る。

左右を見回し、交差点の信号に引っかかっている白髪頭を見つけて全速力で駆け寄った。

「魚ノ丞さんっ、何考えてるんですか?!」

「おんや、そんなおっかない顔してどうなすったんで?」

「誰のせいだと思ってます?! あのですねっ、お店でごはん食べたらちゃんとお金払わなきゃダメってことくらい小学生だって知ってますよ! あの場はとりあえずあたしが立て替えましたけど、」

「まぁ落ち着きなさいって。この炎天下でそうカッカしちゃ、バタンと倒れちまいますよ」

「だ〜か〜らぁ〜、誰のせいだとっ」

うなぎ上りだった成海のボルテージは、「おーい」と背後からかかった声で瞬間冷却される。振り返れば予想どおり、佐々木家の店主がこちらへとやってきた。

「魚ノ丞さん謝ってくださいっ、あたしも一緒に頭下げますから！　……あのっ、本当にすみません、この人悪気はなくって……！」

「……？　なんの話です？」

追いついた店主の発した一言に、腰を九〇度に折って頭を下げていた成海は目をぱちくりとさせる。恐る恐る頭を上げると、佐々木家の店主は人のいい笑みを浮かべながら、彼女に何か差し出してきた。

「お客さん、もうお代払ってたでしょ？　これじゃあもらい過ぎですよ」

「え……えええ？」

手渡されたそれを見て、成海は混乱する。それは彼女が魚ノ丞の食事代として置いてきた、二千円だった。店主は、間に合ってよかった、などと朗らかに言っていて、無銭飲食されたことなどまったく気づいていないようだ。

そして、当の魚ノ丞はてくてく歩いて、店主の隣に立つ。こんなに悪目立ちする男が近づいてもやはり店主は反応を示さない。

そして、その男が耳許に口を近づけて、

「大将、いつもおいしいきしめんをありがと感謝かたじけのうござんすね♪」

と言っても何も返すことなく、成海に軽く一礼し、店主は去っていった。

そんなに疑わしいならどこぞとすきなお店に連れて行っておくれよ、証明してみせるから——あっけらかんとそう供述する魚ノ丞を引っ張って、成海は晴海屋に直行した。他ならぬ身内の和菓子屋だ、共謀したりなどはできまい——そう息巻く気持ちは、すぐ鎮火した。

和菓子のショーケースと菓子折りの陳列棚、それから四人がけの喫茶スペースがあるだけの晴海屋店内は、今日も穀一の手入れが行き届いて整然としている。菜穂海は席を外していて、店番の彼が常連のご近所さんを相手しているところだった。ぎこちなく笑いながら入っていく成海の隣をすたすた歩いて、

「あれま、柚子水羊羹なんてこいつぁ洒落てるね。お兄さん、こいつを三つばかり包んでくださいな」

などと魚ノ丞が注文する。そこからは、佐々木家の再現だった。

常連さんと歓談していた穀一はふと口を止めると、自然な仕草でショーケースから柚子水羊羹を三切れ出して、持ち帰り用に包み、カウンター越しに魚ノ丞に手渡す。そして礼を言う彼に反応することなく、再び常連さんと他愛無い会話を始めたのだ。

常連さんも常連さんで、妙なところで話の腰を折られたのにまるで気にする様子がない。そもそも、菜穂海の孫娘の成海がこんな胡散臭い男を伴っていることに、ただのひとつも言及がないのだ。

たまりかねて、「あ、あのっ、お金……！」と声に出した成海に、穀一が申し訳なさそう

な笑みを向け、

「すみませんお嬢さん、和菓子を買いにいらしたんですね。師匠が手がけられたものはもうぜんぶ出ちまって、残ってるのは俺が作ったのばかりですけど……いいですか？」

などとこれまた明後日なことを口にするので、「……じゃあこの、季節の練り切りの詰め合わせで」と返すので精一杯だった。

そうして晴海屋を出たところで、魚ノ丞がカラカラ笑いながらこう言った。

「心配しなくても、おいらが飲んで食べてしたぶん、うどん屋さんにも和菓子屋さんにも、じきにちゃあんと対価が支払われますよ。それ相応の、ご縁としてね」

……そしてなし崩しに、成海は魚ノ丞に連れられ、雪魚堂を訪れていた。

前に足を踏み入れたときと、紙問屋は何も変わっていない。鎮守の森に重厚な日本家屋、足を踏み入れれば郷愁を誘う茜色の店内――並ぶ数々の棚に、壁に貼られた綺麗な千代紙。

そして、安楽椅子で静かに眠る黒ずくめの少年、カナ。

先日、謎の土蜘蛛から逃げ遅れたのを助けてくれた彼に改めてお礼をしたく、手土産を携えてきたのだが、カナは起きる気配がなかった。それで仕方なく、魚ノ丞に勧められるがままに店の奥、座敷の入り口の段になっているところへ成海は腰かけている。

傍らには、供された柚子水羊羹と冷えた麦茶。氷がカランと涼しく音を立てたのに耐えかね、ごくごくと一気に半分も飲み干してしまった。

そうなると、柚子水羊羹に手を出さない理由がなくなる。やけっぱちになりながらひと口ふた口と頬張るうちに、吊りあがっていた眦がゆるゆるとたわんだ。

柚子の香を封じ込めた餡の上品な甘さ、それを如実に伝える舌触りの滑らかさ——晴海屋の夏の看板商品である。それを任せられるなんて、毅一さんまた腕上げたな……そんなことを考えているうちに隣に魚ノ丞が座ってきて、成海はまた顔を引き締めた。

当の魚ノ丞はあっけらかんと、自分の皿の柚子水羊羹をパクつきながらキャラキャラ話しかけてくる。

「と、いうことで、わかって頂けたかしらん？　現世の方々は、常世の住民である己等のことを無意識では捉えているけど知覚はできない。己等は己等で、現世の貨幣を持っていない。だからその対価は後々、ご縁として支払われる——見かけ上は無銭飲食に見えるかもしれないけれど、そこはちゃあんと巧く廻るように世の中できているんでござんすよ」

「わかった……ことに、しておければ、一番簡単なんでしょうけど……」

「ふぅむ、どのへんが引っかかるんで？」

「対価がご縁として支払われる……っていうのが、今いちわかりません。っていうか、お金の代わりにご縁で払うって、どういうことなんですか？」

「そりゃー、そのまんまの意味さね。きしめんトッピングぜんぶ盛りＷＩＴＨおむすび＆おいなりの代金およそ二千円相当のスクラッチくじが当たったりとか。もしくはそれに相当するようなちょっとしたハッピーイベントが起こったりとか。そういうご縁がコロッと皆様方のところに転がり込むのさ」

「そんな神さまみたいなこと、できるわけ……」

成海が呆れた声を出すと、魚ノ丞は柚子水羊羹をひと口食べてから楊枝の切っ先をくるくると遊ばせた。

「いやいや、常世にはそういうご縁を司るお役所がちゃあんとあるんですよう。雪魚堂の役割はとどのつまり、常世と現世の間に立ってご縁がまっとうに循環するようあれこれ尽力するってことでもある。そして、己等はその仕事の対価を、ご縁って形にして現世に還元してもらってるのさ。だからこのご縁払いは、至極まっとうな取引なんですぜ？」

「……魚ノ丞さんの、仕事？」

「あらやだお嬢さん、己等のこと昼間っから遊び倒してるフーテン野郎とお思いで？」

「繕っても仕方ないので、〝はい〟」

たっぷり嫌味をこめて成海はそう言ったが、魚ノ丞はまったく堪えていない。むしろどこか嬉しそうに声を弾ませた。

「うっふふ、ホントはきとした気勢でござんすね！　しかしこう見えて、己等なかなかの働き者なんですぜ？　ここの運営と、あの夜行の主催と、それから――」

皿を脇に置き、魚ノ丞は立ち上がって店の端のある棚へと向かう。横幅の広い抽斗から一枚、地図のように大判な紙を恭しい手つきで取り出した。いったい何かと気になってついていった成海は、その紙上に広がるものを見て息を呑む。

「これ……双葉さんの……！」

魚ノ丞が広げている紙の上には、洎鹿の子の地紋に蓑亀の歩みと七福神の至宝がちりばめられている——まさしくあの晩、あの百鬼夜行で生まれた、文様だ。

唖然としている成海に、魚ノ丞が微笑んだ。

「そう、こりゃあのお客さんのみこころうつしの一枚の、そのまたうつしさね。本歌はご本人へお渡ししたのはご存じのとおり。うつしはうちで扱うぶんと、もうひとつお上に奉呈するぶんとがあって、他にも溜めこんでいたもろもろいろいろを提出しに行っていたら、お嬢さんを迎えに行くのが遅くなってしまった。いや、こいつぁすみませんでしたね」

「まぁ、それはこの際構いませんけど……みこころうつし、って……？」

その問いに魚ノ丞はひとつ頷いて、手にしていたうつしを棚に大切にしまうと、成海に向き合ってから答えた。

「この雪魚堂は常現世のはざかいにある——うっかり迷い込んだお客さんが、これまたうっかり常世に足を踏み入れないように、現世へ安心してお帰りになる手助けをするためにね。だけども、お客さんもお客さんで、こんな半端な場所にまでさまよい至る理由がある……」

おもむろに、魚ノ丞は自身の胸の真ん中へトンと右手を置く。

「ここ、感じるだろう？　胸の奥、芯の深、とっくりとっくり息衝くものを」

「そりゃあ……だって、心臓がありますし」

「そうさね、しかし——それは単に、心の臓が血を廻らせているからってだけじゃあない。誰もがここに、焔を灯している。人はみなここに、情焔を滾らせ生きている」

「じょう、ねん……？　それって、ろくろ首——双葉さんの胸から噴き出た……？」

「よくご覧になってるね、そうそのとおり」

魚ノ丞は人差し指で、胸の上に大きな円を描く。

彼は、あの夜行に参加していた他の妖怪たちとともに謡って踊り、ろくろ首を苦しめていた焔を解き放った。その焔は、彼が散らした紙吹雪に移り、見事な文様を宿した一枚の紙に生まれ変わったのだ。あの一連の儀式こそが、みこころうつし。

彼女が得た解に丸を記すように、魚ノ丞は袂に手を入れた。

中から取り出したものを、成海に見せる——それは白銀の光をまろく灯す、紙の雪。

「荒ぶる情焔は、しかし紛うことなくその方の実。それを思い出して頂くために、これなる神力を宿した紙吹雪を憑代にして、形をうつしかえる——それこそが、みこころうつし。この雪魚堂が主催の真景繚乱百鬼夜行の、いわば目玉といったところさね」

ふ、と彼が空中に放ると、ぱちんと夢が醒めるように燐光を弾かせて紙吹雪は消えた。どうやら、時と場所をたがえているとあのときのような効力は発揮しないようだ。

「そんなことができるなんて……魚ノ丞さんって、神さま、なんですか……？」

神さま、なんて口にするといかにも陳腐だが、単なる人間の成海からすればそういう感想しか出てこない。それに彼は先ほど何気なく、自らを〝常世の住民〟と称していた。

常世というのはつまりあの世で、あの世というのは——今更ながら、自分が何か途方もないものに片足を突っ込んでいる気がして、生きた心地がしなくなってくる。

だが当の魚ノ丞は彼女の不安を蹴っ飛ばすように、軽やかに笑った。

「あっはっは！　期待に添えずに申し訳ないが、おいらはしがない紙魚さ！」

「紙魚……って、ときどき本の隙間からちょろちょろって出てくる、アレ？」

「そうソレ！　妖怪ってぇのはたいてい人間様やら摩訶不思議な怪奇のあれやこれやが化けの皮を被ったり被せられたりして変じたもんだが、おいらは逆でね。その昔ヤンチャしてお上に引っ立てられて、そのつぐないに延々下働きしているうちに、人間様の皮を被るようになったと、そんなケチな野郎でござんすよ」

「ヤンチャって、いったい何しでかしたんです？」

訊かれて魚ノ丞は白髪をボリボリ掻きながら、ナハハと笑った。

「神さまの宝物庫にある本を、めちゃくちゃに食い荒らしちまってね。いやぁー、思い返すも無茶無理無謀で我ながら鳥肌が立っちまいますよ。あの頃は若かったなぁーあっはっは！」

言い分の胡散臭さが見た目と挙動で倍加して、成海は真面目に考えるのを止めた。嘘か実か、などと聞き返すのも不毛だ。そうなると、これまで受けた説明もすべて芋づる式によくできた作り話の類に思えて――きそうなものだったが。

「それで、どうだい？　うちで働く気になったかい？」

笑い終えた魚ノ丞が、そう訊ねてきた。それに対して成海は、

「……どこをどーつなげれば〝それで〟になるのかはわかりませんが――お手伝い、くらい

なら。カナくんに助けてもらったご恩も、ありますし」

と、少し自分でも驚くくらい、自然と受け入れていた。

何が嘘で、何が実か――これが夢なのかうつつなのか。正直、今でも訝しく思う気持ちはある。それでも成海は己の胸の中に、確かな実感が結晶しているのを否定できなかった。


――あのみこころうつしは、うつくしかった。


ろくろ首が――草壁双葉が永らく抱えていた傷を、情焔の猛りを昇華したあの一枚は、夢だろうと幻だろうと関係なく、ただ純然と素晴らしかった。そうした驚嘆は、久しく感じてこなかった。

またああした場面に立ち会えるなら――その思いが、成海の中の現実主義にそっと目隠ししたのだった。

「おお、そうかい！　そいつぁ助かるや！」

「あ、あのっ、言っときますけどあたし今転職活動中なんで、正社員の仕事見つかるまでってことで！」

「うんうん、わかってるわかってる！　あーよかった、引き受けてもらえてホッとしましたよー」

魚ノ丞が意外にすんなり条件を呑むものだから「本当にわかってるのか」と聞き返したく

なるが、ヤブヘビになっては元も子もないのでぐっと堪える成海である。

だが、同時に、思った以上に肩の力が抜けた。

正社員の仕事が見つかるまで、とは言ったものの、実のところ転職活動は八方塞がりでいい兆しのひとつも見当たらない。そんな中、少々……どころか盛大に妖しいこんな紙問屋であったとしても、必要とされることは、成海に少なからず安堵を与えた。

必要とされれば――役割を与えられれば、そこに居場所ができる。そこで貢献できれば、自分の輪郭を保つことができる。失業して、居候先でも肩身が狭い彼女は、そうした安定感にほとほと飢えていたのだった。

なので、いったん雇われたとなると俄然気合が入る。

「それで、あたしは何をすればいいんですか？」

仕事への順応性が高いのを、成海は密かに自負していた。前職は輸入雑貨の小さな商社だったが、人の入れ替わりが激しく、上流から下流までほとんどすべての工程で彼女は立ちまわっていたのだ。商品企画、仕入れ、現場との折衝、納品――卸先からヘルプを要請され、店頭で接客したこともしばしばだった。だから今回も見事期待に応えてみせる、と息巻いていたのだが、

「……いや、特にないなぁ」

と、素っ頓狂な返答が飛んできたので、思わずずっこける。

「はぁっ?!　え、いやいや、特にないなんてことないでしょ、わざわざ雇っといて！」

「んー、まー、そりゃそうりゃそれで、そーなんでござんすが……」

魚ノ丞は明日の天気でも考えるように首に手をやりコキコキ鳴らした。

「お嬢さんはいつでもお暇なときにここに来て、すきなよーに過ごして頂けたらそれでよござんす。叶うならできるかぎり夜行にはお越し頂きたいが、そりゃそれで、ご都合を優先頂くので差支えませんさ。そーゆーお仕事ってことで、ひとつ♪」

「そんなゆるっゆるな労働条件、聞いたことありませんが?!　あのですね、からかうならからかうでもう少しマシなやりようがあるでしょ！」

「えぇー、おいらこれでも御前に誓ってめっぽう真面目なんだけどなぁ」

「どこがっ……人をバカにするのも大概にしてください！」

猛る成海をよそに、魚ノ丞は変わらぬ調子で言う。

「人は物事を自分のすきなようにしか見ない聞かない感じない――おいらがお嬢さんのことをバカにしているとお思いになるなら、案外お嬢さん自身がそのように思っているのかもしれませんぜ？」

「またそういうっ」

混ぜっ返すようなことを――という成海の言葉は続かなかった。ゴン、という鈍い衝突音が割って入ってきたからだ。

ハッと成海が見遣ると、安楽椅子の上で寝ていたはずのカナが起きていて、店の陳列棚に頭をぶつけていた。結構な音だったが少年は痛がるそぶりも見せず、覚束(おぼつか)ない足取りで進んでいく。

そして辿りついた先——店の入り口に立って、カラカラと戸を開いた。

「ああ、暑い暑い……ちょっと涼ませてもらえませんかね？」

そう言いながら、傍目にもいい仕立てとわかる背広を来た男が——雪魚堂の新たな客が、入ってきた。

❄

店の中に入ってもぼんやりとしていた草壁双葉とちがい、新たにやってきた男は興味津々といった様子だった。戸を開けたカナに気づかずぶつかりそうになったのも頓着しないで、好奇心の赴くまま陳列棚を見て回っている。

成海はその無礼さに眉をひそめたが、今は店側の人間なのですぐ表情を繕った。そして、よろめいているカナの許へ行き、安楽椅子に戻るまで付き添ってやる中で、ひとつ閃く。

（そーだっ！　ここでバッチリ接客キメれば、魚ノ丞さんの考えも変わるんじゃない？）

学生時代から、彼女はバイトで接客経験を積み重ねてきた。スーパーの試食販売から野外音楽フェスの物販、社会人以降はヘルプで日本橋の百貨店の店頭に立ったこともあり、場数は相当なものになる。

たった今トンチンカンな労働条件を提示してきた雇用主（なんと客が来たのに挨拶したき

り、まだ柚子水羊羹を食べている）も、実際の働きっぷりを目にすれば「仕事＝特にない」などという戯言を撤回したくなるだろう。

そうと決まれば、猪瀬成海に迷いはない。カナが無事安楽椅子の上で寝息を立て始めたのを見届けてから、それと悟られないように客を観察し始めた。

歳の頃は三十路前後。身なりが相当にいい。上質な誂え（あつら）のスーツに、きっちりと磨かれた革靴。いずれもブランドものだろうが着こなし方に気負いがないので、一張羅ではなく何着かあるうちのひとつに過ぎないと察せられる。

整髪も、鍛えられて引き締まった長身も、自分磨きに余念がなく、それを成し得るだけの時間と財力を有しているのを窺わせた。自分自身を担保として売り込む職業——富裕層相手のセールスマン、といったところか。

そこまで当たりをつけたが、成海はすぐに声をかけたりはしない。この種の人間ほど、馴れ馴れしいセールストークは逆効果だ。むしろ何も売り込もうとせず、適切な配慮の得られる店であることを行動でアピールし、リピーターになってもらったほうがプラスになる。

成海は適度な間合いを取って時機を待つ。

気の向くままあれこれと見て回っていた男だが、その歩みが次第に緩慢になる。おおよそ見終えたが、もう少し詳しい解説がほしい——そんな心根が聞こえてくるようだ。

察知した成海は、しかし見計らっていたとは思わせないように、棚の点検を順々にして、そちらのほうに行ったので——というそぶりで客へと近づいた。

「いらっしゃいませ。それにしても、本当に今日も暑いですね」

「ええ、本当に！　ハンカチが何枚あっても足りないくらいですよ」

「ふふ、よければ何か冷たいものをお飲みになりませんか？　うちは紙問屋ですが、こんな炎天下の中お立ち寄りくださったお客様にサービスでお出ししているんです」

「ありがとう、お構いなく。紙問屋、ということは置いてあるのはすべて紙関係の……？」

「はい！」

勢いよく返事したものの、それ以上のことを雇われたばかりの成海が知る由もない。

だが――

(大丈夫……いける！　前に進め、猪瀬成海！)

と、冷や汗は気合で押しとどめ、客を寛がせるような柔らかい笑みを装着した。

「うちは全国津々浦々から選りすぐりの逸品を揃えた紙問屋です。紙を用いた小物類も豊富に備えております。きっとお客様が満足されるものもありますよ」

言い切ると成海の背後で、ほーう、と感嘆の息が漏れた。魚ノ丞だ。何を隠そう、今の文句は彼が双葉の接客のときに用いていたもので、記憶の隅にあったのを咄嗟に引っ張り出してきたのだ。やや大言壮語の感はあるが、このタイプの客には効果的だろう。

その計算は当たり、男は身を乗り出した。

「そりゃあ、いいですね。うちのお客たちは希少なものがすきなんですよ。いい手土産が見つかるとありがたいんだが……」

「素敵な心遣いですね。お相手様はどんなものがお好みなんですか？」

男は口角を皮肉に持ち上げる。

「紫綬褒章や人間国宝が作った、だとか、絶滅危惧の森林を保護するプロジェクトの一環で、だとか、壮大なストーリーが手軽に感じられるものだといいな。あるいは、実際にそうでなくてもそれっぽくて比較的安価なものだと好ましい……いや、むしろそっちのほうがいい！元手は小さいに越したことがありませんからね」

「は、はあ……」

なんとか相槌でごまかしたが、成海は内心地雷の気配を察知していた。今この男は、自分の客を侮った――だけではなく、場合によっては騙すことすら厭わない、そういう旨の発言をした。つまりは詐欺師か何かで、詐術のための道具を仕入れようと陳列を眺めていたのだ。

途端に、成海の中で意欲が減退する。この店に――雪魚堂に並んでいる品物には、みこころうつしのそのうつしがある。双葉の情焔が昇華されたあの一枚もだ。他のものにもそれぞれ、あの苦しみに比肩する来歴があるのは想像に難くない。

それらを、人を騙すためになんて絶対に用いられたくない――

（……けど、嫌だと思ってもやらなきゃいけないのが、仕事だし……）

自らの想いと進行する状況になんとか折り合いをつけられる案はないか、成海は頭の中で模索した。しかしその甲斐なく気まずい沈黙が漂い始め――接客で一番まずいパターンだ――、焦燥が募ったそのとき、

「あいにくと、そうしたお品はうちの店にゃあござんせんね」

毬つきをする子どものように他愛ない物言いで、魚ノ丞が割って入ってきた。

からん、と下駄を鳴らして成海の隣に立った雪魚堂の店主名代は、気負いなくへらへらと笑っている。それを見下したふうに、客の男は返した。

「そうですか？　そりゃ拍子抜けだなぁ……なんでも置いてあるってことだったのに」

「ええ、ええ、なんでもござんす——お客さんの虚飾を彩るようなもの以外は」

急所を突いたその一言に、今度こそ男ははっきりと不快を顔に出した。一気に立ち込めた不穏の空気に成海は胃が痛くなったが、魚ノ丞はどこ吹く風でふらりとどこかへ向かう。ほど近い棚の抽斗から何かを取り出すと、戻ってきて男の前にぴらりとかざした。

「うふふ、これなるハンカチーフなんぞいかがでしょう？　今のお客さんに必要なのは、これだと己等確信してますがね」

「悪いが、汗ならとっくに引いているよ。それに、そんな貧乏くさい無地のハンカチ、もらったって迷惑するような金持ち連中ばかり相手にしているんでね」

男は声に明確な嘲弄の意を込めていたが、魚ノ丞は黒眼鏡の奥にその真意を秘してカラカラ笑い返す。

「いえいえ、お客さん、もっと他にいるでしょう？　贈り物を携えて訪うべき愛しいお人が」

聞いた瞬間、侮蔑に染まっていた男の顔がギシリと強張った。魚ノ丞は構うことなく、商品であるはずのハンカチを裏に表にひらひら遠慮なく振り回し、嬉々と続ける。

「なんとビックリ、こいつぁ紙でできているんです。破れないかとお思いになるかもしれないが心配は無用不要でヨーソロー！　細かぁく切った和紙を丹念に撚って糸にしたのを機織りしたんで、独特の光沢があって実にかわいいもんですよ。まちがっても木綿じゃあござんせんから、〝最後のわがまま〟を叶えるプレゼントにゃあなりませんさ」

「……なんです、それ？」

脈絡が掴めず、思わず成海は口を挟んでしまった。

魚ノ丞もきょとんとして、子どものように口をすぼめる。

「あれぇ、ご存じない？　ついこの間流行ったでしょ、そんなような歌が」

「いえ、聞いたこともありませんけど」

「あっるぇー、おっかしーなぁ～⁇　……おや、お客さんお帰りで？」

二人が話している間に、男は肩を怒らせて店の戸口へ歩いていく。軽いステップで魚ノ丞は追いかけ、袂から何かを取り出しひらりと差し出した。

それは、淡雪を敷き詰めたように白い、紙の栞──

「さぁさ、ご来店の記念にこいつをどうぞ。なぁにお代は、」

「そんなもの要らん！」

立ち止まった男はわざわざ振り返り、栞を持っている魚ノ丞の手を乱暴に払う。

「まったく、時間の浪費だった……こんな店、二度と来るものか！」

そう吐き捨てて、男は店の戸を叩きつけるように閉めて出ていった。店内にビシャンと響いたその音に成海は思わずビクつき、ハッと視線を走らせるも、すぐに胸をなで下ろした——安楽椅子の上のカナは、眠ったままだ。

そして、客に辛い当たりを受けた魚ノ丞はというと、こちらはまったくもって堪えておらず、どこか昭和歌謡の趣があるメロディを口ずさみながら棚にハンカチをしまっていた。その背に、成海はおずおずと話しかける。

「……ねえ、魚ノ丞さん。あのお客さんも、ここに来たってことは……」

「ああ、情焔が胸の内でのた打ち回って苦しいんだろうねぇ」

「だからあんな横暴な態度になっちゃったんでしょうか」

「さあ?」

「さあ、って、そんな……気にならないんですか?」

「どういう理由でどんな態度を取っていたって、そりゃあ己等にゃ関係ないもの。あのお客さんは雪魚堂(うち)に来た、それだけでもう十分なんでござんすよ」

魚ノ丞はカラリと笑う。

「ここは入りたくない人以外、誰でも入っていいところ。入ったら皆様、大事なお客さんさ」

悔しいが、一瞬でも感心したことを成海は認めざるを得なかった。あのような嫌な振舞いを受けても腹に一物なく大事な客だと言い切るのは、天晴(あっぱ)れである。

だが、すぐ新しい疑問が浮かんで首を傾げた。

「なら、お店に来てすぐに、みこころうつしてあげたらいいんじゃないんですか？」

「それがねぇ～、できたら苦労しないんだよねぇ～」

ふー、と、珍しく魚ノ丞は重たいため息を吐いた。

「切に助けを求められて初めて、みこころうつしの儀は成るのさ。でもそれだって結局、情焔を吐き出す手伝いに過ぎない――荒れ狂うこころと向き合い、掬い上げることができるのは、当のご本人だけなんだよ」

その口許はやわらかい笑みを結んでいて、成海はどきりとした。彼の素顔がふっと脳裏を過ったからだ。

丸型の黒眼鏡――禦熄眼鏡の奥に閉ざした、うつくしい面差し。

幾百の年月を経て磨き上げられた菩薩像のように、典雅で、壮麗で、どこか寂しい光に縁どられた美貌。いつもの胡散臭くて騒々しい立ち居振る舞いがなくなると、急にそれが浮かび上がってくる。

そんな彼がなんだか無性に――ズルく思えて、成海はぷいっとそっぽを向いた。

「……とか言って、面倒なだけなんじゃないですか？　魚ノ丞さん、あんなにすごい力を持ってるんだからホントはパッて助けられるのに、大変だからやりたくないんでしょー？」

憎まれ口を叩けば、乗ってくると思ったのだ。

いつものあの軽薄な口調で、「あっはっは、バレちまいましたか」なんて返してくると思ったのだ。

でも彼は、

「さぁて、嘘かな実かな？　真偽の検証は、お嬢さんに委ねるよ」

優しくそう言うだけで、成海の胸はちくりと痛んだ。


大隅祐一郎(おおすみゆういちろう)は無性に苛立っていた。

小伝馬町でのアポイントを悠々と終え、社に車を戻し、蛎殻町で遅めの昼食をとってからオフィスに戻ろうとしたときのこと。アスファルトから立ち上る熱気に眉間を寄せつつ歩いていたら、不意に一陣の涼風が過った。

見遣ると、路地裏から吹いてくる。不動産業という仕事柄、職場周辺の地理には十二分に明るいつもりだったが、初めて見る路地裏だった。好奇心と暑さに負けて、寄り道をすることにした。

そこからは、よく憶えていない。路地裏の先は開けた空間で、二階建ての日本家屋があって——と、ぼんやりとした記憶だけが残っている。誰かと会話したような気もするが、それも曖昧だ。

気づいたときには彼は人形町のオフィスの前に戻っていた。そして、努めて忘れるよう心がけていたあること、が頭の中をぐるぐる駆け巡り、この上なく不機嫌になっていた。

オフィスに入り、挨拶してくる事務員や同僚を無視してどかりと自席に座る。遠慮なしに空気を乱す祐一郎を、誰も咎めない。触らぬ神に祟りなし、とそれぞれの業務に戻っていく。この支店どころか、エリア内でもトップクラスの営業成績を誇る彼に口出しできる者などいないのだ。

周囲の無言の傅き(かしず)に多少気をよくして、祐一郎も仕事に集中することにした。不在中にデスクに貼りつけられた付箋のチェックとメールの返信を一通り終えて、午前中の戦果を報告書にまとめる。結論から言えば上々で、一等地のテナント契約を一本決めたところだ。

彼の顧客は主に、ネットビジネスで勢いづくベンチャー企業の若手経営者層だ。地方から進出して、あるいは個人宅での運営が手狭になって、東京都心に事務所を構えたいと考え始めた野心家たちの懐に、するりと入り込む。祐一郎が紹介する物件は相場よりも一割は手頃で、しかも立地や条件などを吟味した上で差し出されるので、食いつきは極めて良好だ。

更には、祐一郎の会社と提携している銀行から融資を受けやすくなったり、リースやクリーニングなど各種サービスをリーズナブルに提供してもらえるというオマケまでついてくる。こうして口コミが広がり、祐一郎の許にはひっきりなしに相談が舞い込むようになっていた。

三十路を少し超えた程度という若さも、若手経営者たちには却って好印象に働いた。謙虚だが的確な提案を持ちかけてくる祐一郎は、ともに社会を革新していく仲間だという意識を自然と抱かせた。

そしてその錯覚は、「なぜ相場よりも安く契約を提示できるのか？」「銀行の融資が簡単に下りるのはどうしてか？」といった当然の疑問をことごとく隅に追いやらせた。今日の客も、そうだった。

（マヌケはカモだ。でも俺は、すぐに羽をむしって潰して肉にするなんて馬鹿な真似はしない。太らせて、太らせて、丁度いい頃合いで食ってやる）

実のところ、祐一郎も銀行も、口コミを広める者も、その他の提携会社も、すべてグルなのである。要するによくある顧客の囲い込みなのだが、彼らの使う釣り餌——紹介物件にはある特徴があった。構造・環境・来歴において、なんらかの欠陥を抱えているのだ。

耐震性に不安がある、暴力団の事務所が近くにある、過去に死亡事例がある——そうして買い手・借り手がつかなくてあぶれている物件の情報が、銀行や提携先から流れてくる。祐一郎はそれをあたかも優良物件として客に紹介する。

ここで、価格を割り引き過ぎないのがポイントだ。「いい物件なのですが、お客様の事業には将来性が見込めますので特別に」といった耳当たりのいい文句とともに、納得できそうな数字を提示する。たいてい相手は、都心にほど近く、見栄えのする物件に早く移転したいと気が逸っているので、祐一郎の説明を鵜呑みにして飛びついてくる。

契約が完了した後も彼はアフターフォローとして親身に相談に乗り、「うちの会社のつてで、銀行から審査が下りやすくできるかもしれません」などと融資を受けるようそれとなく勧めるのだ。

　そうして、実際にテナントに入ってから客が不都合に気づいたとしても、違約金の発生や銀行との取引停止がチラつき、しぶしぶ現状を受け入れざるを得なくなる——と、これがここ数年、祐一郎がエリアの中でもトップの営業成績を保持するからくりだった。

　そして、そんな彼の倫理観を問うて非難する者も社内にはいない。他の者達も同じ穴のムジナだからだ。同僚も他支店の営業も多かれ少なかれ似たような取引に手を染めて、銀行や業者からキックバックを得ている。

　顧客のために——などと甘い理想に酔っている奴から蹴落とされ、亡き者にされていくのだ。入社したばかりの頃の、彼のように。

「……はい、はい、わかりました。では二次面接はキャンセルということで……」

　ふと、総務部のほうから聞こえてきた声に意識が向いた。祐一郎がちらりと視線を遣ると、人事担当者が受話器を置いて、隣の席の者と小さく笑いあっていた。

「ああ、この前来た女子大生？　草壁……とかいったっけ」

「そうそう。よそで内定決まったってさ」

「ふーん……ま、あんな様子だとうちじゃ戦力にはならないだろうし、別にいいけど」

「ホント、手当たり次第考えなしに書類送ったって感じだったもんね」

　どうやら、新卒採用で選考辞退が出たらしい。いいご身分だ、と祐一郎は内心毒を吐く。

　彼は、世界規模の経済ショックが直撃して悲惨な就職活動を強いられた氷河期世代だ。卒業直前まで内定を得られなかった祐一郎は、九州の実家に帰りたくない一心で、なりふりかまわず応募した。それでようやく引っかかったのが、現在の会社だったのだ。

化かし合いの横行する社内競争に馴染むまで血反吐を吐く想いをしたが、それも最初の数年だ。熾烈な生き残りレースを勝ち抜いて、独立を視野に入れるべき時期にまで漕ぎつけた。

だからこそ、決心をしたのだ——故郷で待っている恋人を、こちらに呼び寄せようと。

地元の高校時代からの付き合いだ。彼女——中村由実は、凛とした気性の女性だった。未だ旧態依然とした田舎町に飽き飽きしたという点で意気投合し、自然と恋人どうしになった。

祐一郎は大学進学とともに上京したが由実の実家は厳しく、彼女が九州を出ることを許さなかった。祐一郎が社会に出てから半年後、結婚させてほしいと由実の両親に嘆願したがにべもなく追い返された——東京での生活なんてどうせ挫折するに決まっている、せめていっぱしの肩書と収入くらい備えてからやってこい、と。

ふたりは諦めなかった。いつか必ず田舎を出て自分たちの家庭を築こう——そう誓い合い、幾年も経った。その誓いだけが、祐一郎の理由だった。由実と一緒に暮らすために、彼女の実家に認められるだけの男にならなくては——その一念で、歯を食いしばり続けた。

そしてようやく機が熟した。独立の目途も立ち、当面の暮らしを保障するだけの蓄えもある。祐一郎は観光旅行の名目で彼女をこちらに呼んで、帝国ホテルのディナーに招き、完成に半年かけたオーダーメイドのエンゲージ・リングを差し出した。

それを、彼女は受け取らなかった。

『この指輪を買うために、どれだけの人を騙したの？』

『な、なんだよ……不服なのか？　今日のためにどれだけ、俺が苦労したと……！』

『そうね、私がいけなかった。私との約束のためにあなたが歪んでいくのにうすうす気づきながら……見ないふりをしていたの。私が愛した祐一郎さんを――私が殺したのね』

『いったいなんの話をしているんだ、おい、由実、』

『これは受け取れない。貴方からは、何も。さようなら』


そう言って由実は去り、以来音信不通となっている。

（――くそっ！　せっかく忘れかけていたのに……！）

にわかに胃の底が煮えくり返り、祐一郎はドンとデスクを殴りつけた。斜向かいの事務員がビクついていたが、構いやしない。

何が悪かったのか、わからない。細心の注意を払って、すべて最高峰のもので誂えたプロポーズだった。第一、ふたりの長年の夢がようやく叶おうというところなのだ。

それをあんな、自分が被害者だと言わんばかりの傷ついた顔で去っていかなくったっていいじゃないか――

幾度となく反復したその疑問を、ようやく放棄できかけていたのがこの一週間だった。幼い誓いから、あまりにも時間が経ち過ぎた。由実は変わってしまったのだ。

互いが互いの最大の理解者であったあの日々は、とっくの昔に失われていた。あんな薄情

な女は忘れて、新しい、自分をわかってくれるパートナーをまた探せばいい――そう言い聞かせて、納得しかけていたのに、

『いえいえ、お客さん、もっと他にいるでしょう？　贈り物を携えて訪うべき愛しいお人が』

　あの男がそんなことを言うから、また未練がぶり返してしまった。

（……あの、男？　誰だったか……ひどく癪に障った憶えはあるが……）

　苛立ちは確かに胸の内にあるのに、えらく記憶が漠然としている。由実との一件を思い出すきっかけになったのは誰かにそう言われたからのはずだが、肝心のそいつのことが、思い出せない――記憶に働きかけようとしても、その像はまるで夢か幻のように、霞んでしまう。

　はあ、とため息を吐いて、祐一郎は思考を断ち切った。少々疲れが溜まっているようだ、久しぶりに有給でもとろうか――と胸ポケットからスマートフォンを取りだし、スケジュールを確認しようとする。そのとき、一緒に入っていたものがひらりと滑り出た。

　デスク上に落ちたそれを、まじまじと眺める――真っ白な、紙の栞だ。

（んん？　どこで仕入れてきたんだ、こんなもの――〝雪魚堂〟？　知らない単語だが……）

　紙の上に記されているその三文字をよくよく見ようと手に取ろうとして、名前を呼ばれた。斜向かいの事務員が、青ざめた顔をしている。

「あ、あの、お電話なんですが……」

「誰からだ？」

事務員の態度に苛つきながら、祐一郎は受話器を取る。

「宮井様です、その、ひどく……お怒りで」

無意識に、ごくりと喉が鳴った。

何か、取り返しのつかない事態が進行しているのを祐一郎は嫌でも悟る。

電話機の上、保留中の外線着信を示すライトがチカチカと明滅している――

❄

その晩の食卓にはせっかく筑前煮が並んでいたのに、成海はろくに味わえなかった。

毅一が丁寧に下拵えした鶏肉はふっくらとやわらかく、油の旨味とこっくりとした昆布醤油でしっかりと煮しめられている。一緒に炊かれた根菜類のほくほく加減も絶妙で、居候するようになってから成海のフェイヴァリット献立ベストテンに入るくらいすきな一品である。

なのに、今日はなんとなくで食べ終わってしまい、自分でもがっかりしたくらいだ。

テレビのニュースでも気の滅入るような知らせばかりが入る。登校中の子どもたちを襲って未だ逃走を続けている通り魔、竜巻に見舞われた地域の遅々として進まぬ復興、インターネット上の誹謗中傷で自死に追い込まれた芸能人、諸外国の外交摩擦とその余波――

ともに食卓を囲んでいる菜穂海と毅一に心配をかけたくなくて、出てくるため息を何度となく噛み殺す。空いた自分の皿を持って適当な理由付けをし、そそくさと成海は居間を出た。食器を洗ってから、屋根裏へと引っ込む。

室内で唸る熱気を逃すべく戸を開け放ってから、窓辺に座り込み、ぼんやりと空を眺めた。そこでようやく、溜めこんでいたため息が特大になって飛び出る。

（なーんで、こんなモヤモヤするんだろ……）

男性客が去ったあのあと、ほどなく成海も雪魚堂を出た。魚ノ丞は特に変わった様子を見せず、ひらひらと手を振って見送ってくれた。

そう、変わった様子はひとつもなかった。

怒っても、苛立っても、悲しんでも、傷ついても、いなかった――外から見える範囲では。

それが成海の中で、ずっと引っかかっている。

（……ちょっとはそーゆーの、出してくれればさ。あたしだって、すんなり謝れたのにさ）

と、そこでもうひとつ大きなため息が出た。都合のいいことを考えている、自覚はある。

面倒だから助けられる客を助けないいんじゃないか、というのは、いささか乱暴な発言だったと、今更ながらに成海は悔いていた。なんでそんなことを口走ってしまったのかわからないし、わかったところで取り返しがつかないことに変わりはない。

せめてすぐに執り成していればもう少し気持ちも落ち着いたのだろうが、そのタイミングも逸してしまった――彼があまりにもすんなりと、受け流したものだから。

そしてそこが、成海がやきもきする原因なのだった。

（……ホント、変なひと。まだ出会って間もないけど、なんとなくわかる……きっと、あのひと、誰にでもああなんだ。どんなにきつく当たられて、どんなにひどいこと言われても、カラカラ笑ってる。そんな――ひとに、あたし……）

がくり、と項垂れる。結局、心をざわつかせているのは身勝手な罪悪感で、こうして後悔しているのだってその重圧から逃れたいからに過ぎない。ほとほと幼稚な自分に呆れて、それでも考えることを止められない。

あるいは、彼ならこう言うだろうか――

それは己の情焔が、胸のうちで暴れ回っているのだと。

（……嘘か、実か……夢か、うつつか……）

意識が微睡みかけて、寝るなら布団で――と考えた、そのときだった。

しゃん……、と、遠くであの鈴の音が、鳴った。

ハッと閉じかけていた瞼を上げる。スマートフォンで時間を確認すれば、日が変わるまで一時間を切っていた。それまでぐだぐだと悩んでいたのが嘘のように、成海は躊躇いなく散歩用のパーカーを羽織り、静かに家の外に出た。

気づけば小走りになっている。向かう先は、新大橋通り。

（わあ……！）

ほう、と感嘆が漏れた。

四車線を埋め尽くす、妖怪、あやかし、名状しがたきものども――つまり、異形の徒の群れ、群れ、群れ。銘々手に持った松明を掲げ、踊ったり、騒いだりしながら、ゆっくりとそぞろ歩いていく。

そちらに向かおうとして、成海の足は止まった。前回、あの巨大な土蜘蛛に襲われたときの恐怖が蘇ったからだ。だが、四方を見渡してもあのおどろおどろしい怪物は見当たらない。それでも、またいつ現われて夜行を乱すかわからない——と躊躇している彼女の目の前で、心奪うような白が舞った。

(ああ……やっぱりきれいだな、この紙の雪)

ひいら、ひいらと、辺り一面に吹雪く白銀の紙片。それらは山車の上から噴出された白い火焔にその身を焦がし、ちらちらと落ちていく。やがて妖怪たちの持つ松明に辿りつき、それぞれの彩りを滲ませながら、皓々と灯る。

開き直るような橙色、根に持つような濃紺色、受け入れるような新緑色、戸惑うような薄桃色——おのおのの感情の揺らめきを窺わせる鮮やかな色彩が、天の川のように流れていく。まるで空に架かっていた虹が地上に居場所を見出したかのように。

そして——その中心にいるのが、あのふたり。

成海は、目を眇め山車の上にいる彼らを眺めた。

口から白い火焔を噴き出して紙吹雪に焔を灯しているカナと、その紙吹雪を撒き散らし、琵琶を弾いては歌って踊る魚ノ丞。

この百鬼夜行の屋台骨を担っているのは、まちがいなくあの雪魚堂のふたりなのだ。

（……魚ノ丞さん、言ってたっけ。この夜行に来るのはみんな、雪魚堂のお客さんだって）

松明を持ってまったりと歩いていく以外に、夜行を成す妖怪たちに共通点はない。

怒鳴り合ってケンカをしている赤鬼と青鬼はいかにも日本風だが、長いマントを垂らして気取っている吸血鬼なぞは洋画から飛び出してきたようだ。古式ゆかしい一つ目小僧が、宇宙服を着た兎と並んでいる。

無数の触手を生やした謎の生物と、その触手を三つ編みにして遊んでいるトイレの花子さんに、マハラジャみたいな衣装を着て悠々と闊歩する象――。

（妖怪の皮を被る、だっけ……なんでそんなことする必要があるのかって思ってたけど、今ならなんとなく、わかる。自分だって、わからないようにするためだ）

ふと、渋谷のハロウィンパレードを思い出したが、あれよりもっと脈絡がなく、節操がなく、遠慮がない。赤鬼と青鬼などは血が出るまでに殴り合い始めて成海は肝を冷やしたが、周りはむしろ囃し立てるばかりで止めようとする素振りすら見せない。本当に危なくなったらストップがかかるのだろうが――それまでは、すきにしていいのだ。それがこの夜行のルールなのだと、成海は悟った。

（誰が誰かわからないから、誰の目も耳も口も気にしなくていい――だから、自由に振る舞える。いつも我慢していることだって、ここでは思う存分やっちゃっていい。だから、みんな、あんなに楽しそうなんだ）

血みどろのケンカを繰り広げている鬼らの、その表情はせいせいとしている。その他の者たちも各々好き勝手にして、たいそう寛いだ有様なのが見てとれた。歩きすらせずその場で三角座りしている子泣き爺もいるが、誰も咎めたりはしない。

あるがまま、なすがまま、思うがまま——現世のくびきを外れ、みこころを解放している。

（……いいなぁ。なんであたしは、あたしのままなんだろう……）

改めて、成海は自分の装いを眺めた。あとでシャワーを浴びようと思ってそのままになっていた日中のくたびれた格好を、辛うじて羽織ったパーカーで隠している。そして、それだけだ。他はまったくなんの変哲もない、ごくごくふつうの猪瀬成海がそこにいる。

みんなと同じように化けの皮を被ってあの夜行に紛れ込めたなら、どんな愉快なことだろう——謝るのだって、きっとすんなりできるのに。

そんなことを考えていたら、自然と視線が中空を漂う山車の上に向いた。琵琶を弾いていた興行主が——魚ノ丞が、こちらを向く。

不意を突かれて成海は思わずあたふたとした。だが彼はまったくいつもと変わりなく、へらへら笑ってバチを持つ手をふらふら振る。

それは至って軟派で軽薄で、どの客にも見せる彼の平生の態度だった。彼女はぷいっとそっぽを向く。

（もうっ！　そんなだから……謝れないんじゃないっ！）

ここにきて、また意地と罪悪感の堂々巡りに成海が片足をつっこんだ——そのとき、

「も、も、もうだめだ〜〜〜〜!!!」

素っ頓狂な悲鳴が、わんっ、と辺りに響いた。

薄っぺらくも長い布きれが、妖怪たちの頭上を迷走している。

「おしまいだっ！　訴えられる！　ぜんぶ台無しだ！　またしくじりやがった！　このバカが、マヌケが、アホウが!!!」

突如現れておいおいと泣きむせぶそいつの正体を見極めようと、成海も小走りで夜行の群れへと駆け寄った。ひっきりなしに飛び回るので観察するのに難儀したが、布きれの一方の端部には目と口があり、その近くにはひょろひょろとした手のようなものもついている。

（なんか、アニメで見たことあるような……確か一反木綿、だっけ？）

人目もはばからず泣いてばかりのその声に、どこか聞き憶えがあって成海は眉をひそめた。

（昼間のお客さんの声に似てる？　……まっさかね！　だってあの人すごく自信満々って感じだったし、あんな子どもっぽく泣いたりなんか――）

と、思っていたそのとき、一反木綿の短い手が機敏に動いた。頭（？）のあるのと反対の端をひっつかむと、なんとビリビリと裂き始めたのだ。

「おまえは！　なんでうまくできないんだ！　どうして！　いつもちゃんとやり通せない！　だから由実もいなくなった！　おまえがバカでマヌケでアホウだから！　このっ、バカ！　マヌケ!!　アホウ!!!」

一反木綿の泣き喚く声は次第に怒気を帯び、自らを引きちぎるその手は見る見るうちに赤黒い鬼のそれに変じゆく。その指先から線香花火のような紅い焔が迸ったのを見て、成海はハッとした。

（これって……情焔が、暴れ出してるんじゃ……！）

悲痛なその有様を見ていられず、縋るように成海は山車の上へと視線を向けた。

が、

「お〜お〜、なんとも景気がいいですねぇお客さん！　さぁさ、もっともっと吐き出しちまいなさいな！　ア・そーれ、ア・そーれ、ア・そーれそーれそーれそぉい♪」

責任者のはずの魚ノ丞は煽るように笑って、琵琶をびょんびょこ鳴らしている。

ズッコケそうになるのをなんとか堪えて、成海は声を張り上げた。

「何を呑気に歌ってるんですか、魚ノ丞さん?!　大事なお客さんが苦しんでるんですから早く助けてあげてください!!」

「あれ、お嬢さんそちらにいたの？　いんやぁ〜でもまず初めは、」

魚ノ丞が言い終わるより先に、異変は激化した。

「なんでおれはいつまでもこうなんだあああああああああああ!!!」

絶叫とともに、一反木綿の全身から紅蓮の炎が噴き上がる。ごぉう、ごぉうと燃え盛るその情焔に断末魔のうめきを揺らしながら、なお一反木綿は己の身を裂いている。投げ捨てられた切れ端に情焔が燃え移って火球となり、方々に飛んでいった。

そのうちのひときわ大きな火の玉が、成海目がけて落下する。

咄嗟のことに、彼女は逃げるという選択を取れなかった。辛うじて両腕で頭を庇ってぎゅ

っと目を瞑る——しかし次の瞬間彼女を襲ったのは熱気ではなく、

くんっ、

と全身を引き上げられてかかる重力、それから浮遊感。

へ、と目を開けてみると、

「いやぁ、危ない危ない。現身にはひとたまりもないからね、ありゃあ」

とすぐそこに黒眼鏡をかけた顔があって声にならない悲鳴を上げた。

「な、な、魚ノ丞さん⁈」

「ええ、ええ、あなたの魚ノ丞でござんすよ」

そんなふうにカラリと言う彼に対して、成海は赤面してろくに二の句も継げない。彼女の身体は魚ノ丞に抱えられ、紙吹雪散る中空を軽やかに舞い上がっていたからだ。

（こ、こんなのっ、お姫様だっこじゃない……！）

唐突にさしはさまれたおとぎ話のような展開に、免疫のない成海の思考回路はエラーを起こしてまともに働かない。そうこうしている間に魚ノ丞は、空中の何もないところを、とん、とん、と二、三跳ねて、山車の上へと着地した。壊れ物を扱うようにそっと成海を下ろすと、口笛まじりに地上を眺める。

彼から離れてようやく落ち着いた成海も、ハタと思い出してそちらを見遣った。だが彼女の心配を笑い飛ばすように、夜行は――なんと、大いに盛り上がっている。

「おうおう、いいじゃねーか若いの！　どんどんやんな！」

「ん〜いいよねこの感じ！　整うわ〜」

依然、一反木綿は泣きわめきながら自らを引きちぎって火球をあちこちに投げつけているのだが、周囲の妖怪たちはむしろ歓迎しているようだった。

紅い火の玉が落っこちてきても、かんらかんらと笑っている――どころか、その身に当たっても、じゅう、と焔はやわらかく融けて、延焼することはないのだった。

まさに奇々怪々といった光景に、さきほどまでと別の方向で成海の思考は止まる。その隣に並んだ魚ノ丞が、

「初めはね、感じきるのが大事なんだよ」

アルファベットのAを子どもに教えるように、そう言った。

「あのお客さんは初めて、自分の中の情焔と向かい合わなきゃいけないハメに陥った――そのとき外野が先回りして逃げ道用意しちまうと、一時は楽でも結局なんにも変わりゃしない。どんなにつらくて、みじめでも、そう感じる自分がいるということをまず、他ならぬ自分が受け止めてやらなくちゃあならんのさ。あのお客さんはようやく、そこに辿りついたんだ」

正直、成海にはなんのことだかさっぱりだ。今四苦八苦している一反木綿も、この前胸から火柱を噴き上げたろくろ首も、己の情焔に炙られているのは同じだ。苦しんでいるのに変わりはないのだから、どうして早く助けてやらないのか――。

そのとき、彼女の隣で小さな影が動いた。山車に乗っていたカナが、のそりと身を乗り出してきたのだ。そのまま縁から落ちてしまいそうで成海は慌てて止めようとしたが、普段物も言わずどこかふわふわとしているこの黒ずくめの少年は、今はその視線をしかと一点に定めていた。

その先を追うと、やはり自傷行為を続ける一反木綿がいたのだが——微かな違和感に、成海は眉をひそめた。

(あれ？　さっきまで紅かった焔が、なんだか黒ずんでる……？)

目を眇めてよくよく確認しようとしたが、そのとき魚ノ丞がカナに何かを渡した。

「自分の中にそれほどの情焔が燃え盛っているのを、感じて、感じて、感じきって——それでもままならない——」

彼はそっと黒の丸眼鏡——禦熄眼鏡を外し、悠然と微笑む。

「そこで助けを乞われたならば、惜しむことなく捧げましょう」

この間のように禦熄眼鏡を成海にかけるや否や、ぴょんっとひとつ跳ねて軽やかに地上へと降り立った。レンズ越しにその姿を追った成海は、あっと息を呑む。

今や赤黒く変色し、一反木綿に身の毛もよだつ断末魔の絶叫を上げさせる猛々しい情焔と——それを呑みこむように清浄な月の銀光をまとう、魚ノ丞。その対比は、これから起きる事象を成海に予期させた。

(始まる——みこころうつしが……！)

果たして魚ノ丞が、高く、天く、扇を握った手を上げる。

きこりのじいさま　いしなげられた
まるはだかのやま　そなたのせいと
いしなげられて　むらをおわれた

おどけたような歌声に、周囲の妖怪たちが反応を示した。何人か、頷きあって、魚ノ丞を囲み、ともに謡って踊り出す。
その伴奏は、成海の隣にいるカナが務めている。彼は魚ノ丞から渡されたそれ——不思議な形の琵琶を、正確な手つきで鳴らしている。

きこりのじいさま　やまでくらした
はだかのやまに　べそかいてわび
たねまいた　みずやった　めっぽうめでた

妖怪たちの中から、指笛で囃し立てるように加わるものが出始めた。
メロディも、踊る身振り手振りも、総じてとても軽やかで明るいのに——破裂する寸前の風船を見ているような緊張感が、成海の胸を騒がせる。

そしてその予兆を肯定するように、皆ぴたりと歌うのも踊るのも止め、

きったき　ほしがったの　だぁれ
きったき　ほしがったの　だぁれ

針刺すように魚ノ丞が詠じた。

——パンッ！　と空気の弾けるがごとく、再びすべてが動き出す。

一層の加速、一層の盛況。

今や夜行に参加していたおびただしい数の妖怪が、この歌に、舞に——みこころうつしに、加わっていた。

魚ノ丞は、どんどんと紙吹雪を散らす。妖怪たちの猛烈な勢いに乗せられ、一反木綿の情焔を玉虫色の彩りに移し替えていく紙雪は、ようようと九天へ昇りゆく。

次第に、喘ぎ苦しんでいた一反木綿の悲鳴も小さくなり、己をやたらめったらに破き散らすのも止めていた。それを見計らったように魚ノ丞が、そーい、と大きく声を張り上げる。

それを合図に、妖怪たちはあらん限りの歌声を響かせた。

きこりのじいさま　やまになった
きったき　もう　やぁらない
ないのないの　ないないない
ないないないの　ないないない

ないない、ないのない、ない、ない——……その一節が木霊して、地上から空へと伝っていく。それは天高く舞い上がっていた紙吹雪を——一反木綿を苦しめていた情焔を、優しく揺らしていく。

あやされた焔はやがてひとつの塊になり、そして——目が眩むほど、鮮烈な閃光。反射的に成海は目を瞑ったものの、気が急いてすぐ瞼を開けた。

予想どおり情焔の塊は消え、代わりに——中空からひいらひらりと舞い落ちる、一枚の紙。それは意志を持つように、舞い終えた魚ノ丞の腕の中に納まった。

「ふうむ、あはれなる——地に連なる矢絣紋になんら変わりはないというに、下から上へとうつろう色彩が、艱難辛苦の喘ぎを想起させずにおられない」

彼は厳かに、慎み深く、手にした紙の——みこころうつしの文様を検分する。

「その只中をさまよい飛び往く燕が一羽——くちばしに咥えるは豊かに実った葡萄が一房。しかし、分かちあいたいと願った相手は飛翔の軌跡ばかりを残して既にその姿なく、燕の尾は葡萄の蔦に搦めとられ、自由を失しているようにも見受けられる」

「……そうだ。そのまま落ちて、地面に叩きつけられて、無様に死ぬ」

自らのあちらこちらを千切ったためにみすぼらしい有様となった一反木綿は、今はアスファルトの上で這いつくばっている。小さな手はぼろ切れとなった身体すら支えられず、俯せられたその顔に浮かぶ表情を、誰も窺い知ることはできない。

「お袋を怒鳴って殴りつける親父が嫌で、家を出て……あんなふうには絶対ならない、俺は大事にしたい人を大事にするんだって息巻いて――」

出来心で手を染めたいたずらが火事を引き起こしてしまった子どものように、打ち萎れた声で彼は続ける。

「でもそのために、どれだけの人を犠牲にした……？　故郷に帰ったら、負けだと思った――東京で成功すれば、なんでもできると信じて……そのために、どれだけの人生を踏みにじった……？　それはあのろくでもない親父と、どれだけちがうって言うんだ……!!」

一反木綿は、その爪を自らに突き立てガリガリと掻いた。

「ああ、本当に、なんで今頃……！　親父の言うとおりだ、俺はバカでマヌケでアホウだ……！　こんなだから由実も、俺を見限ったんだ――」

再び自分を破り散らすのではないか――そんな空気が漂ったそのとき、

「それでも燕は、飛ぶ空を選べます」

明瞭に、魚ノ丞がそう断言した。

彼は地面でのた打ち回っている一反木綿の許までいき、静かにひざまずくと、手にしていたみこころうつしの一枚を恭しく差し出した。一反木綿はかろうじて頭を上げ、その紙上に顕れた文様と対面する——その目がにわかに見開かれるのが、成海にも見えた。

魚ノ丞は壮麗な——ゆえにどこか寂しい光を宿すその面差しに、やわらかな笑みを滲ませる。

「今は甘い葡萄の生る、赤紫の茂みにいる。しかしご照覧あれ、燕の頭上にはいまだ五月の空のように澄んだ青が広がっているのです。飛び去ったもう一羽の軌跡も、そちらのほうへと続いている——葡萄を諦めて身軽になれば、すぐにでも飛んで行けるんじゃあないかと、己等などは愚考しますがね」

「……だめだ、どの道こんな、変わっちまった俺じゃあ——」

弱々しく頭を垂れる一反木綿に、魚ノ丞は頭をきっぱりと横に振った。

「いいえ、お客さんが胸の中に携えた矢は、何ひとつとして変わっちゃいない——荒ぶるあなたの情焔にて織り成された、これなるみこころうつしの一枚こそが、何よりの証左にございます。そして——」

魚ノ丞は、そっと手の中のそれを渡す。

「どの空を飛ぶか、あなたはいつだってみこころのままに選べるのです」

不思議と、それまでは身体を起こすことのできなかった一反木綿が、ほんの少しだけ、宙に浮いた。魚ノ丞から受け取ったみこころうつしの一枚を両の手でしかと握り締め、隅から隅までありありと眺め、やがてぽつりと一言漏らした。

「許されて、いいのだろうか……俺は散々、自分の空を飛ぶ誰かを蹴落としてきたのに……」

間髪入れず、魚ノ丞は答える。

「ならこれからは、あなたがあなたを許せるような道を選べばいい。その先に自ずと解は成りましょう。なぁに、雪げぬ穢などこの世にひとつとしてありゃしませんよ……みぃんなそれを、忘れてるだけ」

そして雅やかな顔を、くったくなく笑わせた。

「ま、雪ぎきるまではいささか難儀やもしれませんがね！　しんどくなったら、またおいでなさいな――雪魚堂は、いつでもお待ちしておりますよ」

その言葉をかみしめるように、一反木綿は瞼を閉じた。

刹那、みこころうつしの一枚が光球となり、くるくると彼の全身を包み込むように飛び舞った。やがてカッと眩い光を辺りに放ち、じきに治まって――ハっと、成海は息を呑んだ。

一反木綿は消えて、代わりに――雪魚堂を訪れたあの背広姿の男がいた。

最初から知っていたように、魚ノ丞は自然な物言いで話しかける。

「合縁奇縁を願いまして、あのハンカチーフをお送りしましょう。なあに甚だ軽いもんなので、空飛ぶ邪魔にゃあなりゃしませんさ」

男は気恥ずかしそうな笑みを浮かべた。その姿も燐光に包まれ、すん、と彼方へ消えた。

成海の目にそれは、燕が一羽遠くの空へ飛んで行ったように映った。

❄

ハローワークへ行った帰り、立ち寄った佐々木家で成海は一心不乱にきしめんを啜っている。

いつものとおり、しっかりおいしい——のだが、彼女は至ってしかめっ面だ。やけくそでちくわ天と、もひとつおまけでえび天も頼んでいたが、それでも腹の虫は治まらない。

（あーもうっ、ホントムカつくっ！　あれもこれもそれもムカつくけど、あんな話にその気になったあたしが一番バカでムカつくっ!!）

そうやって当たり散らすように食べていたバチと言わんばかりに、麺の代わりに舌を噛み、成海はその場で悶絶した。

痛みを紛らわそうとお冷を一気に飲み干す。そこで少しは気も落ち着いたが、苛立ちの原因がまざまざと頭を過った。

一反木綿のみこころうつしをしたあの夜行の、その翌日——

あるんだかないんだか判然としない雇用契約ではあるものの、無視するわけにはいかず、成海は渋々と雪魚堂に向かった。カナはいつものように安楽椅子の上で眠っていて、いつものように丸い黒眼鏡をかけた魚ノ丞は奥の座敷で漫画を読みながらゴロゴロ寝転んでいた。

いささか脱力したものの、昨晩の大立ち回りを思えば疲れが出ても当然かと考え直し、言及することなく成海も座敷の段差のところへ腰かける。

仕事も用事も与えられず手持無沙汰で、彼女はぽつりと呟いた。

「……いいんですかね。あのお客さん、あのままで」

「んー、何がだい？」

漫画から目を離さないままの魚ノ丞に目尻が吊りあがるのを感じつつ、夜行のあともずっと考えていたことを成海は口にした。

「双葉さんみたいに詳しい事情、話してくれなかったし……なんていうか、断片的で。一応気持ちはすっきりしたみたいでしたけど……それだけで、いいんでしょうか」

「そうは言うけど、単にすっきりするのって生活に必要不可欠でござんすよ？　ほら、大きいほうだって何日も腹ん中に詰まってるとあっちこっちに支障を来すじゃあございませんか」

「……」

成海は絶対零度の視線で黙殺し、続ける。

「あの取り乱し方、ただごとじゃありませんでした。何か、すごくやばいことに出くわしちゃって困ってるって感じ。もっとちゃんと、助けになってあげたほうが……」

「うんうん、そうざんすねー。困ってるかもしれないし、困ってないかもしれませんねぇ。

おっ、なるほど、ここであの伏線が活きてくる……」

「〜〜〜！　漫画読みながら適当な相槌打たないでくださいっ！　大事なお客さんがどうなったか、気にならないんですかっ?!」

カリカリと言い放つ成海に、魚ノ丞はページをめくりつつのんべんだらりと返す。

「そりゃあおいらの仕事じゃあござんせんからね。ここを去ったあとで人生をどう生きるかは、他ならぬお客さんだけに許された大事な仕事。それを横からどうこう言うほど、おいらヤボじゃあないつもりですがね」

「……じゃああたしはヤボだって言うんですか」

「お嬢さんがそう感じたなら、そいつぁそうなんだろうがね」

ぷう、と成海は頬を膨らませていたが、

「なんの役にも立てなかったから事後処理（アフターフォロー）だけでも頑張ろうってお心積もりかしらん？」

などとケロッと魚ノ丞が図星を突くので、思わず咳き込んだ。

「そっ、それはっ……〜〜そう、ですけどっ……」

「うふふ、お嬢さんはまったく熱心さねぇ〜」

そこでようやく魚ノ丞は漫画を置いて起き上がり、成海に向き合う。

「でも、そういうことをしてほしいと言って雇った憶えは、おいらまったくござんせんよ？」

「それも、そうですけどっ！」

成海も気づいている――悪い癖だ。頼まれてないのに張り切って、いいところを見せようとする。役に立つことを証明しようとする。そうして「ほら、あたしで正解だったでしょう？」と主張しようとする――そういう傾向が、自分にはある。前職で様々な部署の仕事をやる羽目になったのも、半分は自業自得だった。

そうとわかりつつ、やめることができない。

「だってあたし……一応ここに雇われてるんですよ？　なのに、なんの仕事もしないで、ただいるだけっていうのはちょっと……」

「ただいるだけで何が悪いんで？」

まったく気負わず魚ノ丞は言う。

「おいらはそうしたほうがこの紙問屋のためになると考えて、お嬢さんに声をおかけしたんですよ。そこにもっと、こう、ドンと自信を持っていただきたいなぁ」

その言葉は、成海の胸に甘く響いた。

必要な理由がある――居場所がある。ならば、ここでの仕事（？）にも意味を見いだせるかもしれない。だが何を以て魚ノ丞がそう言い切るのかがわからなかったので、

「……そう思った根拠は？」

とそわそわしながら聞いてしまった。

するとこの紙問屋の店主名代は、のそのそとやってきて、座敷から店へと出た。そしてすいと手を上げ、壁を指差す。そこには、色とりどり柄とりどりの千代紙が、貼られている。

「お嬢さん、あれらを見てどう思う?」

「え?」

脈絡のない問いに、成海はただ素直に答えた。

「とっても……きれいだなって」

そう、その印象はこの雪魚堂を訪れて最初に抱いたものと変わらない。

むしろ、それらの喚起する感動はもっとずっと鮮烈になった。この店にある紙は、いずれもみこころうつしのそのまたうつし――双葉や、あの一反木綿たちの情焔によって織りなされたものなのだ。

どの一枚にも、それだけの理由が、事情が、歴史があった――その事実は成海の心に、我を忘れさせるほどのうつくしさとして映る。

改めて彼女が惚れ惚れとしていると、魚ノ丞がポンと手を打った。

「そう、それだよ」

「……は? 何がです?」

「だから、根拠さ」

「……根拠って?」

「いやだねぇ、つい今しがたお嬢さんが訊いたんじゃあありませんか」

黒レンズの丸眼鏡をかけた男は、にまにまと口許をたわませる。

「あれらを見てただ単純にきれいだと言ってくれた――畢竟(ひっきょう)、それだけのことさ」

それきり彼が何も言わずに、きっかり一〇秒が経過してから、

「…………………………………ハァッ⁇!」

相手が雇用主だということも忘れ、成海は怒声を投げつけた。

「じゃあなんですか⁈　似たような人なら誰でもいいってわけですか‼」

「似たような人がどれだけいるかは知りませんがね」

「いるでしょ、そこらじゅうに！　なんなら甘酒横丁歩いてる観光客、一ダースほどお連れしましょうか⁈　みんなだいすきですよ、こういう千代紙!!!」

「ふーむ、そうだとも少し己等も旦那も楽できるんだがねぇ」

「またっ、そういうわけのわからないことを……っ」

ひとまず盛大にため息を吐いて成海は落ち着こうとした。だが胃の底でマグマのように煮え立つ怒りは収まらない。

必要とされたのだと、思ったのに。

「はぁっ、もういいです……ええ、最初からこうすべきだったんです、ホイホイのせられたあたしが悪かったんです！　でももうウンザリっ――今日限りで辞めさせてもらいます‼」

「そーお？」

あっけらかんと魚ノ丞は言う。

「残念無念もこの上ないが、無理強いはできませんしねぇ。また気が向いたらいつでもどーぞ♪」

未練のみの字も感じさせない物言いにますます成海の怒りは募り、その勢いで飛び出した。

……そこから数時間経って、成海は佐々木家できしめんを啜っている。

雪魚堂を発ったその足で地下鉄に飛び乗り飯田橋まで出かけ、ハローワークで片っ端から求人票をもらい、人形町に戻ったところで腹が盛大に鳴った。迷わず佐々木家に入って、ヤケきしめんで気を鎮めようとしているわけである。

(わかってたでしょ、最初から！　あーゆー適当なひとだって！　それなのに、勝手に期待してホンットあたしのバカ！　ばかばかばーか!!!)

噛んだ舌の痛みも引いて、再び箸を握って……素直に認めた。

(あたしじゃないといけない特別な理由があるんだって、思った。だから雇われたんだって。でも——誰でも、よかったんだ。それなのに、浮かれて粋がって……ホント、バカみたい)

ずっと、そうだったはずだ。前職でも、学生時代のバイトでも、どれだけ自分なりに頑張ったところで、結局は代替可能な労働力にすぎなかった。そういうふつうの人生を二五年間飽かずに送ってきたのが、猪瀬成海だったはずだ。

それなのに、いったいなんで、こんな勘ちがいをしたのか——

(……また怒鳴っちゃったしな。職場ではいつも呑み込んできたのに……ホント、なんで、あのひとの前だと……)

むしゃくしゃする頭の中にポンと、去り際、彼がかけた言葉が浮かぶ。

『ああ、言い忘れてたけど、うちの報酬はご縁払いだよ。辞めちゃあもったいないと思いますがねぇ』

カラッと笑ったあの顔の残像が、また神経を逆なでした。

（〜〜〜〜っ！　なーにがご縁払いよっ！　だいたいそれが胡散臭いんだっての！）

この憂さを晴らすには追いきしめんするしかない。

成海は厨房の中の主人に声をかけようとした。しかし、彼はカウンターの端にいた常連客と歓談中だ。話の腰を折るのも忍びなく、成海は待つことにした——が。

「そういえば大将、やけに機嫌がいいね。なんかいいことでもあった？」

「え？　あはは、わかりますかい？　いやぁね、随分と久しぶりにスクラッチくじ買ったら当たっちゃってねぇ……まぁ、たかだか二千円ぽっちですが」

「へぇ、でもそういうのって、これから大当たりする兆しっていうじゃない」

「あ、やっぱりそう思います？　また買おうかなぁ〜どうしようかなぁ〜」

他愛ない会話なのに、横で聞いている成海は冷や汗を滝のように掻いていた。まさか……いや、そんな……でも……と慄いていると、鞄の中でスマートフォンがメッセージの着信を告げる。

うすうす、なんの着信か予測がつきつつも、成海はその内容を確認した。

……二週間前にエントリーシートを送った会社からの、お祈りメールだった。

（〜〜〜〜〜あーもうわかった、わかりましたっ!!　働けばいいんでしょあの店でっ!!）

しかし啖呵を切って出てきたので、どう頭を下げて撤回したものか——

と考えることからしばし逃避するとして、成海は伸びたきしめんをずるずると啜った。

目録ノ参　鮫小紋、老若松に月光降りて

朝夕はだいぶ暑さをしのぎやすくなってきた、九月も中頃。

成海は朝食を頂いてから晴海屋を出て、慣れた足取りで通りを進んでいく。やがてあの路地裏に辿りつき、細く薄暗い道を歩いて職場へと向かう。

常現世のあわいにある、紙問屋の雪魚堂へ。

——辞職宣言を彼女が撤回しに行ったあの日、例のごとく雇い主は「うんうんオッケー承知の助でござんすよ」などと軽々しく受け入れた。土下座も辞さない覚悟で臨んだ成海はいささか脱力したものの（もちろん、きちんと非礼は詫びた）、その日から本格的に雪魚堂で働くこととなった。

とはいえ、「仕事＝特にない」の指示は取り下げられておらず、ワーカホリック気質の彼女としてはやきもきした日々を送っている。雇用主が「ここですきなことをしていい」と言っていたので、試しに履歴書を書いたり資格勉強をしたりしてみたが、なんとまるっきりお咎めなしだ。それどころか、「いや～気が利かなくてすまんね！」と成海専用のワークデスクまで店内に設けてくれたほどである。気が利かないとか言ったその口で、丁度いいタイミ

ングで飲み物まで差し入れてくれるのだから恐縮しきりだ。

いったい自分が何をしにこの店にやってきているのか成海は幾度も見失いかけたが、それでもこれまで転職活動のために費やしていたカフェ代がまるまる浮くのはありがたく、大人しく世話になりっぱなしだった。

(なーんか、いいのかなぁこのままで……)

そう思うものの、これといって妙案が浮かばない。路地裏を進みながらため息を吐きそうになるが、それを呑みこんでひとつ頷く。

(……なんでもいい、進め！　前に進め、猪瀬成海！)

ぺちぺちと頬をはたいて気合を入れなおしているうちに、すっかり見慣れた日本家屋の門扉が見えた。飛び石の上をずんずん進み、引き戸をカラカラと開ける。

「おはようございます……ん？」

店内を見渡すも、上司の姿がない。中に入って戸を閉めると小さな寝息が聞こえてきたので、カナがいつものように安楽椅子に揺られて眠っているのはわかった。だが奥の座敷を覗いても魚ノ丞はいない。首を傾げつつ成海が自身のデスクに荷物を置くと、その上に置かれている小さな紙片を見つけた。

『さがさないでください――』、そう書いてあるのを見て成海は脱力する。

流麗な筆跡で記された不穏な一言に、当初こそ慌てふためいたものだ。だが何度も目にするうちにすっかり慣れてしまった。これは単に、座敷の奥で用事をしているから放っておいてくれ、という魚ノ丞の常套句なのだった。

店の奥にある座敷は四畳半ほどのささやかなものだが、入るとまた三面を障子が仕切っている。それを開けた先に何があるか、成海は知らない。ときどき魚ノ丞がこもって作業をしているようだが、「決して中を覗かないでくださいまし……」などと恩返しに来た鶴のようにしおらしく言うので、開けたことはない。手伝いはできないか、と訊ねもしたが、

「いやいや、お嬢さんの手を煩わせるほどの所業などこの襖の奥にゃあござんせん！　こいつぁケチな紙魚なる己等に似合いの仕事でね、放り投げちゃぁ旦那に顔向けできなくなっちまうってもんですよ」

などと、案の定のらりくらり躱された。

かねてより自身を〝名代〟と称しているとおり魚ノ丞はこの店の〝旦那〟の代理で、いわゆる雇われの身分らしい。曰く、かつて「神さまの宝物庫にある本を食い荒らして咎を負った」彼は〝旦那〟に庇われ、この雪魚堂での働きを通じてそのときの恩を今も返しているという。これまた夢かうつつか判じようもない内容なので成海としては頭が痛いのだが、魚ノ丞の話しぶりから頭の上がらない上役がいる、というのは確かなようだ。

その雇われである彼に雇われている成海としては下手に動くこともできず、とりあえず今日も店番に勤しむことにした。デスクに腰かけ、お客がやってくるまでは自身の作業――転職活動用のあれやこれやだ――に専念する。

手当たり次第履歴書を送るのは効率が悪いと今更ながらに思い至って、最近は資格試験の

勉強に比率を割いていた。だがそれも早々にノルマを終えてしまい、ふう、とひと息吐く。

ぐるりと店内を見渡すと、窓辺に置いた安楽椅子の上で静かに眠っているカナがいた。

彼は昨晩も夜行で大量の白焔を吐き出し、百鬼夜行の花道に皓々と幽玄の煌めきを灯した。魚ノ丞の言動から、それがカナに安眠をもたらしているのだ、というのは成海もなんとなく察している。そういうものなのだ、とこれまでは深く考えずにいたが、ふと疑問が過った。

(……あの白い焔って、カナくんの情焔ってことなのかな。あれ、でも情焔ってその人の生きる原動力……みたいな説明だったよね？　そんなの、毎回あんなに吐き出して大丈夫なのかなぁ……)

そもそも、カナは〝人間〟なのか……と思ったものの、紙魚の妖怪を自称する魚ノ丞と行動を共にし、百鬼夜行の枢要を担っているとなると、そうでない可能性が極めて高い。ではいったい彼はなんの妖怪なのか――と考えて、成海は二の腕が粟立つのを感じた。

それを知って、自分は従来どおりあの少年と向き合えるのだろうか。

(……でも、カナくんはカナくんだし。とても悪い妖怪だなんて思えない)

成海が初めてこの雪魚堂を訪れたとき、戸を開けてくれたのがカナだった。彼女だけじゃない、他の客が来るときも、いつも彼はあちこちにぶつかりながら、それでも戸を開けて迎え入れようとする。それに、あの巨大な土蜘蛛から身を挺して守ってくれたことだってある。

(そうそう、悪い妖怪ってのはあの土蜘蛛みたいに見ただけでわかるじゃん？　カナくんからは全然そんな感じしない……ううん、むしろ――)

そう、これは成海も我ながらどうしてなのかさっぱり見当がつかないのだが、この黒ずくめの少年を前にするといつでも決まって同じ感覚に囚われる。

彼を見ているとなぜだか——泣きたくなってしまうのだ。

自分でも首を傾げるような妙な感覚で、魚ノ丞にも、店を訪れた別の客にも話したことはない。転職が上手くいかなくてナーバスになっているのかも、と勝手に納得していた。

（はー、前までこんなことなかったのになぁー……ううん、クサクサしてたって始まらない。自分にできることを、一個ずつ！）

成海はカナを起こさないようにそっと立ち上がり、店のディスプレイにハタキをかけることにした。何もしなくてもいい、と魚ノ丞は言うが、何かせずにはいられないのが猪瀬成海である。掃除がてら品物の並びを憶えて、いつでもお客様に紹介できるようにする——学生時代のバイトで身についたクセだ。その延長線で、もっと映えるように陳列を入れ替えたいと申し出たところ、店主名代は「うんうんよござんすよござんす」と例によって軽く了承した。なので、定期的に少しずつ並びを弄ったりもする。

雪魚堂が取り扱っているのは、様々な紙そのものを始め、一筆箋、ハガキ、包み紙など定番品から、いくつものパーツを合わせた立体的な紙の動物像、色とりどりの風車を連ねた暖簾など、凝った代物も数多い。造花やイヤリングにネクタイ、果てはなんと楽器まで——これほどの品々を紙で作ることができるというのは、成海には新鮮で堪らなかった。

そして、それらの紙雑貨は無地のものの他に、色や柄がついていることもある。後者は夜行のみこころうつしで織りなされた文様の、そのうつしである。

成海が働く（？）ようになってから接した限り、雪魚堂を訪れた客の反応は様々だ。双葉たちのように夜行でみこころうつしを受ける者もいれば、すきなだけ話していってスッキリした顔で帰る者もいる。逆に何も喋らず、自らがみこころうつしを受けることもなく、他人の情焔の文様を宿した種々の品物を持って帰る者もいる。

それがどうしてか、なんとなく成海はわかる気がした。自分と同じような葛藤を抱えながらも、乗り越えた誰かがこの世のどこかにいる――それはとても力強く励ましてくれる事実だ。みこころうつしの文様は、その何よりの証拠なのだ。

ちなみに、この店の提供するいずれのサービスに於いても金銭授受は発生しない。ご縁払いだそうである。便利ワードですね、と成海はツッコみそうになったが我慢した。

説明を受けたときを思い出して脱力しつつ、彼女は品物の入れ替えに勤しむ。初めは正直なところ働いているというアリバイを作りたくて取り組んでいたのだが、これだけ種々多様な紙雑貨を前にして、次第に純粋な楽しみが勝り、いろいろと工夫を盛り込むようになった。

関連性のあるものを並べ、物語性を演出する――例えばレターセットに紙飛行機、アルバム帳、切手風フレームのシールを一緒に置けば、旅行の思い出を綴ってみませんか、と語りかけるようなディスプレイになる。

そうしたスキルはバイトや前職で培ったもので、要は売上アップのための戦略であるが、この場ではそれを考える必要は一切ない。単に、やってきた人が興味を持って愉快なひとときを過ごしてくれたらいいな、といった程度の軽い気持ちである。そしてそんなことを考えていると、あっという間に時間が経つのであった。

ただ、このときは夢中になり過ぎてつい指が意図せず品物を弾いてしまった。紙の小箱がカサリと落ちる。成海は慌てて拾おうとして、はたと気づいた。

（そういえば……ずっと置いてあるこの壺、いったいなんなんだろう？）

小物入れが落ちたのは、雪魚堂の片隅——棚と棚の間に挟まれ、ほとんどデッドスペースになっているところで、そこに安置されている壺の上に着地したので、拾うのに難儀はしなかった。が、よくよく見ると不可解だ。

紙モノばかりのこの店には珍しい、立派な陶器の壺。高さは成海の腰ほどまでで縦長の形をしており、抓むための丸い突起をつけた蓋を持っている。

（地を染め抜いてるのは韓紅（からくれない）……で、全体にちりばめられてるのは桐紋、かな？　へへー、なんとなくわかるようになってきたぞー）

ここに来るようになってから、成海は日本古来の色の名前や柄について密かに勉強し始めた。みこころうつしの際、文様を鮮やかに解説してみせる魚ノ丞に触発されたのだ。いつか詳しくなったら澄まし顔で言い当てて、驚かせてやろうという算段である。

それにしても、素人の成海の目から見ても随分と上等な壺だ。こんな店の片隅に置きっぱなしにするのはなんとももったいなく思えた。

（そうだ、この子、傘立てなんかに丁度いいんじゃない？　お店の前に置いたらパッと華やかになるよね。中身を移して問題なさそうなら、魚ノ丞さんに提案しよっと！）

さっそく確かめるために、棚と棚の隙間に手を差し入れ、蓋を取ろうとして――ごつんっ、と大きな音が背後でして、慌てて振り返る。

「か、カナくん?!　大丈夫？」

そこには眠っていたはずのカナがいた。また店の棚に身体をぶつけて転び、床に倒れている。成海は急いで助けようとするが、

「……っ！」

それより先にカナが起き上がり、ほとんど跳ねるような勢いで彼女に抱きついた。

突然のことで成海は驚いたが、少年は彼女の服の裾をぎゅっと握りしめ、しきりに頭を横に振っている。

「どうしたの、カナくん？　頭、ぶつけて痛い？　それとも怖い夢でも見た？」

「……っ、………っ、……っ！」

成海の問いも届かず、少年はほとんど喘ぎのような呼気を漏らし、ブンブン頭を振るばかりである。だがその指がゆっくりと動いてある一点を指した――成海が開けようとした、あの壺を。

「あれ……？　もしかしたら開けたらダメって、言ってるの……？」

「………っ…………!!」

カナはやはり何も答えず、ただ頭を振っている。

　ほとほと困惑して成海が閉口していると、店の奥の襖がカラリと開いて、

「……あいやー、こりゃこりゃまたまたおジャマだったかしらん？」

「そういうのもういいですから魚ノ丞さんっ!!」

　呑気な様子でやってくる上司の黒眼鏡に、成海は反射で噛みつく。だが彼女にしがみついていたカナはいくらか落ち着いたようで、振るのを止めた頭を俯かせ、肩で息をしていた。

「ありゃたまげた、カナが取り乱しているね。何かあったのかい？」

「それが……」

　成海は言い淀むも、心を決めて頭を下げる。

「ごめんなさい、あたしが軽率でした。あの壺を開けようとしたら、カナくんがやってきて止めてくれたんです。あれ、触っちゃいけないものだったんですよね……？」

　状況を整理するとそれ以外考えられない。店の一員になったと浮かれて、許可されていない領域にまで手を出してしまったのだろう。また突っ走ってしまい、成海はしょんぼりと肩を落とした。

　しかし魚ノ丞は怒るでも呆れるでもなく、度肝を抜かれた、というように口をパクつかせている。

「……お嬢さん、あれも見えるの？」

「え？」

　成海もわけがわからず、目を白黒させる。

「見えるって……あの壺のことですか？　そりゃちょっと棚に挟まれてわかり辛いですけど、あんな目立つのすぐわかりますよ。上品な赤色で、柄にも金箔使ってますよね？　こんないい壺なのに、なんで隅っこにあるのかなってずっと不思議だったんですけど」

「そっかぁ……」

魚ノ丞はどこか感嘆したようにポリポリと頭を掻く。

「いや、すまんね。こりゃ注意喚起を怠ったこっちの落ち度にござんす。ありゃあ、ちっと言わずどっと危ないもんなんで、どうか末永く放置してくださいな」

「え、ええ、わかりました」

上司の命令には従うのみだが、ひとつだけどうしても謎が胸の中でわだかまった。

「いったいあれ……何が入ってるんですか？」

その問いに反応してか、裾を掴むカナの小さな手のひらに力が入った。

成海がそちらに気を取られたそのとき、

「――奈落」

と呟くように魚ノ丞が答えた。

よく聞き取れず、成海は顔を上げてもう一度問おうとしたが、ぐーきゅるる、という気の抜けた音に阻害される。

「おおっ、そうそうおいら腹が減ったんでノコノコ出てきたんですよぅ。三時のおやつとしゃれ込みましょうな」

「え、は、はい……」

タイミングを逸して――意図的に逸らされた感があるのがやや引っかかりはしたが――成海は頷き、流すことにした。酷く、喉が渇いていた。今は何か飲んで、安堵したい。

成海はカナを抱き上げ、座敷の入り口に腰かけさせる。自分は荷物を置いてあるデスク脇まで行って、包みの入った袋を掴んで戻り、少年の隣に座った。魚ノ丞は座敷の障子の奥へお茶を淹れに行ったようだ。待ちきれず、成海はカサカサと包みを開ける。

晴海屋名物・ひぃづるまんじゅう。

三個で一五〇〇円（税別）と少々値が張るが、それだけの風格を備えたまんじゅうだ。漬して丁寧に裏ごしした杏子（あんず）と炊いた白小豆を練り込んだ橙の餡が、黒糖入りの皮にぎっしりと包まれ、しっとり蒸し上げられている。小豆と黒糖の甘さの絶妙なハーモニーに、杏子の爽やかな酸っぱさがアクセントに添えられて、なんともやみ付きになる逸品なのだ。シンプルな線で曙光を模した焼印も、これまた粋である。

この看板商品は、今も祖母の菜穂海が手ずから拵えている。そのため数に限りがあり、毎日開店早々に売り切れてしまう人気の品だ。成海は孫特権で易々と入手――といくわけはなく、今朝五時に起きて晴海屋の前に並んだ（なんと先客が二名いた）。

身内にこそ厳しいのが猪瀬菜穂海という人物で、父が実家に寄りつかないのは所帯を持つときに相当やり合ったから、と成海も聞いたことがある。が、彼女はそんな祖母がすきだし、尊敬している。おかげで一〇時間後の一五時現在、眠気もピークに達しつつあるのだが。

（まぁ、このくらいはね……特に、カナくんには助けてもらったりしてるし？　カナくんには、お世話になってるし！　カナくん、いつも夜行で頑張ってるし!!　……だから、ついでに魚ノ丞さんにもおすそ分けしたっておかしくないよね、上司だし……）

そう自らに言い聞かせつつ、成海はまんじゅうの包みをひとつカナの膝の上に置く。

「カナくん、これあたしのばあちゃ……祖母がね、作ってるの。すっごくおいしいから食べてみて！　きっと気に入ると思うなぁ」

だが、カナはなんの反応も示さない。先ほどの必死の様子もどこへやら、いつものように茫洋と視線を虚空に漂わせている。しばらく待っても、まんじゅうに手をつける気配を見せない。見守っていた成海だが、ポンと気づく。

「そっか、カナくん、見えない……んだもんね？　ごめんね、ちょっと待ってて」

少年の膝の上に置いたまんじゅうを手に取り、包装を剥がそうとしたそのとき——座敷の奥、向かって右手の障子が開いて、

「いや、だからね。それは無駄だよ」

お盆を持って出てきた魚ノ丞が、苦笑交じりにそう言った。

「前にも言ったろう、そいつにゃ何もわかっちゃいないんだよ。豚に真珠、猫に小判、カナにまんじゅう。たとえお嬢さんが至高にして究極のメニューを持ってきたとして、そいつにゃあ無意味なんだ。悪いこと言わないからそっとしておいてあげなさい」

そう述べながら、魚ノ丞はお盆を置いてカナの隣に座った。湯気を立てる湯飲みのひとつ

を手に取り成海に差し出してきたが、彼女は受け取らず、思いっきり眉間にしわを寄せて険と声を発する。

「……そうですね、それであたしも前に言いました。それに、今はもっともっともーーーっと実感してます。カナくんが何もわかってない？　――そんなふうには思えません！」

相手は上司で、奇跡のような術をいくつも操る常世の住民――しかし成海は最早退路のことなど頭になかった。

絶対に、そのことだけは認めてはならない――理屈を伴わぬ、されど強い直感が彼女を突き動かしている。

「カナくんは優しい子です。あたし、何度も助けてもらいました。それにこのお店に来るお客さんを――胸の中で情焔が暴れて苦しんでやってくる人を、最初に出迎えるのはいつだってカナくんです。そんなの、誰かが傷ついてるって、助けをほしがってるって、わからないとできないことじゃないですか？」

「…………」

珍しく、魚ノ丞は押し黙ったままで、湯呑みを盆の上に戻した。

そこには三つの湯飲みがあって――成海は少しばかりトーンを落とす。

「教えてください、魚ノ丞さん。あなたがただからかうために、無駄だとか、なんにもわかってないとか、そんな心ないことを言ってるんだなんて、さすがにもう思ってません。何か事情があるんですよね……カナくんには。それを、聞かせてくださいよ……！」

感情が昂って、最低限の礼節を弁えるのも難しい。それでも、訊かずにはいられなかったのだ。魚ノ丞はからかうために心無い物言いをしているのではない――おそらく、何かをはぐらかそうとしている。

だからこそ余計、知りたかった。だって今の自分は、〝雪魚堂の成海〟なのだ。仲間の抱えている事情を、分かち合いたい――それが重石なら、一緒に背負いたい。だから――隠し事なんて、しないでほしい。その想いが強すぎて、つい強硬な態度を取ってしまう。

だがそんな彼女に対して、魚ノ丞はボリボリと白髪頭を掻くばかりだ。

「いや～～～……それができりゃあこの上ないっちゃあそりゃそうりゃそうなんだが……」

「なんですか？　なんで話せないんですか？」

「……こりゃね、そのね、あんまりにも酷い話で……ちょーっと刺激が強いっちゅーか……」

「……は？」

「いや、これを聞くとね、お嬢さん、夜寝られなくなっちゃうよ……？」

ぶちん、と成海は頭の中で何かが勢いよく切れるのを感じた。

子ども扱い。それが、仲間外れの理由。――ならば。

「……わかりました。ええ、ええ、よぉく、よおおおおっく、わかりました!!」

「お、お嬢さん？」

たじろぐ魚ノ丞をさておき、成海は勢いよく立ち上がる。

そして無礼を承知で人差し指を突きつけた。

「勝負です、魚ノ丞さん!! 至高にして究極のメニューでも食べられない……? それならカナくんがどうしても食べたくなるようなものを、あたし、必ず持って来てみせます!! ええ、絶対、ぜったい、ぜーーーーったい!!! だからそのときには包み隠さず、一切合財話してください!!! わかりましたか!?」

「わ、わかりました……」

既に降参したように諸手を上げて、魚ノ丞はこくこく頷く。言質を取った成海は決意を漲らせ、フンと鼻息を荒くする。

そんなふたりに挟まれたカナは、寝ぼけまなこでうつらうつらと舟をこいでいた。

❄

次の日から、成海の絶品お手土産発掘日本橋行脚が始まった。

手始めは、身近な人形町から攻めた。甘酒横丁名物の甘酒に最中で包んだ小豆アイス。本当はたい焼きが有名なのだがまだ残暑が続くため、こちらをチョイスした。「うーん、最中の香ばしさとアイスのひんやり感がよく合って、すっきりした味わいにござんすね!」

明くる日は浜町のパン屋を直撃した。ドイツパンのサンドにプレッツェル、各種クッキーなど、目移りしすぎて手当たり次第買い込んでしまった。「なるほど、ちょっとした酸味が小気味いいサンドイッチだ！　プレッツェルもサクサクッとしてるし、焼き菓子も甘さが控えめで止まらんね！」

　ネットで小伝馬町のドーナツ屋がいいという情報を得、直行した。粉の味を堪能できるプレーン、上品な味わいのシナモンシュガー、キュンとする甘酸っぱさのブルーベリー……

「う〜ん、いくらでも食べられるねこいつぁ！　生地がふわっふわのふかっふかで、変幻自在のバリエーション！　おいしい、もう一個！」

　殺一から馬喰町に江戸時代から営まれている和菓子屋があると教えてもらい、駆けつけたこともある。なんといっても、団子だ。みたらしがつやりと光る焼き団子に、渋い色合いが食欲をそそる草団子――「きっと水戸のちりめん問屋のご老公も、峠の茶屋で召し上がったのはかような甘味であったろう――そう感じ入らずにいられない……」

　他にもほうぼうを巡りに巡って、お手土産激戦区の日本橋で評判の菓子を探しては、成海はせっせと雪魚堂へと持っていった。そんな日々が、二週間ほど続いた。

　カナは、そのいずれにも手を付けなかった。

「ね、言ったでござんしょ？　カナはなんにも食べないんですよぅ」

「くっ、それは……そうですけど……！」

　その日も職場について早々敗北を喫した成海は、追い打ちをかけられてガクリと項垂れた。

しかし負けを認めるわけにはいかず、噛みつく。

「でも魚ノ丞さんは食べてるじゃないですか！　そんなブクブクになっちゃって！」

「え？　おいら、何か変わりましたかい？」

「めちゃくちゃ変わり過ぎですよ！　この短期間でお相撲さんレベルまで太ります⁈」

今も、カナが食べることのなかったどら焼きをモシャモシャと咀嚼している魚ノ丞は、吹けば飛びそうな痩躯はどこへやら、見事に過ぎる恰幅の御仁へと変貌を遂げていた。彼は次から次へ持ち込まれるお手土産を、食べないカナの代わりにほぼほぼ腹に収めていたのだ。ついでに聞いてもいないのに長々と食レポをしたがるのでほとほと呆れた成海である。

品質重視で賞味期限が短いものばかりだったため彼女ひとりでは処理しきれず、助かったといえばそうなのだが……まさかこんなことになるなんて思いもよらなかった。こんな急激に体重が増えては、身体に悪影響がないかと若干の責任を感じてしまう。

が、当の魚ノ丞はどこ吹く風で、自身を見回して、おお、などと呑気な声を上げた。

「あー、いやこいつぁ気づかなかったなぁーあっはっは！」

「笑いごとで済ませられます……？　っていうかさすがに食べた量以上にお肉ついてると思うんですけど、どういう消化構造してるんですか？」

半ば冗談で訊ねたのだが、野太くなった声で魚ノ丞は鷹揚に笑う。

「ご説明しましょ！　常世の住民である己等は、現世に関与するためにその世の因子を定期的に肚(はら)ん中に入れて取り込まなきゃいけなくてね。まぁ方法も対象もなんでもよござんすが、まさか人間様とかおネコ様おイヌ様おヒグマ様とかジャストナウで生きてる皆様をムシャリムシャリと行くわけにはいかんでがしょ？」

「軽率に怖いこと言わないでください」

「食べ物ってのはね、都合がいいんですよ。ほら、ご先祖様におはぎやらご飯粒やらをお供えで出したりするでしょう？　ああいうふうに、情焔の煌めきを託すのにもってこいでね。ご先祖様たちはその煌めきを受け取ってよすがとするわけですが、己等の場合は煌めきの働きで食べ物のほうを己等のボディ仕様に変換して、まるっと糧にさせて頂くと、まぁそういうことの次第でござんして」

「じゃあその……煌めき？　が、多すぎて太っちゃったってことですか？　あれ、でも前までだって結構食べてたじゃないですか。なんで最近になって？」

その質問に、がっはっはと魚ノ丞は太ましい腹をプルンプルンと天国のように揺らした。

「そりゃ多分、気分の問題さね！　お嬢さんがあんまり一生懸命なもんで、その気持ちでおいら、胸がはちきれそうなんでござんすよ。それが可視化されちゃったって感じ？　まぁきっと直に元に戻りますって、心配ご無用不要でヨーソロー！」

「…………」

どこまで嘘でどこまで本当なんだ、とか。

なんで自分の身体のことなのにろくに理解してない風なんだ、とか、
元に戻る前に大玉転がしみたいにゴロゴロ回してやろうか、とか、

言いたいことをググッと呑みこみ、成海は持ってきていた荷物をまとめた。彼女自身も買ってきた手土産の処理に携わっているため、ここ最近手持ちの服のウエスト回りが危ないことになっている。気分で体重の増減などされては現世の人間には堪ったものではない。

鞄を肩にかけ、戸口へと無言で歩いていく。その背に気楽な声が投げかけられた。

「あっ、今日も新たなる絶品を探しにおいでで？　おいら、ここいらでガッツリ系が食べたいなぁ～。唐揚げとか！」

「じゃあ次回も甘いもの買ってきます。お疲れ様でした、また明日！」

肩越しに振り返ってべっと舌を出し、そのまま成海は退社した。

（……とはいえ、手詰まり気味なのは確かなんだよなぁ）

帰り道、成海は悶々と考え事しながら糊ノ木町の路地を漫然と歩く。ふと、その場で立ち止まった。肩にかけていた鞄の持ち手を、両手でぎゅっと握りしめる。

（なんで話してくれないんだろ……あたしは、雪魚堂の一員じゃ、ないのかな。このひと月半、自分なりに頑張ってきたつもりだけど……また、ポカしちゃったのかな――……ん？　あれ？　あ〇）

引きつった口許から、乾いた笑いが零れた。

（なんだ、あたし――ぜんぶ自分のためなんじゃん）

魚ノ丞とちがい、カナは本当に何も食べられないのではないか。そこにあれこれ持ってきて食べろと迫るのは、単なる醜い自己満足で――魚ノ丞はそうとわかっていて、敢えて放置していのではないか。自分で気づかなければ止まらないだろう、と。

（あはは……バカだ、あたし――結局、偽善じゃん）

きっと素敵なひとときだろうな、と思ったのだ。

いつも何も言わず、それでも店や夜行で自分の役目をこなすカナに、少しでも喜んでほしくて――三人でおいしいお菓子を食べて、おいしいお茶を飲んで、そんなひとときを過ごせたらいいなと、そう思ったのだ。そんなひとときを過ごせれば――自分は〝雪魚堂の成海〟だと、胸を張れるだろうと。

（自分のために、人を利用して――こんなあたし、いらない）

そのとき、ずきっ――と鋭い痛みが成海の頭に走った。

思わず呻いてその場にしゃがみ込んでしまうほどの、猛烈な痛み。

この感覚には憶えがある――前職を辞める一年前から、断続的に苛まれていたものだ。

多忙で病院には行けず、インターネットで調べたところ眼精疲労に由来する緊張型頭痛らしく、市販の痛み止めで紛らわせていたが――ここ二か月ほどはまったくと言っていいほど起こらなかったため、油断していた。

（大丈夫……だいじょうぶ、ゆっくり息してじっとしてれば、すぐに、治まる……っ……）

ずくずく、ずく……脳みそを裏返してはまた元に戻すような痛みに、成海は歯を食いしばって耐える。そこに、上からスッと影が落ちた。

「あの……大丈夫、ですか？　救急車、呼びます……？」

「え……？」

成海がゆっくり頭を上げると、見知らぬ女性が覗きこんでいた。さしずめ女子大生といった年頃だ。往来でうずくまっている成海を見て、心配して声をかけてくれたのだろう。

申し訳なくて、彼女はできるだけ明るい笑顔を返した。

「あ、ありがとうございます……大丈夫です。もう少しすれば、よくなりますから」

「そうですか……？」

「ねー、早く行こうよー。売り切れちゃうー」

連れがいたらしく、女子大生はお大事に、と言い残してそちらへ去っていった。二人の姿はすぐそこの角を折れて、あっという間に見えなくなる。

（……珍しいな、あんな若い子が糊ノ木にいるなんて。あっちに何かあるのかな？）

気が紛れたからか、次第に頭痛は引いて、立ち上がっても支障なくなった。こめかみから流れた脂汗をタオルハンカチで拭いながら、なんとなく興味を惹かれ、緩慢な歩みで二人組が曲がっていった角へ向かう。

（わっ！　こんな派手なお店が近所にあったなんて、知らなかったぁ）

狭い通りの多い糊ノ木町には稀な広めの歩道に、並ぶ十数名の女性たち。その中には先ほど成海に声をかけてくれた女子大生と、その連れもいる。

お目当ては、雑居ビルの一階にある洒落た店構えの洋菓子店のようだ。店から出てきた客が、店舗前に設けられているアンティークベンチに座って記念撮影をしている。

(あー、今流行ってるもんな……ミンスタグラフ、だっけ？　会社でアカウント立ち上げるとかどうとかモメて、結局お流れになったやつだ)

ミンスタグラフ——通称ミンスタは写真を投稿して交流するSNSで、その宣伝効果は目覚ましく、〝ミンスタ映え〟なるスラングも生み出されたほどだ。成海はネット上の流行りに疎いのでその程度の知識しかないが、繁盛している現場を見ると圧倒されるものがある。

(こんなに並んでるなんて、そんなにおいしいのかな……って思わせるのが手か。ん？　あれ、でも確かここのお店って……もっと前からなかったっけ？)

ふいに、小学生時代、夏休みに祖父母の家に預けられていたときの思い出がよみがえる。祖母に叱られて泣いている成海に、祖父が内緒だぞ、とシュークリームを渡してくれた。

それを売っていたのは、糊ノ木の洋菓子店『のえるのまど』——素朴な町のケーキ屋さん、という風情の店だった。こっそり祖父と二人で訪れたこともある。立地的には同じ場所だし、看板にもアルファベット表記でnoëlとある。どうもリニューアルオープンしたらしい。

(へぇー、随分と立派になったなぁ。あのシュークリーム、おいしかったもんね。……まだ、売ってるかな？)

シュークリームは、これまで雪魚堂へ持って行ったラインナップにはない。この店のものは派手さはないがしっかりとしたおいしさだったし、丁度いいように思えた。

自己満足では、と考え至ったばかりだが、それでも成海はまだ勝負を下りるわけにはいかなかった。カナは、今は本当に食べることができないのかもしれない。でも、魚ノ丞があれほどまでの食欲を発揮してみせるのだ。カナだって、何かの弾みで食べたいと思うようになるかもしれない——なんて、都合のいい可能性だと百も承知で、縋らずにはいられなかった。

自分を〝雪魚堂の成海〟だと、思いたかった。

（……進め、前に進め、猪瀬成海！　それができないあたしはいらない！）

頭痛への不安も蹴り飛ばし、成海は列に加わる。回転自体は速いらしく、一五分も待つと店内に入るまであと一人というところまできた。

ホッと胸をなで下ろすも、ふと見遣ると後ろにまたすごい数の客が並んでいる。女性が多いが、カップルや、制服姿の男子高校生もいた。そんなに人気なのか、と今更ながら緊張してきたときに、店員から声がかかる。

中に入ると、客たちのさざめきと、きらびやかな内装に圧倒された。『不思議の国のアリス』がモチーフのようで、水色と白を基調に、パステルカラーの配色で取りまとめられている。あちこちに可愛らしいオブジェが飾られて、イートインの客たちはそれらをしきりにスマートフォンで撮影していた。

気圧された成海は、「テイクアウトのお客様はこちらです」と若干苛立ったような店員の声に我に返り、持ち帰り用のスイーツの冷蔵ケースの前に移動した。

（う……なんかたくさんある……しかもやたらとお高い……）

お手土産行脚の費用は、当然オール自己負担である。今までは削減したカフェ代で賄えていたが、そろそろ厳しい財務状況だ。

だが今更引くことはできないので、当初の予定どおりシュークリームを、と思い、視線を走らせると、ショーケースの真ん中に見つけた。どうやら今も定番商品らしい。

とりあえず味見で自分用に買い、よさそうなら明日出勤前に買いに来ることにした。

「えっと、そしたらこのシュークリームをひとつ……」

「はい、『アンジェ・ラールム・シュー・ア・ラ・クレーム』をおひとつですね。トッピングはいかがなさいますか？」

「へ？　シュークリームに、トッピング？」

ショーケースの向こうの店員は一拍呑んでから、ニコニコと笑顔を崩さず続ける。

「当店はお客様のおすきなようにスイーツを演出して頂く『アリス・ドラマティーク』をポリシーとしております。夢のようなバラの花びらや、クールなトランプなど、食べられるオプションをつけて自由に楽しんで頂くのが当『アヴァン・ル・ノエル』のミッションです」

「は、はあ……」

そんな名前になっていたのか、と思いつつ差し出されたオプション一覧を眺めて、成海は目ん玉が飛び出しそうになった。ひとつひとつが異様に高い。バラの花びら一枚とったところで二〇〇円もかかってしまう。結構です、と辛うじて断ったが、今度こそ店員の舌打ちが聞こえてきたような気がして、胃がキリキリした。

何はともあれ、シュークリーム……ことアンジェ・ラールム・シュー・ア・ラ・クレームをゲットした成海は外に出て、店頭に置いてあるアンティーク調のベンチに腰かける。晴海屋へ帰る前にささっと食べてしまおうと、早速パクついた。

だが——二口目が、進まない。

（うーん……ちょっと思い出美化してたかなぁ？　あんな値段した割りに、甘さがくどい……あんまりいい材料使ってないな、これ。皮もちょっとパサついてるし、もしかして昨日焼いたやつ？　見栄えは悪くないけど、それだけだな。ま、こんなもんかぁ）

しげしげと分析していると、すぐ傍らで咳払いがした。

近くに立っている若い女性客三人組が、睨んでくる。早く席を替われ、ということらしい。

その圧力に怖気づき、成海はそそくさと荷物をまとめてベンチを空けた。

その背もたれには注意書きが貼ってある。〝順番に譲り合ってお使いください〟——。

乾いた笑いを口許に貼りつかせつつ、成海はため息を吐く。席を譲った三人組は、アンジェ・ラールム・シュー・ア・ラ・クレーム……こと単なるシュークリームを、すごい量のバラやらトランプやら羽やらで飾っていた。

いったいいくらかけたのか、と成海が驚愕している間に、彼女らはシュークリームを食べ……はせず、自撮り棒の先に取りつけたスマートフォンで、自らの姿と一緒に撮影しまくっている。後続の客が待っているが、まだまだ席を譲る気配はなさそうだ。

（……異文化交流って感じだったな。はぁ。帰ろ帰ろ）

自らのシュークリームを口に押し込んで無理やりに咀嚼しつつ、成海は晴海屋へ向けて歩き出した。が、角を曲がったところで壮年の男性とすれちがい、はたと足を止める。

（あれ？　今の人、店の裏口から出てきた？　どこかで見たような……あ！）

『アヴァン・ル・ノエル』が『のえるのまど』だった頃の店主によく似ていた。だが当時より全体的にくたびれた雰囲気をまとい、背を丸め、成海にはとんと気づかずどこかへ歩いて行ってしまう。

少し引っかかるものを感じたものの、成海も再び帰路を歩き出した。

シュークリームのカスタードが、口の中に少し残って粘ついた。

❄

「ああ、あの洋菓子店なら、ここいらではすこぶる評判が悪いですよ」

夕飯を囲む食卓でそれとなく尋ねると、毅一は苦い顔をした。

「半年前に新装開店して盛況なのはいいですが、並んだ客が大きな声で騒いだり、道に広がって写真撮ったりで……ご近所のみなさんは迷惑しているようです。何度か店側に抗議も入れたらしいんですが、まったく取り合わないらしくて」

「へぇー……だから店主さん、疲れたふうだったのかなぁ」

「え、あの女社長がですか？」

「へ？　女⁇」

のえるのまど時代の店主は、男性だったはずだが——成海が目を瞬いていると、毅一が説明を続けた。

「もともとは親がやっていた洋菓子屋が傾きかけていたのを、広告業界で働いていた娘さんが戻ってきて、仕切り直りしてああなったんですよ。まぁ、繁盛しているから腕は確かなんでしょうが」

「ふぅん……いい話じゃないですか、いかにも美談って感じ」

「――どうだか」

軽い成海の相槌を、それまで黙って夕餉を食べていた菜穂海が鋭く一蹴する。

「こだわりと経営に折り合いつけられずに落ちぶれて、子どもに手綱握られてるってんじゃ情けないってもんだよ。おまけに食べ物をああも粗末にするようじゃあ……」

「ど、どういうこと、粗末って……」

自分で言い出したのに、菜穂海は再び黙って山菜の炊き込みご飯を食べるのに専心する。

毅一が言葉を継ぐも、その声には渋いものが混じっていた。

「あまり気持ちのいい話じゃありませんが、あの店に来る客、買うだけ買って写真に撮ったら食べずにそこらへ捨てたりするみたいなんです。ご近所さん方が困っているのも、そこが一番でかいそうで。店側は『外にゴミ箱は用意している』の一点張りらしいんですが……」

「ゴミ箱って……！　そういう問題じゃないのに……！」

自らの常識とかけ離れた行為に、成海は唖然とした。

見栄えのいい写真を撮ること自体に異論はない。彼女自身、前職で商品のアピール写真を手がけた経験があるだけに、ベストショットを撮るには相当な労力が必要だと理解している。そして、それを常に実現する写真家(プロ)の情熱と技術に幾度となく感嘆したものだ。

それはすべて、被写体の良さをよりよく伝達するための手段であると彼女は捉えていたが——写真そのものが目的、という考えは少なからず衝撃だった。そしてそのためには食べ物を容易に捨てることもあるとは……異文化交流、という言葉だけでは割り切れない後味の悪さが残る。

それを察知してか、毅一が気遣うように笑った。

「すみません、空気を悪くしちまいました。ところでお嬢さん、ご友人の気に入る手土産は見つかりましたか?」

「えっ?! あ、あはは、いやーそれがまだで……けっこーなグルメなんですよね、あの子」

不意を突かれて、成海は思わず挙動不審になる。日本橋のお手土産リサーチの一環で研究熱心な毅一にも訊ねたのだが、「失恋した友達を慰めたい」云々(うんぬん)と方便を用いたのだ。

律儀な彼はそれを憶えていたらしく、自分事のように悩んでくれているようだ。

「そうですか……難しい問題ですね。そうだ、あのあと思い出したんですが室町のほうにも一軒いいあんみつを出す店があるんですよ、三越の近くだし買い物がてら行ってみたら……」

「室町、ですか」

前の職場がある、日本橋の中でもひときわ賑やかなエリアだ。

「……ありがとうございます、でも友達、和菓子系あんまりすきじゃないみたいで……晴海屋のひぃづるまんじゅうも、食べなかったんですよ」

「えっ、師匠のまんじゅうを?! うーん、そりゃ、食わず嫌いなんじゃないかなぁ……なんなら俺、どれだけあのまんじゅうがすごいか、ご友人に説明しに行きましょうか?」

「へっ?! いやー、それはっ、」

「よしな毅一」

ずず、とたけのこの味噌汁を啜りながら菜穂海が遮る。

「味の好みなんて人それぞれだ。成海、おまえもだよ」

「え?」

汁椀を置いた祖母は、孫の顔をまっすぐ見据えた。

「いくら友達だからって、あんまり深入りしすぎるんじゃあない——踏みこまれたくない領域ってのがあるもんだろ、誰にでも」

容赦ない一刀両断に、毅一も成海も返す言葉もない。特に成海の心にはぐさりと刺さって、茫然自失となった。

友達——いや、同じ職場にいる仲間だとして、軽々と越えてはならない境がある。魚ノ丞がカナの事情を話さないのは、そういうことなのではないか。

だとしたら自分がしていることは自己満足を通り越して、エゴで殴りつけるような愚行なのではないか——もういい加減、諦めるべきなのではないか。

微妙な沈黙が食卓を支配しかけたとき、点けていたテレビが速報を告げた。

『——今入った情報です。先日通学中の児童を襲い逃亡を続けていた通り魔が、逮捕されました。容疑者は、住所不定、無職の——……』

画面は中継に切り替わり、警官らに引きたてられ、無数のフラッシュを浴びながら歩いていく男が映し出される。安堵を顔中に滲ませた毅一が、明るい声を出した。

「久しぶりにいいニュースですね、親御さんたちも安心しただろうなぁ！」

「そう、ですね……」

成海はどこか自分でも空々しく聞こえる返事を口にしたきり、画面を凝視した。変わりないのは、菜穂海が味噌汁を啜る音ばかりだった。


九月の末、屋根裏の納戸もだいぶ寝やすい環境にはなっていたが、成海は窓を開けて夜空を眺めていた。様々な思いが、考えが、脳みその中で行き場を失くしてずっと駆けずり回って騒々しい。

(昔はもっと、なんでも即断即決だったのになぁ……いつからこんな、くよくよするようになったんだろ……)

何度目かのため息が零れたとき、遠くから、しゃん……とあの鈴の音が聞こえた。窓を閉めて、背を向ける。今日はこのままここで過ごしたかった。どんな顔をしてあのふたりに会ったらいいか、決めかねているからだ。

いっそ寝ようとしたものの、どんどん目は冴えるばかり。楽しげなお囃子まで聞こえてくるものだから、無視を決め込むこともできない。結局成海はいつものように散歩用のパーカーとパンツに着替えて、こっそり晴海屋から出た。

新大橋通りまでやってくると、四車線の上を車の代わりに異形の徒たちが威風堂々と練り歩いている。てんでばらばらで、でたらめで、しゃにむになやり方で、銘々が各々のやりたいように、唄って、踊って、騒いでいる。

そこにやわらかく降り注ぐ、白銀の紙の雪――舞い散らしているのは、中空をふうわふうわと漂うあやしの山車。琵琶を掻き鳴らしては紙吹雪を放る魚ノ丞と、盛大な白い焔を噴きだすカナ。

そのふたりの有り様もまた洗練されていて、完成されていて、何か別のものを付け加える必要などどこにもない――その事実が、成海の胸を抉る。

(……バカだな、あたし。あたしによくわからなくても、カナくんにとってはこれが普通で、これがいいんだ。それなのに変に意固地になって、ホントバカみたい)

じわり、と涙が滲むのを、パーカーの袖でごしごしと拭った。やっぱりこんな顔を見られる前に帰って、無理やりにでも寝てしまおう――そして明日、これまでのことを謝ろう。そう踵を返したとき、百鬼夜行の中から妙などよめきがたった。

なんだろう、と成海が振り返ると、流れが止まっている。ひと悶着起きているらしく、そこを避けるようにぽっかり空いている箇所があった。その真ん中に見えるのは、大きな影が小さな影を組み敷き、のしかかっている光景だ。

気になって成海は、目を眇めてその像をよく捉えようとする。

「あれは――」

「野良息子とその親父さんだね」

すぐ背後から声がして、ぎゃっと成海は悲鳴を上げた。

振り返るとそこには山車の上にいたはずの魚ノ丞が――あれだけ蓄えた贅肉はどこへやら、平常どおりのひょろひょろとした痩躯で立っていた。

「な、な、な、魚ノ丞さん!?」

「ええ、ええ、あなたの魚ノ丞でござんすよ」

「突然背後に立たないでくださいよっ！　なんですかいきなり！」

「そりゃお嬢さん、こっちの台詞さね」

拗ねたように白髪の黒眼鏡は唇を尖らせる。

「夜行に来るも来ないも自由とは申しましたが、せっかく来たのに遊びに寄らないでさっさとお帰りになろうとするなんて、おいらブロークンハートウィルゴーオン……ってあら、おめめがうさぎさん？」

「な、なんでもありませんっ、それより……！」

泣いた目元を見られないように顔を逸らしながら、止まってしまった夜行を指差した。

「なんだか不思議な妖怪ですね……野良息子と親父、だなんて初めて聞きました」

「ま、元は江戸時代の『画本纂怪興（エホンサンガイキョウ）』ってパロディ本に出てくる、ヒトの性格を妖怪に見立てたっていう冗談みたいなもんだから、そう有名ではないね」

「……それって妖怪なんですか？」

　訝し気に問う成海に、魚ノ丞は愉快気に口角を上げて答える。

「もちろん！　妖怪だのあやかしだのなんだのってぇのは結局、なんだかよくわからんものをとりあえずわかったようにするために人間様が生み出した、どえらい便利な化けの皮にすぎんのさ。そいつに包んじまえば、名前がつく。名前がつけば区別がつく。区別がつけば扱いがつく。そうしているうちに、だんだん本当にわかったつもりになるって寸法さね」

「つもり、なんですね」

「そう、つもりさ」

　成海は皮肉に言ったつもりだったが、魚ノ丞はかんらと笑って肯定した。そしてスタスタ歩き出し、夜行のエアーポケットへと向かう。その後をついてくる成海を振り返らずに、彼は続けた。

「この夜行では、お客さん方が今被るのに一番好ましい化けの皮が、自然と引っ張り出されて供される――だからあの野良息子と親父さんも、今、ああいうお気持ちなんだろうね」

「引っ張り出される……って、どこから？」

「そりゃ、神さまの宝物庫からさ」

へ、と成海が質問を募らせようとしたとき、ドッと辺りに哄笑が湧く。

「おいおい親父、ガキにいいようにばっかされてんじゃねぇぞ～！」

「構いやしないさ！　脛をしゃぶり尽くしちまいな！」

夜行の衆は野良息子と親父を取り巻き、ただ好き勝手に囃し立てるばかりである。そんなに面白いものか、と成海も妖怪たちの陰から覗き見て、ギョッとした。

風貌だけ取ってみれば、時代劇の長屋で暮らしている親子のような、ありふれた格好をしている。しかし先ほど遠くから眺めたときより、野良息子の身体は一回りも二回りも肥大して皮膚がはち切れんばかりになっており、枯れ木のような親父を押し潰すような体勢だ。そんなになってまで棒切れみたいな親の足を舐め続ける野良息子と、されるがままになっている親父は、なるほど傍から見れば滑稽と映らなくもなかったが――成海にはグロテスクの感が勝って、少しえずいた。

（それに……なんだろ、ふたりとも呻いてる……泣いてる？）

横暴の餌食になっている親父が、うう、うう、と顔をしわくちゃにして泣き声を漏らしているのはわかる。だがのしかかっている息子も、揃いのしわくちゃ顔で、ぺちゃぺちゃと親の脛をしゃぶるその口の端から、か細く喘ぎを零しているのだ。

その声に、どこか違和感がある。

（少ししゃがれてるけど、これ……女の人の声？）

成海が眉をひそめていると、突然隣の魚ノ丞が、

「――皆様、平にご容赦を！」

と声を張り上げた。

そしていつの間にやら手にした琵琶を激しく、びょおう、と鳴らす。するとたちまち野良息子と親父の周囲に竜巻が起こり、やじ馬たちはにわかに吹き飛ばされた。成海もあおりを受けそうになったが、魚ノ丞の背に庇われて事なきを得る。

状況を訊ねるより先に、成海は彼の肩の向こうから飛び込んできた光景に絶句した。

野良息子の身体が、また一段と大きくなっている。それは内側から何かが充ち満ちているからで、今にも破裂する寸前だ。果たして、その背を突き破り、ごおうっ!! と凄まじい勢いで突き出てきた――

凶々と燃え盛る、黒い焔の柱が。

（これって、情焔の迸り?! でも、なんだか双葉さんたちのときと、全然っ――）

ちがう。そう思った瞬間、成海は全身虚脱感に見舞われた。

その場に崩れ落ち、なんとか両腕を地面に突っ張って支えようとするものの、身体中を猛烈な震えが覆ってままならない。それどころかあの頭痛まで襲ってきて、恐慌に陥った。

あれを、知っている。

ろくろ首のときも、一反木綿のときも、その情焔が黒みを帯びるのを見た。だが、ちがう。それらとは異なり眼前のあれは、もう手遅れで――自分は、昔、確かに、

「お嬢さんっ?! お待ちを、今――！」

魚ノ丞の声で、成海は我に返った。忘れていた何かを思い出しかけて——それを封じるように頭痛が走る。霞む視界で魚ノ丞を捉えると、彼は袂に手を入れていた。紙吹雪を出そうとしたのだろう。しかし——事態はなお早く進展する。

野良息子の背から噴き上げる黒焔の柱、その先端が裂けた。八本に分かたれた焔は蛇のようにその鎌首をもたげ、まるで独立した生命を持ち合わせるかのようにあちらこちらへとうねり回る。

そのうちの一本が鞭のように、ビシャンと地面の上を跳ねた。コンクリートが紙を割くように裂け、辺りを地響きが襲う。だがそれより怖ろしいのは、裂けた向こうの空間だ。常闇が深々と渦巻く——地面があったことすら忘却しているような虚無が、ぽっかり口を開けている。そこから心胆を寒からしめるような、如何とも形容しがたい雄叫びが飛び出してきた。八つ首の黒焔が呼応するように、ぎゃおおおおう、と泣き喚く。

周囲はにわかに狂乱のるつぼと化した。

悲鳴を上げて逃げようとする妖怪たちの背に、黒焔の蛇は襲いかかろうとして——

ずおおぅ、

と、猛烈な勢いの風が、辺り一面に吹き荒れる。

地面に這いつくばりそうになるのをなんとか堪えながら、成海は顔を上げ何が起こってい

るのか確かめようとした。こんなことができるのは魚ノ丞か——そう思ったが、

「やめなさい、カナ!!!」

彼は悲痛な叫びを張り上げた。上司のそんな声を聞くのは初めてで成海は驚くも、魚ノ丞の視線の先を追ってさらに仰天する。

いつの間にか黒ずくめの少年が——カナが、野良息子と親父に寄り添うように立っていた。

そして両手両足を大きく広げ、思い切り胸を反らし——吸いこんでいる。

八つ首となった荒々しい黒焔の蛇を、そのちっぽけな身体の中へと吸いこんでいる!

突如辺りを襲った豪風は、魚ノ丞の琵琶によって生み出されたものではなく、あの幼い少年の呼吸だった。しかも、息継ぎすることなく延々と吸うばかり——その無情なまでの頑なさに、黒焔の蛇たちも屈していく。

何を食べも飲みもすることのなかったカナは、今最大限に唇を開き、目を開き、次から次へと黒い焔を嚥下(えんげ)していく——。

最後の一欠片が少年の喉の奥に消えたとき、一拍の間があった。やがて彼は静かに口を閉ざす——と同時に、どっとその場に昏倒した。

「カナくんっ!!」

「カナっ!!」

まだ力の入りきらない身体に鞭打ち、成海は立ち上がって駆け寄る。魚ノ丞も同様だ。

だがふたりの姿を映すことなく、少年の双眸は瞼の向こうに閉ざされていた。

痙攣じみた震えを全身に刻ませ、額に脂汗を流しながら、
ただ、ただ、眠っている——。

❄

翌朝、屋根裏の布団の中で目を醒ました成海はバネのように起き上がり、最低限の身支度と朝食を終えると慌ただしく晴海屋を出た。

最寄りのコンビニでスポーツドリンク、栄養剤、フルーツゼリー、鍋焼きうどん、熱冷却シート、その他にもともかく思いつく限りのものを買い物かご三つぶん買い込んで、両腕にレジ袋を鈴なりにし、通りを駆けていく。もどかしさと闘いながらいつもの路地裏を潜り抜け、飛び込むようにあの紙問屋の敷居を跨いだ。

「魚ノ丞さんっ、カナくんは……！」

気が急いて大きな声を出してしまい、成海は口を閉ざした。迎えた魚ノ丞は、店の奥、座敷から姿を現し、肩で息をする彼女のほうへとやってきて、そっと手を差し出した。呼吸を整えながら、成海はレジ袋を渡す。

「……無駄かもしれないって、自分でも思いました。でも、」

「わかってる——わかってるよ、お嬢さん」

そう言う魚ノ丞の声はあまりにも優しくて、成海は二の句を継げなかった。踵を返した彼

に付いて、座敷に上がる。四畳半の真ん中に敷かれた布団、その中に横たわっている少年の姿を見て、成海はぐっと息苦しさを覚えた。

昨晩、カナが倒れてから夜行は流れた。成海はカナに付き添うことを希望したが、魚ノ丞にひとまず帰るように諭され、それから意識が途絶え――いつものように朝を迎えた。

そして今、カナは、眠っている――昨晩の夜行で倒れたときと、何ひとつ変わりない。がくがくと全身を震わせているのも、眉間にしわを寄せ固く目を瞑り、玉のような汗を次から次に流しているのも、あのときのままだ。いっそ夢であってくれたらと思わずにはいられないほど、痛々しい有り様だ。

せめて汗だけでも、と成海は枕元に座り、鞄に入れていたハンカチで拭う。そうしていると、障子の向こうへレジ袋の山を置きに行っていた魚ノ丞が戻り、向こう側に座った。

「……何から、お話ししましょうかね」

おもむろにそう零した魚ノ丞は、考えあぐねたように白髪頭をぼりぼりと掻く。成海はハンカチをカナの枕元に置き、居住まいを正してからおずおずと口を開いた。

「カナくんが吸いこんだあの……黒い焔は、なんだったんですか？　今まで見てきた情焔の暴走とは、比べ物にならないくらい禍々しかったんですが……」

「いや、あれもまた、情焔のひとつではある」

「それじゃあ、情焔があんなになるほどあの野良息子さんは苦しんでるってことですか？」

「……それは半分正解で、半分ははずれだね」

魚ノ丞は、いつもの胡散臭い物言いをする余裕すらないらしく、ひとつひとつ、言葉を選びながら続ける。

「それほどまでにあの野良息子が苦しんでいる、というのはそうだ。だけど――あの情焔は、野良息子のものじゃあ、ない」

「え……？」

「あの黒い焔は、いつかどこか別の誰かが投げつけた情焔の、なれの果てなんだ」

理解が追いつかないでいる成海に、魚ノ丞はトントンとその薄い胸を叩いて見せる。

「情焔というのは、人間が胸の中で想いを滾らせたものだというのは話したね」

「はい、その人が生きる原動力で……ときどき、暴れてしまうものだ、とも」

「その通り。そして、のた打ち回る情焔から逃れるために人に与えられた選択は、二つある。それを自らでどうにかするか――あるいは、外に放り出すか」

俯いた魚ノ丞は、ふう、と息を継ぐと苦々しく続けた。

「情焔をどうにかできるのは、原則としてそれを灯した本人だけだ。でもその本人ですら持て余しちまうことがある。それでやってられんと放棄して、他の誰かに投げつける。投げつけた者はたいていそれきり忘れちまうが――しかし、その情焔がなくなっちまうわけじゃあない」

「どう、なるんですか……？　その、放り出された情焔は……？」

成海の問いに、魚ノ丞は唇を引き結んで押し黙る。だがやがて静かに口を開き、それでも

舌に乗せた言葉を出せないでいたようだが、意を決したように、

「燃やし続ける」

と、端的に述べた。

とても簡潔な答に、一瞬成海は呆気に取られた。しかし頭で納得する前に、ぶわりと全身が総毛立つ。その意味を、恐ろしさを、直感が先に捉えたのだ。

魚ノ丞は肯定するように頷く。

「……放棄された情焔は、あとはただひたすらに、見境なく、燃やし続ける。誰であろうと、なんであろうと、際限なく燃やし続ける。幾多数多の情焔を呑み干し、そのすべての色彩をごちゃまぜにして、いつしか黒々とした怨焔となり、延々と、炎々と、常現世を彷徨い燃やし続ける――」

「……あの、情焔を呑み干すってことは、ひょっとして――怨焔に、焼かれた人は……」

「現世を生きていく術を、奪われる」

いつの間にか干上がった喉が、更に引き絞られるような錯覚に成海は陥った。

昨晩の夜行の光景がまざまざと思い出される――背中を黒焔の蛇に突き破られたあの野良息子は、泣いていた。あれは内側で怨焔が自らを焼き尽くそうという業苦によるものだったのだ。双葉たちも己の情焔に炙られて苦しんでいたが、それとは一線を画するえげつなさがあった。

もしあと一歩でも遅ければ、取り返しのつかないことになっていた――そして野良息子の

化けの皮を被っている現世の人間にも、同様の影響を与えただろうことは想像に難くない。

魚ノ丞は言葉を選んでくれたが、怨焔に焼かれた人々を待ち受けるのはおそらく――死、あるいはそれに相応する結末だ。考えただけでも身の毛がよだち、成海はぎゅっと自らを抱き締めて震えを押さえようとした。そんな彼女を労るように、彼は言う。

「雪魚堂は、それをどうにかして事前に防ごうと試みるための場でもあるんだ。情焔が怨焔になってしまう前に、もしくは情焔が怨焔に燃やされ尽くしてしまう前に、なんとかできないかとね。そのための方策の一つが、あの壺さ」

「あっ……！　あの、お店の隅にある……！」

以前触れそうになった、韓紅に桐紋の壺を成海は思い出す。魚ノ丞は袂に手を入れると、夜行で使うあの白銀の紙雪を一握取り出し、ふっと宙に撒いた。

「みこころうつしと同じように、怨焔もこの紙吹雪にうつすことができる。しかし、それはみこころの文様を結ばず、ただ無味乾燥の塵芥となる。それを、あの奈落の壺に封じるんだ」

「奈落……？」

「ここでもない、そこでもない。あなたでもこなたでもない。過去でも現在でも未来でもなく、ただひとすじの光明もない。無限の忘却ばかりが輪転している、そういう場所さ」

ブラックホールのようなものだろうか、と結び付けて、成海はぞっとした。あの壺の中は、そういうものにつながっている――うっかり蓋を開けて覗きこんだら、今頃自分はどうなっていたことだろうか。

「だが」魚ノ丞はひとつため息を吐く。「その封印も完璧じゃあない。なにせ奈落というのはあんまりにも忘れっぽいんで、自分が何かを呑みこんでいることすら忘れることがある。その狭間から噴出した怨焔の塵芥は現世に降り積もり……新たな怨焔の火種となる」

「そ、それって、つまり……」

愕然と、成海は問う。

「終わりがない、ってことですか？　一度投げつけられた怨焔は、他の誰かの情焔をひたすら呑み干し続けて、自分たちばかりが増え続けて……際限がないって、そういうこと……？」

考えただけでおぞましい情景だった。

彼や彼女やそうでないもの、あまねくすべてのものたちが、あるがまま、己がままでいられたあの百鬼夜行を、八つ首の黒い蛇が、どんどんと呑みこんで、狂おしい勢いで増殖していく——あとに残るは彼らばかりで、地平線は等しく平らかに均(なら)されてしまう。

あれだけ彩り豊かだった情焔はかけらもなく、ただただ黒焔が立ち昇り、

そしてそのぶんだけ現世でも数多のいのちが潰え——

絶望を絵に描いたようなそのイメージに、成海は思わず固く目を瞑った。

「ひとつだけ——」重々しく、魚ノ丞が言う。「そこに、歯止めをかけられる方法がある」

「っ!!　どうすればいいんですか!?」

成海はパッと目を開き、魚ノ丞を凝視した。だが彼は口を噤んで、ただ一点を見つめる。その視線の先を追って、成海は息を呑んだ。魚ノ丞が見ているのは、布団の中で苦しそうに呻きながら眠る少年——

「え……カナ、くん……？」

「——この子はその身の内に怨焔を取り込み、昇華し、無害化して還元する……そのための、生贄（いけにえ）だ」

今度こそ、成海は絶句した。

彼女がそうなるのを元から見越していたように、魚ノ丞はただ淡々と告げる。

「怨焔が際限なく燃やし続けるのは、持ち主に拒絶された虚無なる己を振り払うためなんだ。そうして、自分は役立たずじゃない、存在する価値がある、そう訴えかけているんだよ——でも、その嘆きが顧みられることは、ない」

「…………」

「カナは怨焔のそうした嘆きを、自らをすべて捧げることであやし、慰めているんだ。だからこいつは何も感じない。見えない。聞こえない。味わえない。何も、わからないんだ——常に心身の内側より、怨焔に燃やされ続けているから」

「…………！」

そこで成海は、これまでの魚ノ丞の言葉をようやく理解した。

彼はこれまで、ずっとごまかしてなんかいなかった——カナには何も、わからない。からかっているのでも、馬鹿にしているのでも、心ないのでもない。

それはただの、事実。何も救ってくれない真実。

「情焔は――」魚ノ丞の声はあくまで平坦だ。「……怨焔は、元の持ち主にしかどうにかすることができない。でも棄てられた怨焔には、どうにかしてくれる持ち主はもういない……だからカナは自分のすべてを代償にして訴えかけているんだ。もう苦しまなくていいのだと――あるべき姿を思い出せ、と」

彼はうなされている少年の肩からずれてしまった布団をかけ直してやる。

「カナの中であやされた怨焔は、やがて本来の有り様を思い出す――我はただ無差別に燃やすだけにあらず、様々な想いを灯すための焔である、と。そして――百鬼夜行の花道を照らす白焔となり、再生する。それだけが、怨焔を救い出してやれる現状唯一の筋道なんだ」

「でも、そのために……カナくんは、こんなに苦しまなきゃいけないんですか……？」

成海が雪魚堂と関わり始めてからを思い返しただけでも、カナが夜行で灯した焔は膨大な量だった。つまりそれだけの怨焔をこの少年は身の内に抱え込み、ひたすらに宥め続けてきたということだ。ぼんやりと安楽椅子の上で座っている間にも、彼の中では凄絶な闘いが繰り広げられていたのである。

そしてそれは今も継続している――昨晩呑みこんだ怨焔の織り成す暴虐に喘ぎながら、必死に堪え忍んでいる。それを傍観しかできないという事実は、成海には到底受け入れ難かった。だが魚ノ丞は静かに首を横に振る。

「……今この役目を担えるのは、カナ以外にいない」

「そうだとしても……むごすぎます！　なんでカナくんだけ、こんな目に……！」

声を荒らげた彼女に魚ノ丞は俯いたまま、

「――それが、カナの望みなんだよ」

はっきりとそう言った。

「昔はね、うまいことといっていたんだ。怨焔の塵芥を奈落に放り込めば、またいつ漏れ出すかわからないとはいえ、ある程度の平穏は確保できた。怨焔の総量も、そこまで多くはなかった。だからだましだまし、その循環でなんとか凌いでいた――でも、それじゃあだんだん利かなくなった。いつからか、怨焔の生じる速度がぐんぐんと速くなっちまったんだ」

ふ……ぅ、と漏らした吐息に徒労が滲んでいる。

「現世の歯車が噛み合わなくなったからか――あるいは、大量の塵芥を奈落すら持て余してどんどん漏れ出すようになったからか――はたまた別の理由か、それともそのぜんぶか。いずれにせよ曖昧模糊たる因果の果てに、茫漠なる量の怨焔が常現世を闊歩するようになってしまった。そして……その犠牲になる者も、次々と現れた」

魚ノ丞は、すい、と横たわる少年に目を向けた。その眼差しは禦熄眼鏡の奥に潜み、いかな感情を宿すか判然としない。

「カナはね、そうした人間たちの無念が結晶した存在なんだ。こいつには何もわからない。でも例外として、怨焔や、それが生まれかけている気配は鋭敏に察知できる。もうこれ以上他の誰かが、自分たちのように、怨焔に焼き尽くされて人生をまっとうできないなんてことが起こらないように――ただその一念が常現世のあわいに結実した、名も持たない概念が、辛うじて化けの皮を引っ被って生き永らえている――そういう儚いものなんだ」

しばし、四畳半に沈黙が落ちる。

か細いカナの呻き苦しむ声が、沸騰寸前の水面のように浮かび上がっては消える――そこに、別の音が割って入った。魚ノ丞が頭を上げて、嘆息する。

「――ああ、やはりそういう顔をさせてしまったね」

そう言う彼に、成海はもはや何も返せなかった。

言葉を結ぶより疾く早く、次から次へと涙がこみ上げる。しゃくり上げる。顔中が無様に歪んでとても人前で見せられたものではなかったが、堪えることなど叶わなかった。鼻水までもが滴り落ち、両手で拭おうとするも、まるで収まる気配がない。

そんな彼女を慰めるように、魚ノ丞は口を開いた。

「本来この店のお客さんには、あの壺も、カナのことも、見えないんだよ。それが道理なんだ。みんな、暴れ回る己の情焔をどうにかしたくてここを訪れる。そのために自分を守ることを最優先にする――だから、怨焔を封じているものにおいそれと近寄らないように、最初から知覚を結びはしない。それが正常なんだ。でも……お嬢さんは、そうじゃなかった」

彼はそこで腰を上げ、ゆっくりと布団の縁を歩いて成海の隣へしゃがみ込んだ。

袂からハンカチを取り出して、泣きじゃくる彼女の、涙で溢れ返った頬をやわらかく拭う。

「今のお嬢さんは、自分の心を守るための殻を持たず、剥き出しになっている状態だ。だからなんでも心に飛び込んだものを素直に感じ取ってしまう。そんな無防備なところにこんな話をして、予期せぬ危険を誘いこむような真似をしたくなかった——いや」

ハンカチを持つ指先が強張って手が止まる。

「それも、言い訳だな——単に、お嬢さんが泣いたところを見たくないなんて自分勝手な我がままで、挙句傷つけてしまった。本当に、すまなかったね」

「ちがうっ、ちがうんです、あたし……！」

魚ノ丞の手を掴み、成海は思い切り頭を振った。

未だ涙も鼻水も垂れ流し、それでも懸命に言葉を紡ぐ。

「カナくんも……魚ノ丞さんも……！　どうにかしようと頑張って、頑張って、なのにどうにもできなくて……それでなんとか踏ん張ってるのに、あたし、そんなのひとつも考えないで、自分のことばっかで……！　ホント、バカみたい……恥ずかしい……!!」

うああ、と彼女は泣いた。

情動のタガが外れて、みっともない鼻声で、それでも、

「バカみたいで、恥ずかしくって、でも——！」

譲ることのできないその想いを、決然と吐き出す。

「やっぱり許せないんです……カナくんがひとりっきりで苦しむしかないなんて、あたしそんなの、認めたくない！　いやです！　カナくんが……カナくんを生んだ無念を残した人た

ちが、怨焔に焼き尽くされたあとも苦しみ続けないといけないなんて、そんなの絶対、許さない……！」

「……お嬢さん、」

「わかってます……魚ノ丞さんだってきっと、たくさんたくさん考えたんですよね？　あれもこれも、やってきたんですよね……？」

うすうす、成海も気づいていた。ムダだの、カナにはわからないだの、そういうふうに言いながら、魚ノ丞はいつだって少年の分の皿を用意していた。

手土産も三人分、湯呑みだって三人分。

それに何より――夜行で怨焔を呑みこもうとした彼を止めようとした、あの切迫した声。

あれこそが、カナを大事に想っていることの証左だ。

きっと魚ノ丞は成海が来るずっと前から、どうにかカナを助けようと方法を模索していた――しかし、ひとつとして実を結びはしなかったから今日がある。今にして思えば、彼の「無駄だ」という言は、成海にだけでなく、自らにも言い聞かせようとしていたのだ。

そんな魚ノ丞を、無知ゆえにとはいえ物わかりの悪いことばかり言って困らせた。その罪悪感は成海の胸の中にはっきりとある。だがそれ以上に――彼女の情焔は燃え盛り、こう叫んでいる。

ここで物わかりよく引き下がっては、未来永劫後悔すると。

「だからあたしも、考えます……探します……！　カナくんがひとりで耐えないで済む方法を、カナくんみたいな子がもう生まれないで済む方法を……！」

彼女はそっと魚ノ丞の手を離すと、布団の中で横たわったままのカナに向きなおった。両手で乱暴に目元をこすり、涙を無理やりに拭った。そしてまっすぐ両の目で、ひとりもがき苦しんでいる少年を見つめる。

「あたし、絶対、ぜったい、見つける――だから、ごめんね、もう少し待ってて……!!」

涙がもう一筋、成海の頬を走った。その雫がほとりと顎から垂れたとき、

「…………」

永らく閉ざされていたカナの双眸が、重々しく開かれた。

「カナくんっ！」

「カナ……！」

成海と魚ノ丞が安堵の吐息を漏らしている間に、カナはぶるぶるとまだ震えの残る右手を持ち上げた。その人差し指が、ある一点を指す。成海は振り返り、その指が示す方向を見遣って、ハッとした。

「……なんだってまた、こんなパッとしない店に……ああ、もう……」

店の戸口に、ひとりの女性が立っている――雪魚堂の、客人だ。

堂々とした立ち姿はすみずみまで磨かれていて、一分の隙もない。歳の頃は四十路前後――全身から自負自尊自信が覇気となって溢れ出て、威圧的ですらあった。

いらっしゃいませ、と成海が声をかけるより先に、魚ノ丞が立ち上がり店へと出ていく。

「うふふ、お客さんようこそいらっしゃいましたね。またもお目にかかれて驚天動地の恐悦至極ですよ」

既に店の名代として切り替えている彼に成海は感心した。

だが女は不機嫌な態度を覆さない。

「ええ、本当に——折角また来てやったんですもの、無駄足になんてさせないわよね？」

「さぁ？　そりゃお客さんのみこころ次第ですが、いくつか新しい文様が入ったんで、どうぞご覧あそばせ」

高慢さを隠しもしない客の言動をのらくらと躱し、魚ノ丞は並んでいる抽斗の中から、いくつか大判の紙を取り出して並べた。包装紙の類らしい。泣き腫らして見苦しい顔を晒すよりは、と座敷でその様子を窺っていた成海は、それらの紙の模様がちらりと見えて気分が少し安らぐのを感じた。以前みこころうつしで紡がれたのを見届けたものが、いくつか入っていたからだ。

だが客の女は憮然とした面持ちで眺めるだけで、ふん、と鼻を鳴らした。

「——どれもパッとしないわね。二号店はかぐや姫がコンセプトだから何か使える和柄があればと思ったけど……てんでお話にならないわ」

その発言に、成海は物申そうと反射的に腰を浮かす。

だがそれより先に、魚ノ丞がいつものようにカラカラと笑った。

「そうですかい、ふぅむ、パッとしないねぇ……そう仰るお客さんもパッとしないご様子でいらっしゃる？」

「ふん、そうやって客の懐に入って取り入ろうって魂胆が見え透いてんのよ。おたく、本気で商売やる気あるの？　品揃えどころか内装もヒキがない、おまけにそんなふざけた格好で……それとも、道楽かなにかってわけ？」

攻撃的な彼女の物言いに、しかし魚ノ丞は飄々と、包装紙を抽斗に仕舞いながら歌うように答える。

「いえいえ、至ってまっとう本気の誠心誠意をモットーとした紙問屋にござんすよ。それに人は己の勝手気ままに森羅万象を覚すもの――そのようにお感じであれば、そりゃそうりゃそりゃ、お客さんの胸の内に何やら燻るものがあるんじゃあござんせんかね？」

そこで、女の周囲の空気がぴしりと凍るのが成海にはわかった。そしてそれで止まることなどないのが雪魚堂の店主名代だ。彼は別の抽斗から無地の包装紙を一枚出して、ひらりと客の前にかざした。

「いかな文様もその胸に響かないと仰せなれば、創り出すより致し方ありますまい。さあさ、何をご所望で？　稲紋？　蓮紋？　吹き寄せ紋？　木瓜・亀甲・七宝なんぞも品があってオツなもの。当世じゃあやたらと青竹と墨の市松をあちらこちらで見かけるけれど、なあに組み合わせは那由多なる！　あなた様のみこころに燻るその情焔も、きっとをかしき紋を結びま……って、ありゃ？」

魚ノ丞が口上を終える前に、女は踵を返してさっさと敷居を跨ぐ。またのお越しを、という彼の声を遮るように、ピシャンと戸を閉めた。

しばし店内には沈黙が下りたが、魚ノ丞は何もなかったように包装紙をしまっている。そのタフネスさに感心と呆れを抱きつつ、成海はずっと考えていたことを口にした。

「……ねえ、魚ノ丞さん。今のお客さん、もしかして昨晩の――」

最後まで言い切る前に、魚ノ丞がこちらに顔を向けた。そして自身の薄い唇の前に人差し指をそっと立てる。それきり何も言わず、しまいそびれていた包装紙を片づけていく。

成海は反省した。この店の、あの夜行の客人たちは、現世での所在なさとのた打ち回る己の情焔から逃れたくてやってくるのだ。何人(なんぴと)からも下世話な干渉を受けないように、化けの皮を被るのだ。詮索するような無粋な真似は、雪魚堂の一員であるならすべきではなかった。

(でも……あたしの考えが、当たっていたなら――)

成海は布団へ目を向けた。客の訪問を知らせたカナは、今は再びまどろみの中にいる。身体の震えは幾分治まって、呼吸も穏やかになっていた。その様子に少し安堵しつつも、成海は不安を拭えきれずにいる。

この推測が外れていなければ、近いうちに――早ければ今晩にでも、昨夜のような騒動がまた起こるだろう。そしてカナはまた、同じ行動に出るのだろう。

そのとき自分に何ができるのか――何をして、やれるのか。

考えると決めた。探し出すと決めた。

しかしその端緒はいまだ、暗澹(あんたん)とした混沌の中にある――。

❄

宮井聖良は知らず車のスピードを上げていたことに気づき、舌打ちして速度を緩めた。

今、万が一にも不用意な事故を起こして下手な注目を集めるのは愚策だ。小さな綻びで身を滅ぼした先達を、何人も見てきた——同じ轍は絶対踏んでやるものかと常に警戒し続け、もう一〇年以上経つ。

それでもここ数日の対応には骨を折った。リニューアルを手がけた洋菓子店が急激に成長し、急遽追加のアルバイトを何名か雇った。人選は店長に任せたが、失敗だった。シフト埋めを優先にしたため学生を多めに採用して、そのうちの一人が店舗のバックヤードを無断でSNSにアップするなどの問題行動を起こし、ネット上でちょっとした騒ぎになったのだ。

幸い、大事になる前に火消しは済み、件のアルバイトは解雇。コネを優先して採用したと白状した店長には降格処分を言いつけたところ、辞表を提出してきた。今は副店長に業務を引き継ぎ、聖良自身は二号店の立ち上げに注力している。

（ホント、使えない馬鹿ばっかりで気が滅入るわ……いや、単に自分以外を頼みにしたツケを払っただけよ。……二号店の採用は、やっぱり私が仕切らないと）

前職の広告業界では、周りは社内外を問わず全員敵だった。

気を許せばいつ出し抜かれるかわからず、何をするにも制限がついて回った。だがその激しい競争をくぐり抜ける中で確かな実績を積み、経営の勉強も地道に重ねた。

そして念願叶って独立し、自らの裁量で思う存分闘える――と喜んだのも束の間、集まってくる人材はいずれも有象無象で、一から一〇まで彼女が指示しなければならない。己の才覚のみで上を目指せばいい前職のほうがよほど自由だった、と何度嘆いたかわからない。

(――いいえ、それでもここまで私はまちがってない。『アヴァン・ル・ノエル』は成功した。だけどそれは一時のこと。このまま次、さらに次の店舗を起こして、スイーツの一大ブランドを確立する。そこからアパレル、アミューズメント方面にも展開し、〝定番〟の座を築く。そのときこそ、宮井聖良は万人から成功者だと承認される――それまで絶対、負けてなんてやるもんか)

ふん、と鼻を鳴らしたそのとき、カーナビとして使用しているスマートフォンにメールの着信が届いた。送信者は、Yuichiro.O――タイトルは『さきほどはありがとうございました』。二号店のテナント候補を内見してきたのが一時間前で、もうお礼のメールを送ってくるとはなんと熱心なことか……と聖良は呆れ半分のため息を吐く。

(気持ち悪いくらいに人が変わったもんだわ。訴えてやるって脅したのがよほど効いたのかしら？　ま、あんなカス出してきて舐めてかかられたから当然の対応を取ったまでなんだけど……それにしても、違和感が勝つわね)

二号店進出にあたり知人に紹介された不動産会社に相談したところ、室町の中心部から少し外れたテナントを紹介された。店のコンセプト的に人の往来から離れた場所である点は差支えず、内装も無条件で改造可、何より賃料が相場より一割程度安いのには食指が動いた。

不動産会社の担当者は、宮井様の事業はこれから急成長を見込めますので特別に、とその理由を説明したが――それを鵜呑みにする聖良ではなかった。

調べたところ、当該テナントは五年前にオーナーが首を吊った事故物件だった。小さく新聞にも記事が載っており、少し調べれば容易に判明するものだ。聖良はまずそこで、不動産会社を紹介してきた知り合いに探りを入れた。

酒を飲ますとすぐに癒着していたことを白状し、その証言をレコーダーにしっかりと収めた。それと新聞記事を合わせて担当者に提示し、「他にも不当な取引をしている証拠を握っている」とカマをかけたところ、あっさりと認め、地に伏さん勢いで謝罪してきた。

担当者は心を入れ替えると宣言し、打って変わってすこぶる好条件のテナントを提案してくるようになった。そのうちのいくつかを見て、先ほど本命を絞り込んできたところだ。もちろん、初回と同じく裏付け調査は聖良のほうでも抜かりなく行ったが、前言に嘘偽りはなかったようで、いずれも申し分ない物件だった。

正直、スケジュールに支障を来すためこれ以上先延ばしはできず、ここで呑まなければ聖良としても苦しかったので安堵したのが本音だが、そんなことはおくびにも出さず、担当者には二重三重に釘を刺した。

だが、彼のそのときの態度こそが、引っかかっている。

（窮地を免れたから、というより、憑きものが落ちた……そんな顔だったわね、あれは）

ずっと終わらせたくて仕方のなかった負け試合から、ようやく下りることができたかのような――疲弊の中にも奇妙な穏やかさの滲んだ表情だった。

奇妙なことは他にもある。先ほどの内覧時、担当者が汗を拭こうとしてハンカチを落とした。何気なく見遣ると、藍染めに白い矢絣を背景に飛ぶ、二羽の燕が印刷されていた。洒落ていたので、二号店のデザインの参考にとどこの店で買ったのか訊ねたが、持ち主である彼も記憶が曖昧らしい。その代わり、故郷の婚約者と揃いで、などとどうでもいいことばかり喋るので、ぜんぶ聞き流した。

（まぁ、いいわ。負けた奴は誰からも忘れ去られてく、それだけのことよ。だから私は勝ち続ける。そのためにはなんだって、利用してやるんだから）

糊ノ木町まで戻ってきた聖良は慣れた手つきで狭い路地を通り、店の駐車場に車を停める。

そのとき――しゃん、と鈴の音がした。

（……はあ、疲れてるのかしら。いい加減歳を感じるわね）

最近、折に触れてこうした幻聴がある。そして、その前後の記憶がぼんやりとして曖昧なのだ。今日も内見に出かける前にこの音がして、気づけば三〇分経過していた。

（しっかりなさい、聖良。まだやるべきことは山積している。それらをすべて終わらせないと、花を手向けに行く時間だっておまえにはないのよ）

車を降り、ドアを閉める――そのとき何か車内から滑り出し、地面に落ちた。雪魚堂、と書かれただけの白くて地味な栞だ。以前どこかでもらってダッシュボードに突っ込んでおいたのが弾みで飛び出てきたらしい。放置するわけにもいかず、聖良は渋々しゃがんで拾い、クラッチバッグにぞんざいにしまった。入れちがいにサングラスを取り出してかける。

　通りを歩いて、自身の手がけた店――アヴァン・ル・ノエルの前を通った。本日も盛況で、店員が最後尾札を持って列を整理している。

　聖良は通行人というポーズを取りながら、サングラス越しに待機列を観察した。客層や着ている服装の傾向、また話している内容で何か惹かれるモノがないか瞬時に分析していく。モードの先端を走るためには、何よりも現場の動向をつぶさに観察すること――広告業界にいた頃叩き込まれた鉄則が、この行列を生み出している。

　いくつか留意事項を頭の片隅にメモし、そのまま角を曲がった。それから誰にも見られていないことを確認して、裏口から店舗内に入る。

　入るとすぐひなびたバックヤードが出迎えた。タイムカードを置いたサイドボードと、更衣室・調理室へつながるそれぞれの扉、それから二階の事務所に通じる階段。デスクワークを処理すべく階(きざはし)に足をかけて、頭上に影が落ちた。聖良は舌打ちする。

「父さん、何度も言ったでしょ？　勝手に事務所に入らないでちょうだい」

「聖良……」

　落ち窪んだ目元、丸まった背、薄く白くなった頭。

　老いを歴然とまとった父・昌治(まさはる)を見るたびに聖良は頭の芯が熱される。そうしてみすぼらしい態度を見せれば許されるとでも思っているのか――そんな苛つきが煮え立って、今まで考えていたことがぜんぶ吹き飛んでしまうのだ。

それを解消するには、視界から消えてもらうしかない。聖良はクラッチバッグを開けると鰐皮の長財布を掴み、紙幣を数枚取り出した。

「どうせパチスロでスったんでしょ？　小遣いくらいちゃんとやりくりしてよ……今月はこれで最後ですからね。サラ金で借りられないからって、変なところに手を出したら今度こそ本当に縁切るから」

だが昌治は差し出された紙幣を拒んだ。聖良は気色ばんで怒鳴りつけようとしたが、言葉を失する。

昌治の手に握られていたもの——それは店の発注伝票だった。

「聖良……もう止めないか、こんな身の丈に合わん、商売は」

「……何、言ってんの？」

「こんな三流の材料を使って作った菓子に、つける値段じゃあない。それも大量に廃棄が出ている。いくら儲かったとして、こんなこと続けちゃあお天道様に顔向けできん」

その声には、久しく父に欠落していた決意めいたものが滲んでいた。聖良が小学生のとき、店の菓子を勝手に持ち出して友達に振舞ったのが発覚し、説教されたときと同じものだった。

その思い出に数秒浸って、やがて聖良はクッと口角を上げる。

「そう？　空の上の母さんはよっぽど喜んでると思うわ——借金まみれの夫が首吊ってこっちに来なくてよかったってね！」

「…………」

にわかに強張った昌治の顔を見て、聖良は嘲笑を投げかける。

「ねえ、父さんにそんなこと言う資格あると思ってんの？　材料にやたら金かけて作った商品、良心価格で卸して店も家計も火の車で、だから母さんは過労であっさり逝っちゃったんじゃない。そのくせ菓子作りにばっかりご執心でやり方考えないもんだから、客には飽きられて、銀行からの借り入れだって返せなくって、逃げ込む先がギャンブルなんて、今どき三文芝居にだってなりゃしないわよ。それをぜんぶ私がどうにかしたの。その私に、今更父さんがどうやって文句つけられるっていうの？」

「聖良、だが……」

「第一、父さんは何もわかっちゃいないのよ！　価格に含まれてるのが材料費だけなんてありえないって、ちょっと考えれば自明じゃない。店の維持費、スタッフの人件費、何より広告宣伝費……いろんなものがのっかってあの値段なの」

なんでこんな基礎を今更説明しなければならないのか……苛立ちとともに、聖良はがなる。

「でもみんな喜んで買ってるでしょ？　その価値があるって思ってるからよ。私が売ってるのはただのシュークリームじゃない。〝この有名な店で〟、〝この高い商品を〟、〝買うことのできるこの素晴らしい自分〟――そういう快感を現実に味わえる機会なのよ。そのために内装も凝らして、ネットでキャンペーン打って、付加価値のあるブランドだと認知されるように血の滲む努力をしているの。父さん、そういう戦略一度だって考えたことある？」

「……………」

「……納得いってないって顔ね。でもその快感を求めてやってくるお客様のおかげで、父さんの借金は返済されて、この店は二号店を出すほど繁盛してる。否定なんてさせない」

昌治が何か言う前に、聖良はその手を掴んで伝票をひったくった。代わりに、紙幣を握らせる。

「私のやり方も、それを支持する客も、そこに至る必然がある。その必然を生み出したのはなんなのか、パチスロ打ちながら考えてみたら?」

最後にそう突きつけ、父の隣を抜けて事務所へと階段を上っていった。振り返って様子を見はしなかったが、どうせ一層惨めな敗北者の背をしているのだろう。それを振り切るように聖良は事務所に入り、すぐさま乱暴に扉を閉めた。

パソコンが立ち上がるまでの間に、伝票をファイルにしまう——そのとき、雑多なデスク周りが目についてまたも舌打ちをした。常日頃から書類整理は怠らないことと副店長に言いつけているが、注文書も請求書も出しっぱなしの散らかしっぱなしだ。

そういえば、先月の売上集計と来月のシフト表もまだ報告に上がっていない。店長とアルバイト一人解雇しただけでここまで業務に響くとは思っていなかった。

どかりと自身のチェアーに座って脚を組むと、聖良は盛大にため息を吐いて目を瞑り、段取りを組み直す。

(……とりあえず、足許は固めておかないと。二号店のテナント契約は来週だし、リフォー

ムの打ち合わせもそれからだから、その間にこっちへ事務回りのヘルプ要員を入れて、）

そのとき、背後でけたたましく扉が開き、副店長が慌てて飛び込んできた。

「お、オーナー！　大変です！」

「何よ、騒々しいわね……店頭でトラブルでも？」

邪魔をされて不機嫌に聖良は振り返ったが、副店長が差し出してくるタブレット端末を受け取り、血相を変える。

『魅惑のスイーツ店を支配する偽装とパワハラ――解雇された元店長・R氏、激白！』

これはどういうことだ、と激高する愚を聖良は起こさなかった。その見出しだけで十分以上に理解した。そして、これから何が起こるかも。

案の定、店の電話が鳴り始めた。設置している三台すべてがだ。

スマートフォンを確認していた副店長が半泣きの顔を向けてくる。

「記事が、TMITTERのトレンドに入って……拡散、止まりません！　店のアカウントにも次々と批判のリプライが……！」

「オーナー、すみません！」

別のスタッフがまた駆け込んでくる。

「待機列に雑誌記者を名乗る男たちがやってきて、お客さんに取材を……！　どう注意しても追い払えなくて……！」

展開が早すぎた。もしかすると、同業者があらかじめ仕込んだ妨害工作かもしれない。広告業界時代から今に至るまで、恨みを買った憶えは有り余るほどにある。

（落ち着きなさい、聖良……！　この程度の騒ぎ、私ならどうってこと――）

冷静な思考を取り戻そうにも、電話はけたたましく鳴り続ける。

自身のスマートフォンも振動を始めた。副店長もスタッフも狼狽えるばかり。事務所の扉の向こう、階下からは不穏なざわめきが聞こえてくる。

まさしく、四面楚歌――

聖良の思考は、積み上げた傍から崩れゆく砂の城のごとく瓦解していき――……

❄

来客を告げた後、カナが再び目覚めることはなかった。その寝息が当初よりだいぶ安らかなものになっていたのだけが救いだが、それでも成海の気は晴れやしなかった。

未だ、カナの内部ではあの莫大な量の怨焔との闘いが続けられているのだ。その中で彼は反撃すらできず、ひたすら己を嬲られることしか許されない――その悲愴さを考えただけで、いてもたってもいられなくなる。

（どうしたらいいんだろう……どうすれば、カナくんをひとりぼっちで苦しめずに済むんだろう……）

悶々と悩みながら雪魚堂から晴海屋へと帰る道すがら、何やら糊ノ木の雰囲気が剣呑としているのに気づき、成海は足を止めた。普段は人通りが少なく静かな界隈なのだが、どこかの一角でざわついていて、その不穏な空気が伝播しているようだ。

たまたま、通りかかった磯崎クリーニングの軒先で老婦人たちが立ち話していたので、挨拶をして軽く訊いてみた。

「いやね、とうとうあの洋菓子店、問題になって叩かれてるらしいのよぉ」

「記者だなんだって取材に来て、お客さんたち帰しちゃったんですってね。カメラも来るかしら？　ちょっと久しぶりにパーマでも当てようかしらね！」

「やだぁ、もうこの時間じゃあ間に合わないわよぉ！」

「いやいや、見た感じかなり長引くわよ、あれは！　アタシ、あの店はいつかこうなるって思ってたのよねぇ」

呑気に話す彼女たちに苦笑交じりの相槌を打って、適当なところで成海は切り上げた。晴海屋に帰ってシャワーを浴びるといつものように夕食が出てきて三人で食卓を囲んだが、昨日の気まずさを思い出して話題には出さず、そそくさと食べ終えて屋根裏の納戸へと切り上げる。

そして案の定、眠れない。魚ノ丞の「夜寝られなくなっちゃうよ」という言は見事に的中して、布団の上でうつ伏せになりながら成海は悔しさに足をバタつかせた。

そのとき、スマートフォンが小さく鳴った。ニュースアプリの新着通知だ。何の気なく立ち上げて、ギョッとする。記事のヘッダー写真には見たことのある風景――アヴァン・ル・

ノエルの店先が載っていた。

(うわぁ、こんなニュースになるくらいあの店有名だったんだ……えーっと、商品に使用している食材を偽装して宣伝したっていうのを、パワハラで辞めた元店長が衝撃告白……ふーん。店側はなんかアナウンス出してるのかな？)

興味本位で、成海は店名を検索する。公式サイトはサーバーダウンのため見られなかったので、SNSのアカウントを覗きに行った。三時間ほど前の投稿で、今回の騒動に対するひとまずの謝罪と、詳細は後日正式な会見の場にて、と簡潔に述べているものが最後だった。

(まぁ、そうとしか言いようがないよね……ん？)

店の投稿に対して、ものすごい数のコメントが寄せられているのを見つけて成海は眉間にしわを寄せた。嫌な予感がしたが、好奇心に負けて表示してしまう。

画面をいくらスクロールしても尽きることのないコメントに、成海は息を呑んだ。店のファンが擁護したり応援したりするものもあったが、少数だ。ほとんどが店を弾劾したり、不買を宣言したりするものばかりである。

長文で持論を述べる者もいれば、短く暴言を記す者もいる。罵る者も、煽る者も、囃し立てる者もいる。画面を眺めている間にも、次々と追加されていく。

炎上案件、という言葉を成海も知っていたし、そうした事例をあとからニュースなどで見かけることもあった。だが現在進行形で目撃するのは初めてだ。何か形容しがたい違和感が胸に広がり、喉を干上がらせる。

(偽装もパワハラもよくないことだけど……片方の言い分しかまだ出てないんだよね？　店の会見終わってからじゃないと、はっきりしたことって言えないんじゃ……)

流れてくるコメントの中には、「どうせ会見も偽装するんだろ」「何言ってもムダ、もう信用できない」と容赦ない意見も飛び交っている。確かに、こうした偽装やパワハラの告発の場合、告発した側の個人が圧倒的に不利で、された側の企業はのらりくらりとやり過ごして風化を待つケースが多い。

(だけど、それってやっぱり両方の主張が出てからじゃないと判断つかなくない？　今の段階でこれはちょっと、あんまりにも一方的じゃ……)

そこまで考えて、ずくんっ——とあの痛烈な頭痛が、成海を襲う。

「うっ……ぐ、ぅ……………！」

ずくん、ずくんと、波打つようなその痛みに成海はもんどりうつ。昨日の夕方、往来で見舞われたときより数段酷い。整理のついていない荷物のどこかに頭痛薬もあったはずだが、到底探す気力も起きず、見つかったとして階下まで水をもらいにいけるかも危うい。

そしてすぐに痛みが思考を炙り融かし、成海は布団の上で悶え苦しむことしかできなくなった。

(くる、し……いき、できな……っ！)

ひょっとするとこのまま息絶えてしまうのではないか——えもいわれぬ恐怖に成海が全身を強張らせたそのとき、

——しゃんっ……

と、あの鈴の音が遠くで聞こえた。

胸を圧迫していた息苦しさがフッと解かれて、成海はまず思い切り呼吸する。まだ脳みそをこねるような頭痛は続いているが、しゃん、しゃん、と連鎖する鈴の音が心身に響くたび、死の恐怖を覚えるような異状はだんだんと治まっていく。

やがて小さなさざ波程度に痛みが引き、成海はどっと安堵した。そして、頭痛薬を探すでも、スマートフォンで病院を調べるでもなく、パーカーだけ羽織って外に出る。糊ノ木の細い路地を抜けて、新大橋通りまで小走りで駆けつけた。

そこではいつものとおり、誰そ彼時の緋と彼は誰時の紫のまぐわう宵闇に、白銀の紙吹雪が舞っている。

己に似合いの化けの皮を被った数多の異形のものたちが、銘々すきなように歌って踊って騒ぎながら、同じ方向へとそぞろ歩いていく。

その光景を前にして成海の全身に漲っていた緊張は抜けていき、思わずその場にへたり込んでしまった。わけもわからないまま涙がこみ上げて、この夢かうつつかもわからぬ百鬼夜行をただ見つめる。妖怪たちが手にした松明が、それぞれの彩の焔を灯し、虹の川のように流れていくのをただただ見つめる。

目の冴えるような新橋色、喜楽をさえずるような柑子色、失意を染めたような菖蒲色、決意に燃えるような猩猩緋——飾ることのないそのままの、あるがままの情焔の煌めき。それらがそこにあることの奇跡に、成海は圧倒されていた。

ぼおおう、と一角で皓々とした光が舞う。山車の上でカナが、あの白焔を噴き出しているのだ。その様子は常の夜行と変わることなく成海は胸をなで下ろしたが、すぐズキリと痛みが過る。

(どうしよう……なんにも思いつかない。多分、あの野良息子さんはまた来る……そして、カナくんもきっと、昨日みたいに……。とりあえず、今のところはあたしがカナくんを押さえて魚ノ丞さんに紙吹雪で封じてもらうしか)

だがそうした段取りは、すぐに打ち崩された。

「うおおおおおおぉぉぉおおおおおおぉぉぉぉおおおおぁぁぁぉぉぁぁああああぁぉぉぉおおおおん!!!」

周囲を揺るがす咆哮に、夜行は強制的に止まる。そして、ぬっと巨大な影が落ちて辺りが暗くなった。そちらを見遣って成海は愕然とする。

姿かたちは、確かに昨晩の野良息子だ——しかしその全身は比較にもならないほど大きくなっている。一〇メートルはあろうかという全長に、ぶくぶくと膨れた肉体……小山のような威容を以て、百鬼夜行の行く手を塞いでしまっていた。

だが、故意に妨害しているのではないだろう。野良息子の身体を肥大させているのは、破れた皮膚のところどころから噴出する黒い焔——怨焔のせいだ。この間にも怨焔は野良息子の体内で暴れ回り、風船のように膨らませていく。

昨日のように背を突き破って外に出てくる気配はなく、それが却って不気味だった。野良息子の皮がのた打ち回る怨焔に耐え得るその臨界点を超えたとき、パン、と無情にすべてが弾け飛ぶ――その情景が目に浮かぶようだ。

そして弾け飛んでしまうのは、果たして野良息子だけで済むのか――。

「うううううぅぁぁぉおおおおん、おおおおおおおぉぁぁぁあああぁぅおん!!!」

野良息子はままならない状況にただ嘆き、涙するばかりだった。元からしわくちゃだった顔がもっとしわみ、皮膚に埋もれた両眼から、ばしゃばしゃと文字どおり滝のような涙が溢れる。

唸りながら頭を振るものだからそれがほうぼうに飛び散って、夜行の衆の松明をじゅんじゅんと消していってしまう。

「おいおい、なんだよせっかく楽しくやってたのによォ!」

「空気の読めない奴はさっさと帰れっての!」

カマイタチや口裂け女、その他にも痺れを切らした者たちが怒号を投げつける。その声が徐々に大きくなる中、微かに、ピシッ……と何か亀裂の入る音が混じった。ハッとして、成海は立ち上がり駆け寄る。

「待って! お願い、今はそっとしておいて、」

あげて――そう言い切る前に凄まじい暴風が吹きつけて、成海は横殴りにされた。地面に叩きつけられるが、痛みを堪えて顔を上げる。

思ったとおり、今の風は魚ノ丞が琵琶を弾いて起こしたものだった。野良息子と夜行の客たちを大きく隔てるために止むを得ずの処置だったのだと、山車の上の彼を見て成海は確信する。しかし、いつも澄ましているその顔は依然切迫していた。彼の視線の先を追って、成海は理由を悟る。

ぼひゅううぅ、とその音は、いやに間が抜けていた。

野良息子が大きく開けた口から、空気が抜けていくような勢いで飛び出ていく――黒々とした怨焔の蛇が八俣。それは昨晩顕れたときよりなお荒々しく、なお猛々しく、なお禍々しく、燃え盛っている。

抜け殻となった野良息子は皮袋みたいに平らになって、へなへなと道路の上に落ちた。だが誰にもそれを顧みる余裕などなかった。


どおおおおおこおおおおどおおこおおおおこおおおおこおおおおおおおおどおおおお

八つ首の蛇はその口を開き、大音声で嘆きを放つ。あまりのおぞましい響きに、その場にいた誰も足が竦み、遁走すら封じられた。成海は自身を抱きすくめるが、魂の奥底から揺さぶられたように震えが止まらない。

（なんだろう、これ――とても小さい頃、迷子になってずっとひとりぼっちでいたときのような……ううん、それよりも、もっと、もっと、もっと——）

　胎内から出でて、そこがどこかもわからず、自分が何かもわからず、ただひたすら泣き喚く——そんな、赤子が抱き上げられるまでの一瞬の絶望。あれが、延々と連鎖する。

『怨焔が際限なく燃やし続けるのは、持ち主に拒絶された虚無なる己を振り払うためなんだ。そうして、自分は役立たずじゃない、存在する価値がある、そう訴えかけているんだよ』

　魚ノ丞の言葉を成海は思い出す。あれは、こういうことだったのだ。ガタガタと冗談みたいに震える身体で、成海は今嫌というほど体感していた。

　爪先から凍りつき、そこから順々と頭頂に向かって砕け散っていくような錯覚が襲い来る。恐慌に見舞われてもはや理性も機能せず、意味もなさない呻きを漏らしながらゆるゆると頭を振る。周囲の他の妖怪たちもみな一様に同じような有様だ。

　だがそうした中で、彼女の正面にスッと立つ者がひとり。

「な、のすけ、さ……！」

　もつれた舌で名を呼ぶが、彼は何も返さず禦熄眼鏡をそっと成海にかけ、すぐ背を向けた。

　たちまち、凄まじい白銀の光が彼の全身を覆う。

　あっと成海が息を呑むと同時に魚ノ丞は跳び、一気に怨焔の大蛇どもの頭上にまで舞い上がった。そして、その身を激しく回転させる。禦熄眼鏡のレンズの向こう、広がるその光景に成海は驚愕した。

　彼が宙でスピンするとともに、無数の閃光が四方に勢いよく放たれる。あの紙吹雪だ。普段は夜行の宵闇の中を優麗に舞う白銀の紙雪は、鋭利な曲線を描き、怨焔の蛇目がけて突進する。

　そして回転を終えた魚ノ丞の手には琵琶があって、彼はバチを叩きつけるように――刹那の躊躇いの後に――五弦を弾いた。

　紙吹雪の細かな一片がまた幾多にも炸裂し、八俣の怨焔は目の焼けるような銀の光に包まれた。その光景を見て、麻痺していた成海の思考がわずかに動く。

「魚ノ丞さん、だめ、それじゃ！」

　叫びは無に帰す。

　自身を封じる光の繭を、怨焔の大蛇が二柱突破した。濁流のような勢いで向かう先は、魚ノ丞だ。言葉にならない声を成海は上げた。二柱の蛇はそのまま彼の左右から迫り、蚊でも叩き潰すように挟撃する。

　その猛烈な勢いに対抗する暇なく、魚ノ丞は全身を圧殺された。

　二柱の蛇はゆっくりと突き合った頭を離すが、そこには跡形も残っていない。

　信じがたい光景が、成海の全身の震えをいなした。まだ力の入りきらない足で、それでもよろよろと彼の消えたその現場へと近づこうとする。

（うそだ、うそ、うそうそうそ、こんなの、絶対――！）

　突然の喪失を認めることなどできなかった。しかし成海の願望に反し、事態は刻々と進行する。紙吹雪の成す白銀の結界はガラスのように砕け散り、八俣の怨焔は再び孤絶の咆哮を上げた。

そう、だからこそ魚ノ丞の行為は破られたのだ。

この怨焔は既に、いかんともしがたい孤独と絶望にもがき苦しんでいる。そこに更なる隔絶を突きつけられては、反発するより他ないのだ。追いやろうとする力が強ければ強いほど、跳ね返る力も強くなる。

他ならぬ魚ノ丞自身、それは理解していただろう――バチを振り下ろす手が強張ったのはそのためだ。しかしこの百鬼夜行の興行主として、成海や、ここに集った数多の妖怪たちのために強硬手段に出ざるを得なかった。

そして、彼の決死行も徒労に終わった今、八俣の怨焔を阻むものは――

「……っ、カナくん！」

成海が黒蛇たちの許へ駆けつけるより先に、幼い少年が立ちはだかる。

カナは――まだ仮の名しか持たぬ儚い想いの結晶は、怨焔の叫びを受け止めるように両腕を広げた。そしてその小さな口を最大限に広げ、

（――他に道はないの？　やっぱり、これしかないの？）

一度大きく息を吐いてから身を反らし、

（あたし約束したのに、カナくんに、もうひとりで苦しませないって、その方法を見つけるって言ったのに、）

勢いよく呼吸を、

(――いやだっ！　こんなの、絶対、ぜったいに――！)

そのとき、大きく地が揺れた。

空間ごと揺るがすのではないかと思うほど、壮絶な揺れだった。ずうん、ずうん、と一定のリズムをもって続くその震動は、何か巨大なものの行進を想起させる。成海が辺りを見回すと、

――いいぃいいいいらぁあああぁあぃぁああぁらあぁぁんぬうううあああぁいい

今度は聞き憶えのある声が空気を震わせた。

聞こえたほうを見遣って、成海は愕然とする。

(いつかの土蜘蛛?!　なんでこんなときに――！)

彼女の焦燥をよそに、以前と同じく新大橋方面からやってきた土蜘蛛は、その巨体に似合わず八つ脚を目まぐるしい速度で繰りながらこちらへ突進してくる。動けないでいた妖怪たちも辛うじて道を開け、土蜘蛛は四車線の上を何にも妨げられることなく爆走する。

その身は十重二十重にも大きくなっており、全体に絡みついている注連縄も数々の呪符も、一層仰々しさを増していた。走る勢いにそれらが揺れてザリザリザリと鳴る――鼓膜を引っ

掻くようなその不快な音に成海や夜行の客たちは耳を塞いだ。
だがそれらには目もくれず、土蜘蛛は一心不乱に、ただ一点を目指す。

こおおおおおおここここここおおおこおおおおおおおおおここおおおお

ハッと、そこにいるすべてのものが目を向けた。
黒蛇たちの上げる嘆きの声に、切実な音が混じっている。
だがそれがなんなのか悟る前に、

いいぃいいいいらぁああああぁあいぁあああぁらあぁぁんぬううううあああぁいいいいい

土蜘蛛が叫ぶ――とともに、八俣の怨焔に覆い被さった！
予想だにしなかった展開に、皆唖然と仰ぎ見るより他ない。二体の虚大な化物たちは、八俣の頭と八つ脚を絡めに絡めあっている。怨焔の黒蛇たちは抵抗するようにその先端をバタつかせていたが、土蜘蛛の脚は頑として譲らない。

いいぃいいいいらぁああここあぁあいぁああああぁらああぁぁんぬううおおおおおおおううあ
ここああぁいいいいこぉいいいいいああああああこおおおおこおおおおなぁあああ……

やがて、黒蛇の身体がしゅんしゅんと泣いたように滲み始めた。それはまろく純粋な黒となり、土蜘蛛の脚に、身体に、融けこんでいく。

だんだんと一方が縮んで、だんだんと一方は肥大していく。

いいぃいいいいいらぁあああぁあいぁあああぁらあああぁんぬうううあああぁいいいいい

土蜘蛛がもう一度声を上げたとき、もう八俣の怨焔の姿はどこにもなかった。その身の一片まで光の粒となり、土蜘蛛に融けこんだのだ。

そして吸いこんだ怨焔のぶん一層巨大になった土蜘蛛は、いずれも大木ほどの太さを持つ八つ脚を繰り、その場で地団駄を踏んだ。辺りを先ほどよりも更に強烈な地揺れが襲う。

「う、うあああぁっ?!」

立っておられず、成海はその場に座り込んだ。だがその足許が――コンクリートでできている車道がぱっくりと割れて、股が裂けそうになる。必死に踏ん張るも裂け目はどんどん広がり、落下する――と覚悟したその瞬間、ふっと全身が浮遊感に包まれた。

「魚ノ丞さんっ……！」

「申し訳ない、皮を被りなおすのに時間がかかっちまいました！」

怨焔の黒蛇にやられたはずの魚ノ丞は、その両腕でしかと成海を抱え、真っ先に宙に浮かんだ山車を目指す。手早く成海を下ろすと、彼は力強く両手を胸の前で打ち合わせた。

その身体が無数の白い紙片になり、魚のように回遊する。

未だ地揺れが続き、夜行に集った妖怪たちは右往左往していた。中には成海のように地面の裂け目に呑み込まれそうになっているものもいる。それらのひとつひとつを、紙片となった魚ノ丞が掬っていく。

那由多の紙魚となった彼は、その身に宿る銀の光で異形の者たちを包み込んで浮かび上げた。同時に、一群が裂けた地面の上を泳いでいくと、その軌跡から零れ落ちた光の粒が優しく罅を修復していく。

その手際の見事さに成海は見惚れるも、ふと我に返った。

(カナくんと、あの土蜘蛛は?!)

山車から身を乗り出して捜すと、両名は同じ場所にいた。

自らが生み出した地面の裂け目──その向こうはのっぺりとした虚無につながっている──に、土蜘蛛はその巨体を捩りこんでいく。嘘のようにするりと入って、すぐにその姿は見えなくなった。それを真正面から、カナは見送っていた。

少年の目前から脅威が去って、成海は一安心……したのも束の間だった。

土蜘蛛が裂け目の向こうに戻った反動か、一際大きな地揺れが襲う。今度は地面だけでなく、周囲の街路樹、高層ビルも傍目にわかるほど揺れた。

ぐらり、と街路樹のひとつが傾ぐ。初めはゆっくり、次第に弾みをつけて勢いよく車道へと雪崩れこむ。成海は喉をひゅっと鳴らす。街路樹が倒れるその先には、薄っぺらい皮一枚になった野良息子が伏していた。

魚ノ丞が急行する。カナが駆け出す。無我夢中で成海も山車を飛び降りる。

それでも、間に合わない――！

ずうん、と低い音が響き、雪魚堂の三人が駆けつけた頃、ようやく地揺れは収まった。倒れた街路樹を――そしてその下敷きになっている野良息子を目の当たりにして、成海は思わず両手を口許に宛がう。

魚ノ丞の紙片にぐるりと取り囲まれて、街路樹は淡い光を湛えながらゆるりと浮かび上がった。だがそれも、大木を少しずらしただけにとどまる。

四方に散らばっていた銀の紙片がひとところに集い、人型を作って一際強い閃光を放った。するとそこには人の皮を被った魚ノ丞がいた――が、全身はぼろぼろで肩で息をしており、だいぶ消耗している。

それでも、彼はよろめく足で野良息子の許に向かった。成海も、カナの手を握ってそれに続く。

そこには思いもしなかった情景があった。

「う……うう…………」

「なんで……？」

「うう……ぅ……」

「ねえ、どうしてよ!!」

平たくなった野良息子は、身体を起こして困惑のまま叫んでいる。それは倒木から自身を庇い、護ってくれた相手にだ。

その相手——野良息子の親父は、元から棒切れみたいだった身体が変なところで折れ曲がり、今にも息絶えそうに喘ぐばかりだった。

そんな彼に野良息子は、なぜ、どうして、と童のように問いかける。

いつしかその薄っぺらな身体が、ぼうっと、内側から熱されたように発光した。しかしその彩は、野良息子が永らく苦しんでいた怨焔のそれではなく——

「あーあぁ、まーたやっちまいましたよ」

魚ノ丞はそんなふうにぼやくや否や、いきなり自らの頬をべしべし叩いた。傍らの成海が驚いているのをよそに、屈伸、背伸び、腕振りと準備体操を始める。

「旦那にもよーく言われてるってぇのに、懲りないもんですよこのうすらトンカチときたら。真面目ぶると、たいていよくないほうに転がるんですよねぇ……幾年を十重百重にも重ねようとて未熟極まる不束者でめっぽう恐縮この上のうござんすが、」

彼がくるりとその場で回ると、腕の中に琵琶が顕れる。それをカナに渡して、自身は袂から扇子を取りだし、バッと広げた。

「さあさ、これなる真景繚乱百鬼夜行、今宵の大フィナーレと相成りました！　どなたさまも奮ってどうぞ何卒ご参加をば！」

そしてあの紙吹雪を、ざあっと辺り一面に振り撒く。
想いの焔を灯すための紙雪が舞い落ちる中、明朗な歌声が響いた。

うさぎと　うさぎと　こうさぎは
いつもなかよし　いいかぞく
ひもじく　まずしく　つましくも
いつもえがおの　いいかぞく

童謡のようなやわらかいメロディに、簡単なステップ。魚ノ丞は微笑みかけながら、いつしか取り巻いていた百鬼夜行の客たちを手招く。
八俣の怨焔と土蜘蛛の対決という化物どうしの大立ち回りに委縮していた妖怪たちは、強張っていた表情をゆるませて、ひとり、またひとりと魚ノ丞の舞を真似し出した。

うさぎと　うさぎと　こうさぎの
ねぐらに　ひおこす　まきもなく
やまへ　うさぎは　しばかりに
いってそのまま　そらのうえ

ぱん、と魚ノ丞が手を打つと、辺りを漂っていた紙吹雪がひとところへと流れていく。それは野良息子と――そしてこちらも情焔の発露をし出していた親父とに降り注いだ。

ふたりの内に燻る情焔を、紙雪が優しく拾い上げていく。焔をうつした紙片は、ひとつ、またひとつと、玉虫色の煌めきをまとい、ゆうら、ゆうらと天に昇っていく。

うさぎと　それから　こうさぎは
もうふたりきりの　かぞくとて
こうさぎ　もどらぬ　はは　おもい
なみだをよろい　うさぎとなった

そこにいる誰もが、歌い、踊っていた。野良息子に罵倒を投げつけたカマイタチや口裂け女は、ありったけの謝意を込めて声を張り上げている。

成海もその中に加わった。ただそうしたかった。そうすべきだと思った。たとえこの行為に、意味も、力もないのだとしても、そうせずにはいられなかった。

想いが溢れていた。自分はあの野良息子と親父の事情も、来歴も、何も知りはしない。だからこんなことを思うことすら、おこがましく、あつかましいのかもしれない。それでも、祈らずにはいられないのだ。

どうか、どうか――あのふたりのさみしさが、つらさが、くるしさが、せつなさが。

心を燃やすどうしようもなさが、少しでも癒されますように。

そしてそれは今このとき、この場にいる、あまねくものの想いであった。

そのすべてを束ね、魚ノ丞が最後の一節を歌い上げる。

うさぎも　うさぎも　ねがいはおなじ
いつもえがおの　いいかぞく
とおく　とおく　とおく
いつもえがおの　いいかぞく
どこに　どこに　どこに
いつもえがおの　いいかぞく
ここに　ここに　ここに！

中空で揺られていた情焔たちは、ひとかたまりになり、凝縮し、眩い光を放った。そこに生まれ出でるものを、成海はもう知っている。

ひいら、ひらりと、舞い降りる一枚の紙――扇子をしまった魚ノ丞はそれを厳かに受け取って、野良息子と親父の許に静かに歩み寄った。

「なんで……？　どうして庇ったりしたの……？　ねえ、だって私、あんなに……」

「…………」

未だ問い続ける野良息子の傍らに、魚ノ丞はそっとひざまずいた。そして腕の中のものを、恭しく差し出す。

「もう、多くを語る必要はありますまい――これなるは、あなたと、あなたと、……他ならぬ、あなたがたのみこころをうつしました一枚にございます」

「私、たちの……？」

受け取った野良息子は、あっと息を呑んだ。後方にいた成海にも、その一枚の上に広がる文様がよく見て取れた。

師走の雪夜を思わせる濃紺の鮫小紋。それを背景にして聳え立つは、右に老松、左に若松――それぞれの枝の先端が、中央でやわらかく重なり合っている。

その下にあるのは、窓をひとつ持つだけの、小さな、小さな、藁の家。老若松が伸ばした枝は、降りしきる重い雪からその家を護るため……そんな確かな意志を感じさせた。

そして中天に浮かぶ薄月からは、慈愛の光が惜しみなく降り注いでいる。

「……っ」

ぽろりと、野良息子の目から涙が零れた。その軌跡が淡く輝き、全身を包み込むまでになる。その煌めきが一瞬強くなり、やがて徐々に治まっていった。

しかし、後に残ったのは野良息子ではなく――おかっぱ頭のいとけない少女の姿。

「そう――」魚ノ丞が悼むように呟く。「本来あなたは座敷童のように、ただそこにいるだけで幸を招く……そういう存在だった。しかし、身に降り注いだ災禍の火の粉を振り払うため、まるっきり異なる皮を被り、己を殺し、闘わなければならなかった……あなたが生きるには、それほどの強さが必要だったのですね」

「わたし……わたし……！」

野良息子の皮を脱いだ座敷童は、みこころうつしの本歌を片手に握りしめたまま、自らを庇い満身創痍となった親父を、細い両腕でしかと抱きしめた。

「いやだったの！　お店にお客さんが来ないのも、それでとうさんとかあさんがケンカするのも！　だから、わたしがどうにかしなきゃって！　でも、かあさんはいなくなっちゃって、とうさんも荒れていって、なのにわたしはなんにもできなくて、だから……だからっ、――なのに……っ！」

タガが外れたように、座敷童は泣きに泣いた。永らく堰き止められていたその涙は、あとからあとから流れ出でて、ひしゃげた親父に注がれていく。

それはあたたかな光となり、ふくふくと親父の身体を膨らませ、歪みを優しく癒していく。

やがて人並みの肉付きを取り戻した親父は、自らに縋りつき泣きじゃくる座敷童を抱きしめ返した。長い間失っていた宝物をようやく見つけ、今度こそ失くすまい、と――そのような決意に満ちた抱擁だった。

「ごめんな、ごめんなぁ……ぜんぶ父さんが悪かったんだ。店のことも、母さんのことも、おまえのことも……ぜんぶ、ぜんぶ、父さんが……」

「ちがうのっ、わたしがもっとちゃんとしていれば……まちがえなければ……！」

自分のせいだ、いや自分の——そう言いあって座敷童と親父はわんわんと泣いた。これまで互いの間に歴然と走っていた亀裂を埋め合わせるように涙を流し、川ができるかと思われるほどになったそのとき……座敷童が掴んでいたみこころうつしの本歌が、力強く輝いた。

その光が集束して珠となり、ふわりと浮遊する。そして泣いてばかりのふたりの周囲を祝福するようにくるくるりと飛び回った。

カッと眩い閃光が走り、誰もが思わず目を瞑る。次に瞼を押し上げたとき見つけたその光景に、成海はどこか納得していた。

座敷童と親父の姿はとうに失せ、後に残るは雪魚堂を訪れたあの女性と、のえるのまどの店主と思しき壮年の男性——。

そのふたりもまたやわらかい光に包まれ、すっとどこか彼方へ消えていった。

彼と彼女のその像は成海の心に安堵と——一抹のほろ苦さを残す。そうして茫然としている彼女の隣に、魚ノ丞がゆっくりと戻ってきた。彼の顔を見るとつい気が緩んで、成海の舌はぽろりと胸の内を零す。

「……あのふたり、また家族に戻れるんでしょうか」

余計な詮索はしないこと——そう窘められるかと思ったが、魚ノ丞は淡く笑む。

「ふたりともが、そう望むなら」

「望むなら、ですか?」

「そりゃそうりゃ、そうさ。家族だなんだと言ったって、所詮は型枠に過ぎんもの。それ自体が絆の存続を保証してくれるなんて、臼に米を入れれば餅ができるみたいな都合のいい絵空事だとお思いになりません？」

割りに辛辣なことを言う、とも思ったが、米を入れられた臼が杵の不在に憤るコミカルな図が脳裡に浮かび、噴き出してしまった成海である。うふふ、と魚ノ丞も乗っかって、ゆるりと扇子を扇いだ。

「家族という型枠の中にいる各々の、そうあるために持ち寄った銘々の諸々が、刻一刻と積み重なって、いつしか家族という絆になる……でもそれは、特別なもんじゃあござんせん。家族にすれ、恋人にすれ、友達にすれ、仲間にすれ、味方にすれ、敵にすれ――なんだってそうでありましょう、人と人とのつながりに名のついたものは。そしてそれをいかに保つかは、各々がいかに望み、願い、行うか――少なくとも、己等が見てきた僅かな歳月の間には、それを逸脱する事例などさほどありゃしませんでしたがね」

「……じゃあ、望まなかったら？　そのつながりを、望むことを止めてしまったら？」

そう言う声が強張っているのを成海は自分でも感じたが、なぜそうなっているのかはわからなかった。そして、なんでそんなことをわざわざ訊いてしまったのかも。大丈夫ですよ――なんてあの軽い口調で笑い飛ばしてほしかったという想いだけは、うっすらと悟りながら、彼の言葉を待った。

だが彼女の願いに反して魚ノ丞はパチリと扇子を閉じ、

「知れたことです。ただ、終わる」

簡潔に、酷薄な事実を述べる。

足許が崩れ落ちるような錯覚に見舞われ、成海は何も返すことができなかった。もうここから、自分はどこへも行けないのではないか――そんな予感に慄然としたが、

「でも別に、それですべてが終わるわけでもござんせん」

今度こそ魚ノ丞が軽やかに笑ってそう言ったので、泣きそうになったのを無理やり笑ってごまかした。

その彼らの遥か頭上――宵闇がほの明るんでいる。

夜明けまでは、まだ少し遠かった。

❄

二週間も経つと、糊ノ木にも平穏が戻ってきた。

最初の数日間はシャッターの下りたアヴァン・ル・ノエルを幾重にも取り囲んだ報道陣も、店が正式に会見を行うと、徐々に数を減らした。

店は、食品偽装の疑いこそ否定したが誇大広告であったと認めた。また、パワハラ被害を訴えている元店長にも謝罪、和解に向けて動き出しているという。それらのケジメをつけるまでの間は休業すると発表したそうだ。

もっとも、成海は噂に聞いた程度でしか事の顛末を知らない。磯崎クリーニングの前で井

戸端会議しているご婦人方（ちゃっかりパーマをかけていた）にうっかり捕まらなければ、知らないままで済ませたことだろう。それが雪魚堂の一員として、彼女の選んだ振る舞いだった。とはいえ、会見直後に発覚した政治家の汚職スキャンダル一色になってしまったニュースを見ると、いささか失笑を禁じ得なくはあるのだが。

さて、そうして成海はいつもの路地裏を進み、雪魚堂を訪れる。

「こんにちは、魚ノ丞さん」

「こんにちは、お嬢さん……おんや、その手にお持ちのは？」

成海は店の中に入り戸を閉めると、ぶら下げていた紙袋を掲げて見せた。

「秋ですし、サツマイモがおいしい季節ですから。晴海屋特製、芋巾着。シナモンが利いて絶妙ですよ」

魚ノ丞は、面映ゆそうに苦笑する。

「ホント、一途な気勢でござんすねぇ」

「ええ、自分でも嫌になるくらいです」

ふふん、と笑いながら言い返し、紙袋を突きつけた。受け取った魚ノ丞はぶはっと噴き出す。クックツ肩を揺らしながら踵を返す。

「旦那が西方土産の紅茶を送ってくだすったんですよ。出してきますんで、ちぃとお待ちを」

そう言って彼は、座敷の奥の障子の向こうへ消えていった。成海も自分の荷物を定位置に置くと、窓際で静かに揺れている安楽椅子へと歩いていった。

「カナくん、起きてる？　魚ノ丞さんがおいしい紅茶を淹れてくれるって」

安楽椅子の揺れに身を委ねていた黒ずくめの少年は、いつものようにどことも知れない虚空に視線を躍らせていた。成海はその小さな身体と椅子の間にゆっくり手を差し入れ、彼を抱き上げる。そのまま座敷の入り口まで運んで、段差のところに座らせた。そして自分もその隣に腰かける。

カナの日々は変わらない。

日中は茫洋と過ごし、夜は白焔を噴き出して百鬼夜行の花道を灯す。野良息子の騒動以来怨焔に苦しむ客が訪うことはなかったが、そう遠くない未来に、またやってくるだろう――ネット上では、まだあの洋菓子店を見舞った炎上が治まりきっていないという。

そして火種はそれ以外にも――ネット上であれ、現世であれ、至るところに転がっているのだ。そうした現状に変化が起きない限り、カナは何度でも、行き場を失くした怨焔をその身の内に吸い込むだろう。

そんな彼の日々に、どうしたら終止符を打つことができるのか――成海の頭は、たったひとつの冴えたやり方も見いだせない。

（そう、だからこれは、確認なの――あたしが、約束を忘れないための）

魚ノ丞は言った。身体の仕組み自体は、彼とカナとで大差はない。だから、カナが何らかの術を以て自らの中の怨焔を制御する、せめて折り合いをつけることだけでもできれば、他者との交流を持つことも可能かもしれない。その先に、彼の闘いを収束させる道も、あるいは――というのは儚い望みにすぎないが、と彼は付け加えた。

それでも、と成海はカナの手をそっと握る。初めてこの店を訪れたあの日のように。

（――大丈夫、ここにいるよ。あなたを、ひとりにしないよ）

彼女が今一度その胸の情焔に己が決意をくべていると、馥郁たる薫りが鼻先を掠めた。魚ノ丞が成海の持ってきた芋巾着を小皿にのせ、紅茶を淹れて、戻ってきたのだ。

小皿は当然三人分、ティーカップだって三人分。

お盆を置いてから、魚ノ丞が空いているもう一方のカナの隣に座り、それぞれの小皿を渡していった。

少年の膝に載せてやると、その漆黒の双眸がゆるりと、黄金色の芋巾着へ向けられて――

「「……！」」

成海と魚ノ丞は、思わず息を呑む。

しかしカナの目はとろりとまどろんで、いつものように。

うつらうつらと、舟を漕ぎだすだけだった。

目録ノ肆　淡雪ととけるか　かつて忍んだその声の

入口にある階段を上ると、参道の奥に水天宮社殿がどしりと構えているのがすぐわかる。

小学生の時分に訪れたときにも成海はその威容に息を呑んだが、江戸鎮座二〇〇年記念事業で近年建て替えられた社殿は一層神々しい。鎮守の森の類はなく、代わりに近隣に建ち並ぶ高層ビルが見えて、なんとも不思議な光景だ。だがいつまでも気圧されて立ち尽くしているわけにもいかず、成海はずんずんと参道を進んでいった。

手水屋で手と口を清め、いざ社殿へ。姿勢を正して直立し、鈴緒を掴む。勢いよく振ってカランカランと鳴らし、気合をこめて二礼、二拍手（手のひらがじんじんしたが我慢した）、そののちに固く目を瞑って頭を垂れた。

（えっと、猪瀬成海です！　そこの、糊ノ木一丁目の晴海屋という祖母の和菓子屋に間借りしてます！　転職活動中で、でもなんやかんやあって今はちょっとお休み中というか……あっ！　えーっと、その前に、お参りに来るのが遅くなってしまってごめんなさい！　前職のときは年末年始は家に帰れなくて、最近もだいぶバタバタしてて……でも今後はちゃんと来るようにします！）

お願い事の前にはきちんと自己紹介から、というネット情報に倣ったものの、やり過ぎても神さまも困るのでは……と思い至り、本題に入ることにする。

（……ので、カナくんが怨焔吸いこまなくてもいい方法を、一日も早く見つけられますように！　どうぞ！　何卒！　お力添えのほどよろしくお願い致します!!）

むむむ、と入念に拝みこみ、ようやく成海は瞼を開いた。そこで踵を返そうとした……ところで大事な仕上げを忘れていたことに気づき、勢いで腰を九〇度に曲げて一礼する。

今度こそ社に背を向けてから、ひとつ息を吐いた。神頼みなんて就職活動以来ご無沙汰だったが、二五年間生きてきてこれほどまでに切実な参拝は初めてだ。

野良息子——改め座敷童とその親父の一件以降、さいわい怨焔がらみの騒動は起こっていない。だからこそ今のうちに、何かきっかけでも掴めれば……と、あれこれ頭を捻らせる成海だが、これといって目覚ましい成果は皆無だ。初めのうちは魚ノ丞も何か言いたげにしていたが、成海が匙を投げるまで好きにさせようと決めたようで、口出しすることはなかった。その代わり、手を貸したりもしない。成海が考えつくような方策など、彼はもうすべて試し終えているのだろう。

そう考えると、にわかに成海もモチベーションが下がってしまう。常世の住民で、人知を超えた御業を幾多も具えた魚ノ丞ですら敵わなかったのだ。ただ平々凡々と、〝ふつう〟の人生を送ってきた自分になど、元より不可能なことかもしれない。

（だけど、諦めちゃったらそこでゼロになっちゃう。だからちょっとでも……少しでも！

今日はだめでも明日はきっと、ってじいちゃんもよく言ってたし！）

久しぶりに水天宮の参道を歩いたからだろうか、小学生の頃祖父と一緒に参拝したときの思い出が蘇ってくる。厳格な祖母・菜穂海に対し、人当たりのいい祖父・正宗（まさむね）はよくこっそりと甘やかしてくれたものだ。

ときどきふたりで散歩がてら水天宮にお参りして、緑道まで戻り、冷たいアイスを並んで食べた。

（そういえば……じいちゃん、頭を撫でながらこんなこと呟いてたっけ）

――もっと早く、こうしてやればよかった。

まだ幼かった成海にも、それはなんとなく自分に向けて言っているのではないと察せられた。正宗は、自分を通してどこか他の誰かを見ていた。

――成海、じいちゃんみたいになっちゃあいかんよ。他のたくさんのどうでもいい人のためじゃない、自分と、自分の大事にしたい人のために生きなさい。

（……じいちゃん、なんであんなこと言ったんだろ。あたしからすれば、じいちゃんはいつもばあちゃんや常連さんや、あたしのために、いろんなことをしてくれてたのにな）

祖母に対するものともまたちがう尊敬の念は、祖父が亡くなった今でも成海の胸の中に息づいている。それはきっと自分の情焔の一部なのだろう、と彼女は思っている。

小学生時代、それも夏の間だけ訪れた糊ノ木での日々――それは宝物のように大切なぬくもりを与えてくれた。これがあったから、成海は道を踏み外さないで生きてこられたのだ。

そんな懐かしい思い出に浸っているのに気づき、彼女は苦笑した。カナのことでお参りしにきたのに、いつの間にか自分事になっている。我ながら呆れもしたが、不思議と意欲が溢れ、気分が上向いてきた。これもまた、ご利益かもしれないとプラスに捉える。

（よし、小さなことからコツコツと！　今日もお土産買って、雪魚堂に行こっと。そうだ、今日はちょっと冷えるし、たい焼きなんか――）

そのとき、誰かとぶつかり立ち止まった。相手はすぐ申し訳なさそうな顔を向けてくる。

「あっ……すみません！」

「い、いえ、こちらこそ、ぼんやりしてて！」

成海がパタパタと手を振ると、ぶつかってきた彼――小学校高学年くらいと思しき少年は面差しをホッとさせ、被っていた野球帽を外してぺこりとお辞儀した。それから小走りで離れて、境内へとまっすぐ向かう。

（しっかりしてるなー、ランドセル背負ってるってことはこの辺の子かな？）

なんとなく少年の背を見守っていた成海だが、彼が鈴緒を盛大に鳴らすので驚いた。自分も大げさに鳴らしてしまうが、彼の場合は鈴がぷちんと落ちてこないか心配なほどだ。

すぐ近くで世間話をしていた宮司さんと高齢の参拝客もその音に境内を見遣る。

「ありゃ、また来てるねぇあの子」

「ええ、ほとんど毎日ですよ。学校が終わったこのくらいの時間に駆け込んできて」

「へぇー、最近の子はお参りなんて興味ないと思ったけど、いや感心感心」

心うちで成海も感心感心と頷いた……ものの、盗み聞きのようでバツが悪く、すぐ歩き出した。そして、鳥居をくぐって人形町は甘酒横丁を目指す頃にはたい焼きのことで頭がいっぱいになり、そのときは、それで終わった。

成海が雪魚堂にやってくると丁度いい頃合いだったので、みんなで三時のおやつとしゃれこんだ。彼女が買ってきたたい焼きに合わせて出されたのは、甘さ控えめのほうじ茶ラテだ。餡子の味わいを引き立たせる、ほうじ茶の香ばしさとミルクのまろやかさ。秋風に冷えた身体がすっかりあたたまったところで、成海は呆れ半分感嘆半分に訊ねる。

「魚ノ丞さん、ここやっぱりカフェかなんかにしたほうがいいんじゃないですか？」

カナを挟んで向こう側に座っている彼はカラカラと笑った。

「いやーそれだとお偉方がうるさくてねぇ。食いもん飲みもんってぇのは身体ん中に直接入っちまうから、やろうと思えばいろいろ悪さができちゃうんでござんすよ。前にやらかした輩（やから）がいて、やれ目録提出だの定期報告だの、許可の申請が何かと難儀なんざんす」

「えっ、じゃあこのラテとかお客さんに出してるのも、そういうのやってるんですか？」

「……うふふっ☆」

「かわいこぶってごまかさないでくださいよ……はぁ、やってないんですね」

「んーいやぁーこのたい焼き大変美味でござんすね！　皮のところがカリっとなってて噛ん

だ瞬間昇天するかと思っちまいましたよ！」

　ぺろりと自分のたい焼きを平らげる魚ノ丞の隣で、カナがうつらうつらと半分眠りこけている。その光景にすっかりほだされ、成海も小言の代わりにため息を吐くので済ませた。

　だがそのとき、寝ぼけまなこだったカナの双眸がぱちりと開き、店の戸口を見つめる。立ち上がろうとする彼の肩に、成海は手を置いた。

「いいよ、カナくん。あたしがお出迎えしてくる」

　彼女は膝の上の小皿を脇にやって、パタパタと戸口に向かった。戸の向こうにいる新たな客は入るのを戸惑っているらしく、自ら中に入ろうとしない。最初に自分がここを訪れたときのことを思い出して、くすりと笑みを零しながら成海は優しく戸を開けた。

「いらっしゃいませ、さあどうぞ中に——……？」

　客人の姿を見て、成海は驚く。

「あ、あのっ、ちがうんです俺……ちょっと、中どうなってるのかなって、思っただけで」

　わたわたと言い訳を募らせるのは、先ほど水天宮で行きちがった少年だった。

　近所に住んでいるのであれば、またすれちがう偶然も起こるだろう——しかしこの紙問屋の性質上、彼が訪れたのには必ずある方面の理由があるからで、

「うっふふ、よござんすよござんす」

　店の奥から魚ノ丞が軽やかにそう言った。成海が肩越しに振り返ると、今日も丸型の黒眼鏡をかけた胡散臭い店主名代はひとつ確かに頷く。

「冷やかし目明かし賑やかし、さぞかし大歓迎でござんすよ。そこなところにお立ちでは、気の早い空っ風も吹き付けて寒いでしょ。さあさ、どうぞお入んなさい」

それでも少年は戸惑っていたが、成海も笑って頷きかけるとおずおずと中に入ってきた。成海はそのまま奥にひっこみ、カナの隣に座る。代わりに魚ノ丞が下駄をカラカラ鳴らしながら、すっかり面持ちを華やがせている少年のほうへと歩み寄っていった。

実際の年頃よりずっとしっかりした佇まいの少年は、しかし今は無邪気さを湛えて、この常現世にある紙問屋のあちらこちらに視線を向けている。

「わぁ……！　なんか、いろいろある……」

「そりゃあもう！　お客さんがお見えになるのを待ちかねて、今生はおろか前世来世並行世界からすらも、粒よりの逸品が鈴生りになってるってなもんですよ。何かご希望はおありで？」

魚ノ丞がそう訊ねると、彼は少し考えて、やがて意を決したように返す。

「折り紙、ありますか？」

「ふうむ、もちろんござんすが……折り紙、おすきなんで？」

「……母さん、もうすぐ入院なんだ。だから、つる、折りたい」

「おやまぁ、そりゃそうりゃそりゃあ……どこかお身体がお悪い？」

「ううん……赤ちゃんが、生まれるから」

離れたところでそれを聞いていた成海は、ふと甘いものを口にしたくなった。

すっかり冷めてしまったたい焼きをかじると、口の中の水分が奪われ、ざらりとした。ラテを飲もうと思ったが、もうカップの中は空っぽだ。少年のいやに明るい笑い声が響く。

「妹、だってさ。俺、お兄ちゃんになるんだ。だからさ、ちゃんとしたいんだ。俺、ちゃんと待ってるから……安心して行ってきてほしい。そんで妹と、元気に帰ってきてほしい」

そう言う少年は、まったくもってふつうだった。成海だってきっと、同じ立場ならそうした。なのに、どうしてだろう、なぜだか――

「なるほど、そいつぁ殊勝なお心がけだ！」

その軽やかな声に我に返った。いつの間にか俯いていた頭を成海が持ち上げ見遣ると、魚ノ丞はいつものように仰々しい芝居がかった素振りで、うんうんと頷いている。

「お客さんに折られた鶴は千年どころか万年億年一京年の祝福を携えた神獣となって、末永くご一家を守護されんことでしょうな！」

「……？　よくわからないけど、ありがとうございます」

不思議そうにそう返す少年をよそに、魚ノ丞は手近な棚にとりついて抽斗からなにやらガサゴソ探している。やがてお目当てを見つけると、再び少年に向きなおって、

「さりとて――お客さんに今必要なのはこいつじゃあないかというのは、己等の愚見に過ぎませんが、いかがかしらん？」

そう言いながら、彼に手の中のそれを渡した。

少年は受け取ってまじまじと眺めながら、困惑に眉間を小さく寄せる。

「便箋？　別に、手紙出したい人はいないけど」

「出さなくても、よござんす。文とは想いをしたためるもの——その点じゃあ手記でも悪くはないが、〃誰かに伝える〃という動機づけにはちぃと弱い」

　魚ノ丞は自分の薄い胸を手のひらでポンポンと叩いた。

「胸の内っていうのは、形にせんと外にはわからんもんです。でもそれだけのことが、なかなかどうして、難しい。面をつけて振舞うことに慣れちまってちゃ、なおさらだ。だからこそ、文というのはその手伝いをしてくれる——お客さんの胸の内、まんまんなかにある、ありのままの想いに向き合い、外に連れ出すための、ね」

「………よく、わからないよ」

　便箋を突き返しながら、少年は視線を逸らした。だが魚ノ丞はまったく堪えず受け取って、抽斗の中に戻す。

「そりゃそうりゃ、それでよござんす。さ、今日のところはこれをどうぞ」

　袂からするりと取り出した、それ——純白の光芒をさやさやと零す紙の栞を、少年に差し出す。彼はその静かな煌めきに息を呑むように魅入られていたが、やがてハッとしてパタパタと頭を振った。

「あの……でも、知らない人から、物をもらうなって」

「うふふ、駅前で配ってるちり紙なんぞと変わりゃしませんよ。もらって、忘れちまえばいいんです。お客さんが真に不要になりゃ、ふっと雪のように融けて消えちまいますから」

そのわかるようなわからないような理屈に押されて、少年は栞を受け取った。それから野球帽を取ってぺこりと一礼すると、そのまま店から去っていった。

「……おんや？　珍しいですねお嬢さん、そんなぼんやりしなすって」

「え？　……あ、そうですかね」

戸を閉めた魚ノ丞が戻ってそう声をかけてくるまで、成海も自分が呆けているのに気づかなかった。だがまだどこか頭の中が茫然としていて、半端に残っている手の中のたい焼きも持て余していたが、

「ああ、冷えちまったんですか？　じゃあ温めなおしてきましょう、どれお貸しなさいな」

と何の気なく魚ノ丞が言うので、そっと手渡した。

❄

その晩も、雪魚堂主催の真景繚乱百鬼夜行は盛況だった。

成海もすっかり慣れたもので、化ける皮も手に持つ松明もなかったけれど、なんとなく一緒にそぞろ歩く。異形の徒たちは現身のままの成海を見て驚きはするが、ただそれだけだ。

ここで自由に振る舞うために必要なことはただひとつ、他のものもそうであるのを拒まないこと。だから大抵は放っておかれるし、中には笑って挨拶をしてくれる気のいい常連さんもいる。

　雪魚堂を訪うものがそうであるように、夜行に集うものたちもその過ごし方・関わり方は様々だ。胸で暴れる情焔に苦しんでみこころうつしを必要とするものもいれば、いつかの一反木綿のような状態に陥るも「……なんか、たっのしー！」と気分が高揚しノリで乗り越えるものもいる。一見で二度と来ることのないもののもいれば、毎晩のようにやってくるものもいる。久しぶりに見る顔もある。そう、この前の土蜘蛛のように。

（……あいつ、いったいなんなんだろ。怨焔の蛇を吸いこんでくれたのはよかったけど、地面にヒビ入れまくってしっちゃかめっちゃかにするし……なんか、すっきりしないなぁ。いいモンなのか悪いモンなのか、はっきりしろって感じ）

　夜行の客に対する詮索は雪魚堂の一員としてすべからず……とは弁えつつも、あの土蜘蛛のことを考えると妙に腹立たしい気分になる成海である。

　あのとき、土蜘蛛が顕れていなければ、きっとカナはまた苦しみとともに床に伏していたことだろう。あの晩荒らされた車道や街路樹も現世ではまるで変わりがなかったし、トータルで見れば感謝すべきだとも、頭の片隅では理解している。それでも——釈然としない。

（初対面が印象悪すぎたよね……あたし襲われたんだし。あのときはカナくんが庇ってくれたからよかったけど……あーあ、できたらもう会いたくないなぁ）

　などと思ってしまって、ため息を吐く。この百鬼夜行に集うのは、現世で所在なさを抱え、胸の情焔が燻って懊悩しているあまねく人々だ。その人たちが少しでも楽になるようにと、魚ノ丞もカナも毎晩誠心誠意を尽くして夜行の花道を灯している。

それなのに、自分ときたら……なんの役にも立たないどころか、客を選別するようなことを考えてしまっている。

（ホント、いつまでたっても幼稚で……こんなあたし、いらない）

パタパタと頭を振って、切り替えようとした。その視界の端に、気になるものがある。

夜行から少し離れた歩道、木の陰からこちらを見遣っているものがいた。初めてここを訪れたのか、戸惑っているようだ。このままでは、帰ってしまうかもしれない。

それもひとつの選択だ、無理に引きとめることはない——だけど、彼女がそうしようとしたときは、彼が声をかけてくれた。

（……よし！）

成海はひしめく妖怪たちにぶつからないよう夜行の列を抜けて、小走りで駆け寄っていく。

とりあえず、話しかけてみよう。遠慮することはない、と伝えよう。

それで嫌がるようなら笑顔で見送ればいい。だけどもし尻込みしているだけならば、踏み出す最初の一歩を応援したい。

「ねえ、あなた！　ここへは初めて——」

と言ったところで、ぎょっとする。

近づいてわかったが、木の陰から眺めていたのは見憶えのある姿だった。

土蜘蛛——しかし、これまで成海が遭遇したものより、随分と小さい。長く折れ曲がった八つ脚を含めても彼女の腰ほどまでの大きさで、身体を縛っている注連縄は一重だ。呪符の類はない。能面の代わりに、顔を半分以上覆うほどの野球帽が被せられている。

その帽子は――今日、雪魚堂を訪れたあの少年のものと同じだ。

思わず、成海はごくりと喉を鳴らしたが、しかしあの巨大な土蜘蛛に抱くような嫌悪は熾らなかった。小さく息を吐いて気を取り直し、小さな土蜘蛛に笑いかけた。

「初めて、来たの？」

「え、えっと、あの、俺、よくわかんなくて……」

小土蜘蛛はわたわたと八つ脚をバタつかせた。

「でも、あれ、なんかきれいだからいいなって思うけど……俺、入っていいのかなぁ……」

やはり初めて見る夜行の光景に気おくれしていたようだ。成海は笑みを深めて、だけど想いがこもって重くなり過ぎないように、軽やかな声音を心がけた。

「もちろん！　ここは誰でもすきなように過ごしていいんだよ。入りたければ入っていいし、帰りたければ帰っていい。あなたが楽しんでいってくれたら、嬉しいな！」

きっと、この夜行の興行主ならこう言うであろう――いや、もっと無駄な言い回しを盛りに盛って、極限まで軽くするんだろうが。

そんなことを考えて成海が内心くつくつ笑っていると、小土蜘蛛は落ち着きなくうごめかしていた八つ脚を止めた。そして意を決したように、

「……ありがとう！」

礼を言うとともに、跳ねるような足取りで夜行へ向かって駆けていく。

その背を見送ってから、成海もまた列へ戻ろうと歩き出した……ところで、胸の中の情焔が、ざわめいた。

果たして今のがあの土蜘蛛でも、自分は同じ言葉を贈れただろうか——

「いやはや、見事なお点前でしたねお嬢さん！」

「うひゃあ?!　……なっ、魚ノ丞さん!!」

「ええ、ええ、あなたの魚ノ丞でござんすよ」

いきなり隣に夜行の興行主にして上司にして紙魚の妖怪なんだかどうなんだかよくわからない自称・常世の住民が顕れたので、成海は素っ頓狂な声を上げた。

このパターンにはたびたび遭遇しているはずだが、いまだに慣れない。そして当の魚ノ丞はどこ吹く風で、彼女の顔を覗きこんでくる。

「あんら、迷える子羊ならぬ子土蜘蛛を鮮やかな手腕で送り出すことに成功したというのに、浮かないご様子？」

「別に、そこまで大したことしたわけじゃ……」

魚ノ丞さんの真似しただけです、と続けるのは癪で、代わりに胸でざわつく想いを問いに換えた。

「……ねえ、魚ノ丞さん。今の土蜘蛛さんは、危なくないですよね？」

「んん？　一体全体実体無体、こりゃまたどーしましたんで」

「前に来たヤツみたいにでっかくなって、夜行を荒らしまわったりしないですよね？　あれはたまたま、あいつがそういう悪い土蜘蛛だからで……今の土蜘蛛さんは、別の人が、その、そういう気分？　で、あの化けの皮を被っているだけで、だから、あの……あたしっ、……まちがってないですよね？」

そこまで言って、自分は安心したかったのだと成海は気づく。

そう——あの土蜘蛛がいけないのだ。あいつが和を乱すような振る舞いをするから、自分だって受け入れられないのだと——誰かに、判を押してほしかった。

だが魚ノ丞は——いつもは飄々とした笑みを結ぶ口許に苦味を滲ませる。

「う〜ん……おいらには、ちぃとばかりなにがしかの思いちがいをなさっているように思われなくも、なくもなくもなく、泣く泣く泣く……といった具合ですかねぇ」

「……？　どういう、ことですか？」

「えぇっとですね、お嬢さん、そもそもまず大前提として……善いも悪いも、ないんですよ」

「え……？」

彼は、古いアルバムが見つかって渋々と友人に解説するような口ぶりで続けた。

「妖怪だのあやかしだの、そうした化けの皮に包まれた異形のものがたそのものには、そもそも善も悪も、ないんでござんすよ。それが生まれるとすれば——見るものの内側に、でさ」

「見る、もの……？　あたしのってことですか？」

「この場合だと、まぁ」

「じゃあ……あたしがあいつを悪モノだって感じてるから、そう思うだけってこと？　で、でも、あいつは魚ノ丞さんのこと吹っ飛ばしたし、夜行だってめちゃくちゃにして――そんなの、どっからどう見ても悪モノのすることじゃないですかっ！」

知らず語気が強まって、成海はバツが悪く視線を逸らした。自分でも、なんでこんなムキになるのかわからない。胸の内の情焔が、なんでこんなにざわめいているのかもわからない。

そんな彼女を、諭すでも、揶揄するでもなく、魚ノ丞は活字を拾い上げるように言った。

「……前にもお話ししたとおり、己等やお客さんがたが引っ被ってる化けの皮ってぇのは、元より、わけのわからんへんちくりんを包んで名前をつけるためのもんにすぎんのです。しかし、名前が付き、区別がつき、扱いがついて、なんとなくわかった気になったところで、しばしばそれだけが〝本当〟になっちまう」

「本当、に……？」

訝しげに返すと、魚ノ丞は腕組みをして天を仰いだ。

夜行を覆う、誰そ彼時の緋と彼は誰時の紫が織り混じる宵闇――その向こう側へ、とうに過ぎ去った何かに想いを馳せるように。

「例えば〝土蜘蛛〟という化けの皮は、その昔この国に最初の〝真ん中〟ができようというときに、その〝真ん中〟が自分たち以外の〝わけのわからんへんちくりん〟を自分たちの中に取り込むために、かたられたもんでした。あいつらは〝土蜘蛛〟なる不埒者どもであるからして、これを成敗し配下に置くのは至極まっとうな正義に基づく行いである、とね。でも〝土蜘蛛〟なんて化けの皮を被せられる前から〝わけのわからんへんちくりん〟は連綿と日々を営んでいたし、更に言うなら〝わけのわからんへんちくりん〟なのは〝真ん中〟から見た話であって、当の本人たちにとっちゃあ、わけもわかるしへんちくりんなどどこにもない、至極まっとうな自分たちであるわけです」

嘆息し、彼はその口の端に左右非対称の笑みを結ぶ。

「でも、粛々と〝わけのわからんへんちくりん〟は〝土蜘蛛〟として退治され続け、いつしか〝真ん中〟がこの国のものさしとなった。そして、元来混沌と様々な側面を内包していた〝わけのわからんへんちくりん〟は、〝土蜘蛛〟という化けの皮を残し、他のすべてが削ぎ落とされてしまった――少なくとも、本人たちより外の世界では」

魚ノ丞は腕組みを解くと、右の人差し指で虚空をちょんと指してから、その周りにぐるりと円を描いた。

「〝真ん中〟は、大事です。人が生きていくには、現世はあまりにも渾然としている。だから、基点が据えられるのは必定の道理にございましょう。しかし――〝真ん中〟だけが、世のすべてじゃあありゃしません。よしんば、〝真ん中〟のみを頼みにして生きていこうとしたとして、いずれ限界に辿りつく……いくら隔絶しようとも〝真ん中〟は、その外側とも、無数のご縁でつながっているのですから」

そこで、彼は袂に手を入れて、一握の紙吹雪を取り出した。

勢いよく中空に向かって撒くと、白銀の紙雪はゆるやかに進む夜行の衆の頭上へふわりと舞い上がる。

ふうう、とカナの吐く白焔が行きあって、妖怪や、あやかしや、名状しがたきものたち——他者からのお仕着せではなく、自分に似合いの化けの皮を被った、異形の徒たちの手にする松明に灯った。それは各々の胸に灯った情焔を映し出す憑代となる。

焦がれるような照柿色、うずくまるような鶯色、昨日を引きずる錆青磁、明日を夢見る黄蘗色——新たに列に加わった小土蜘蛛が掲げているのは、長い夜の明け方を希う曙色の焔だ。

想いそれぞれの彩が流れていく——その虹の川を見つめながら、結ぶように魚ノ丞は言う。

「この常世も現世も、三千世界の向こうまで、すべてはあわい不可思議のご縁が紡ぎましまする、夢かうつつの物語——何人も、絶縁すること能わぬ定めなればこそ」

「……よく、わからないです」

その声音にふて腐れた響きがあることを、成海自身感じていた。昼間雪魚堂を訪れたあの少年と同じような物言い——まるで子どもだ。

二五歳になって、曲がりなりにも社会人であるのに、いつまで経っても……と彼女が自分を心うちで詰っていると、

「ええ、ええ、それでよござんす」

魚ノ丞は何の気なくいつものようにそう言った。

「お嬢さんの歩む先にその解が要されるなら、自ずと訪うことでしょう。そいで、もうひとつ付け加えさせてもらえるんなら――」

「……なんですか？」

まだ硬い声をした彼女に、魚ノ丞はからりと笑う。

「そんなに心配なさらんでも、お嬢さんはとっくの昔にまちがってる。おいらだってまちがってる。カナも、ここに集う皆々様も、そうでない皆々様も、とうの昔に、どうしようもないくらい、まちがい尽くしているんです。だからね、そこに一個くらいまたまちがいを重ねたって、どうってことありゃしませんよ」

❄

窓の向こう、かちゃん、かちゃん、と金属の触れ合う音で目を醒ました。

成海はゆるやかに布団から起き上がると、ぶるりと震える。夏の殺人的な熱気とはさよならできたが、今度は途端に冷え込み始めた。羽毛布団の予備はあったか菜穂海に訊かなければ……と考えて、成海は湿ったため息を吐いた。

（……いつまでも甘えてられない。またぼちぼち、仕事探さなきゃ。せめて年を越す前には、ボロでもいいからアパート借りて、父さんと母さんに住所の連絡を――）

そこで、あの頭痛がこめかみから突き抜けるように走り、思わず成海は呻いてしまった。

　ここしばらく、彼女はまた折に触れて頭痛に見舞われるようになった。働いていた頃より眼精疲労の原因になるような作業は格段に減っているのに……と訝しんだところで治まらず、深呼吸を繰り返す。

　さいわい、このときは徐々に痛みが引いていった。ホッとしていると、カーテンを閉めた窓の向こうからコツコツと誰かが叩いてきた。

「お嬢さん、痛そうな声が聞こえましたけど……大丈夫ですか？」

「あ——すみません、大丈夫です！」

　成海はカーディガンを羽織り髪を手櫛で整えて、ふう、とひとつ息を吐き、カーテンを横にやって屋根裏の窓を開けた。

　秋の透き通った日差しと、近所の家から流れてくるラジオニュース。自分がどこか場ちがいな気がして、成海は所在なさを感じる。だが、洗濯物を干しに上ってきていた毅一を安心させようと、できるだけ明るい声を出した。

「おはようございます、毅一さん……ごめんなさい、手止めさせちゃって」

「何言ってるんですか、お嬢さんの具合のほうが大事ですよ。水でも持ってきましょうか？」

「いえ、ホント平気です！　たまにある頭痛で、もう治まったんで」

　彼女が頭を振りながらそう言うと、毅一はやっと顔を安心させた。

「それならよかったです。すみません、騒ぎたてちまって」

「いえ——その、こちらこそ忙しいときに心配かけちゃってすみません。毅一さん、これから店のほうにも回らなきゃいけないのに……」

「そんな、気にしないでください。俺がすきでやってることですから」

「……そうですか」

スッと息を吸いこんで、成海はめいっぱいの笑顔を作る。

「でも今どきなかなかいませんよ、こんな立派なお弟子さん！　なんで晴海屋なんですか？　もっと有名なお店とかで働くって道もあったんじゃ……」

最後まで言い切るより先に毅一がゆるりと頭を振って、

「晴海屋以外じゃあ、意味ないんです——師匠のもとでなきゃ」

そう断言したので、成海はぱちくりとした。

彼は面映ゆそうな表情で、それでも、迷いなく続ける。

「……お恥ずかしいんですが、俺、ガキの頃本当にどうしようもない悪たれでね。でもあることがきっかけで、ああ、いつまでもこんなんじゃあいられないなって——この人に恥ずかしくない自分になりたいなって、強く思ったんです」

「それが……ばあちゃん？」

頷く毅一に、成海はこれまで機会がなくて訊ねられなかった問いを口にする。

「ふたりが出会ったのって、いつ頃だったんですか？」

「確か俺が小学校の高学年、くらいだったかなぁ」

「え、全然子ども時代じゃないですか?!　はぁー……ホント毅一さんって昔からしっかりされてたんですね。あたしなんてその頃、学校が終わったら家に帰ってずーっとテレビかネットの動画観てるだけでしたよ」

「そうなんですか。習い事や、お友達と遊んだりは？」

「……習い事って性に合わなくて続かなかったんですよね！　友達も、放課後は塾で忙しかったり……でもあたし鍵っ子だったから、留守番してなきゃで」

あはは、と笑った勢いで成海は論点をずらす。

「毅一さんも観たりしませんでした、テレビとか動画とか？」

「ああ、そういえば……ネット環境がなかったんで動画はさっぱりですが、夕方やってたテレビアニメなら。懐かしいですね、妖怪退治して友達になるのとかすきだったなぁ」

「あっ、あたしも観てましたそれ！　いい妖怪が悪い妖怪をやっつけてくれるんですよね！」

弾みで出てきたその言葉に、成海は胸のざわめきを覚えた。

――お嬢さん、そもそもまず大前提として……善いも悪いも、ないんですよ。

魚ノ丞の声が耳朶に蘇るようだった――が、成海は聞こえぬ振りをする。

「……ねえ、毅一さんはどう思います？　妖怪が本当にいたら、あのアニメみたいにいいのと悪いのがいると思いません?」

「妖怪がいたら、ですか……はは、本当にそうだったら楽しいですよね」

突飛な質問に、毅一は社交辞令の見本のような返答をくれた。さすがに子ども染みていたか……と成海は羞恥で首筋がひりついたものの、彼は思いも寄らないほうへ話を転がす。

「でも俺は……いいか悪いか、より、妖怪博士の言う〝本当の妖怪〟がいるかのほうが、気になるかなぁ」

「妖怪、博士? なんですかそれ? 漫画?」

「明治・大正時代にいた、井上円了(いのうええんりょう)って学者さんですよ」

興味が湧いて、成海は桟から少し身を乗り出した。

とつとつと、毅一は語る。

「昔は、文明開化の時代に非科学的な妖怪という存在を撲滅しようとした人、みたいな認識をされてたんですが……ちょっとちがって。井上円了は学者であると同時に仏教徒でもあったんで、霊的な世界というのを信じてたんです。唯物論者に真っ向からケンカ売る本とかもあったりして面白い人なんですが……」

「どうして〝妖怪博士〟なんて呼ばれてるんです?」

「当時、妖怪を騙(かた)った詐欺が横行したり、頑なな迷信がまだ根強く残っていたりしたんですよ。そうした状況を打破するため、彼は片っ端から論破していったんです。自然現象のせいで妖怪がいるように思われるのは仮怪(かかい)、誤解や恐怖からいるように感じてしまうのは誤怪(ごかい)、人の手で引き起こされるのは偽怪、っていうふうにね。だけど——その分類からどうしても外れちまう、いまだ説明のつかない、それこそ妖怪がやったとしか思われないようなこともある……井上円了はそれを真怪と名付け、追求したんです」

その言葉に、成海の胸はどきりとした。

自分はそれを、知っている——既に出逢っている、気がする。

雪魚堂とは——もしかしなくとも、そういうものではないのだろうか。

すっかり感覚が麻痺していたが、改めて自分は何か途方もないものに片足……どころか全身とっぷり浸かってしまっているのではないだろうか。そう考えると、やはりどこか地に足がつかぬ、肝の冷えた心地になる。

そうして俯いた成海を、毅一はさいわい不審とは思わず、目を輝かせて話を続けていた。

「考えただけで、なんかわくわくしませんか？　本当に真怪なんてもんがあったら、いったいどんななんだろうな……！　あのアニメみたいに友達になれんかな、和菓子は食わねぇかな……なんて、ガキっぽいなとは自分で思っちゃいるんですが、ついね」

散々話し終えて照れくさくなったらしい毅一に、「知り合いの真怪っぽい黒眼鏡がおいしそうに柚子蜜羊羹食べてましたよ」などとフォローすることはさすがに憚られたので、成海は素直な感想を述べた。

「毅一さん、なんでそんなに博識なんですか？　家事ができて和菓子作れて雑学までばっちりとか、ちょっと完璧すぎですよー！」

「いや、これはたまたま！　受け売りというか、なんというか……」

更に恐縮した彼は、少し赤らんだ頬をぽりぽりと指で掻く。

「師匠が、おすきだから……妖怪の、話」

「えっ、ばあちゃんが？」

孫の成海も初耳の事実だ。確かに、昔寝しなに怪談話をしてくれた思い出はあるが、それはてっきりやんちゃな自分を大人しくさせるためなのだとばかり思っていた。

毅一は照れが極まったように、ぼそぼそと喋る。

「おすき……っていうのは、まぁ、単に俺の印象なんですけど……たまに弾みで、話されるんですよ。だから気になって調べているうちに、その、なんというか……だから素人知識の付け焼き刃みたいなもんなんで、当てになさらんでください」

それだけ言い残して、彼は踵を返すと洗濯物を干しに戻った。

店で使うタオルや布巾を一枚一枚丁寧に並べていく。その背を眺めながら、成海はしみじみと感じ入っていた。

(ああ、この人は本当に……ばあちゃんのことが、すきなんだなぁ)

それが単に憧憬であるのか、恋慕を伴うものなのか、成海には判じようがない。だが、山田毅一が猪瀬菜穂海に向ける想いのその熱量は、おそらく今後何があっても揺るがぬまでに確固たるものだ。

彼がいなければ、晴海屋ももしかしたら今頃暖簾を下ろしていたかもしれない——祖父を亡くしたあとの祖母の背は、かつてないほど果敢なかったから。

（そう――この人が、いなければ、）

自分がそこに、いたかもしれないのに。

孫として、後継ぎとして、なんの憂いもなく、この家にまた住むことができたかもしれないのに。自炊すら覚束ない腕前だから祖母に何度も叱咤されただろうけど、それでも諦めず年月を重ね、ひとつずつ着実に腕を磨いて、いずれは、認めてもらえたのかもしれないのに。頼りにされて、許されて、愛されて、

――毅一さえ、いなければ、

（――なんて、醜い。最低だ。こんな、あたしは、いらない）

会話の途絶えた空間に、ラジオニュースが微かに響く。キャスターは、通学中の小学生を襲った通り魔の男の初公判が決まった、と簡潔に述べた。

早く有罪になればいいのに、と毅一が言った。

それになんと返したか、成海にはもうわからなかった。

❄

外森駿(とのもりしゅん)はその日の放課後も水天宮に向かおうとして、その足が重いのを感じた。

昨日は参拝したあといつものように学習塾へ行こうとしたのに、通い慣れた道をなんでか迷って遅刻してしまい、先生に注意された。「駿もしっかりしないとな、もうすぐお兄ちゃんなんだろう?」……そう言われては、立つ瀬もなかった。次は気をつけます、と深々と頭を下げて、家に連絡されることだけは免れた。

なので今日は手早くお祈りを済ませて、少し余裕を見せて塾へ行かなければならないのだ。きちんと言いつけを守っているところを見せて、自分は聞き分けのいい子どもであると証明しなければならない。もうすぐ生まれる妹のお兄ちゃんに相応しいと、誰から見ても判を押されるような振舞いをしなければならない。

であれば、一家の一員としての居場所は少なくとも担保されるだろうから。

(なのに……なんで今日は、嫌なんだろう)

水天宮へのお参りを始めたのも、学校で先生が話していたお百度参りの真似事だ。来月には出産予定の母が、無事帰ってきてくれることを願って始めたものだった。

それは切実な想いだった。義父は駿にも優しいが、母がいないと会話が続かない。何を話せば嫌われないか、そればかり考えていると口が重くなってしまう。だから母にはいつも傍にいてほしかったし、元気でいてほしかった。それが叶うなら、学校と塾の間のわずかな自由時間などいくら捧げても惜しくないと思っていたのだ。

それが今日は水天宮へ向かう道を真逆に歩き、気づけば隅田川にいる。

新大橋の袂から河川敷へ下りていくと、車道を走る自動車の音も少し遠くなった。目の前を悠々と流れる隅田川は晩秋の重たい曇天を映して、沈んだ色彩をしている。

（なんか、昔はもっと……きらきらってしてなかったっけ。母さんとふたりで、シュークリーム食べながら歩いて……）

駿が小学校に上がった頃、母はまだパートの掛け持ちをしていてあまり家にはいなかった。駿も、塾や習い事をするほど家計にゆとりがなかったので、もっぱら留守番をしていた。

それでもたまに時間ができると、母は駿を隅田川へ散歩に連れて行ってくれた。糊ノ木の洋菓子屋でシュークリームを買って、おいしいね、と笑いあいながらふたりで食べた。

今は、母が再婚して義父の会社で働くようになって、生活にもゆとりができた。駿は塾に通えるようになったし、毎日の食事だって家族で囲める。休日には三人で遊びに出掛けて、今被っている野球帽のようなお土産だって買ってもらえる。

何より――母が、安心した笑顔を見せてくれるようになった。

幼稚園以前……母と駿だけで暮らすようになるまでの記憶は曖昧だ。ただ、その中でも母はいつでも追い詰められたような顔をしていた。そしてふたりで暮らすようになってから、母は駿を守るようにいつでも明るく振る舞っていた。

だからいつか、そう、大人になったら、今度は自分が母を守るんだ――ずっとそう思っていたけれど、その夢は、義父が叶えてくれた。

（だから……考えちゃ、いけない。前のほうがよかった、なんて）

ふう、と駿はため息を吐き、塾へ向かうため踵を返そうとした。だが、前方にある東屋に知った顔を見つけ、ふらりとそちらへ寄っていく。

「あのう……もしかして、のえるのまどの……」

「ん？　おお……！」

ベンチに腰かけていたのは、糊ノ木町の洋菓子店の店主だ。最後に見たときより頭も薄くなり、顔もしわが増えていたが、眼差しにはあたたかなものが宿っているように感じられた。

確かあの店は今年に入って新装開店したものの、いろいろ騒ぎを起こして現在休店中だと、駿の住む芝町でも話題になっていたが……。

「久しいねぇ、よくおふくろさんとシュークリームを買いに来てくれた坊ちゃんだろう？」

向こうも駿のことを憶えていてくれて、にわかに胸が華やいだ。もう戻れないあの頃に、ほんの少しだけ触れることができた気がしたのだ。

だがそれも店主の次の一言で、呆気なく終わる。

「おふくろさん、元気かい」

「は、はい……今度、赤ちゃんが生まれます」

「そうかい、そいつはめでたいな」

何の気なく店主は笑ったが、駿は少し引きつった笑いを返すのでやっとだった。どうせこのあと、「じゃあもうすぐお兄ちゃんだな」とか、そういう言葉が続くのだ。その次に連なる単語も、だいたい決まっている。返答をまちがえると面倒なので、駿もたいてい「頑張ります」などと適当なことを言う。

　だが店主はそれ以上何も述べず、手にしていた紙に視線を戻し、しげしげと眺めだした。

　駿はやや拍子抜けしたが、気になって覗きこみ、わっと声を上げる。

「すごい数の、点々……」

「ああ、少し目がチカチカするなぁ」

　店主は鷹揚に返す。

「鮫小紋、というらしい。日本に昔からある柄なんだと」

「一緒に描いてあるのは、松の木？」

「おお、坊ちゃんはものしりだねぇ」

　裏も表もない褒め言葉に、駿も頬を綻ばせる。店主が、よかったら、とベンチの隣を空けてくれたので、おずおずと座り込んだ。

「よかったら、他にも感想をくれないかい？　店の新しい包装紙にするんだ」

「新しい……？」

　駿がオウム返しにすると、店主は皺だらけの目尻を苦々しく細めた。

「坊ちゃんも知ってるかもしれないけれど……うちの店は、ちょっと前に世間様をお騒がせしてしまってね。今、手を尽くしてそのお詫びをしているところなんだ。そして、それをきちんと終えることができたら……また一からやり直そうって、娘と話し合って決めたんだよ」

店主はそう言って、手にしていた包装紙のデザイン画を駿に渡してきた。

「あのシュークリームも、出すつもりだ。よかったらまた、おふくろさんと一緒に買いに来ておくれ」

「……はい」

受け取りながら、駿は曖昧に頷いた。その話をしたら、母は思い出してくれるだろうか。もう忘れては、いないだろうか。自分とふたりで暮らしていたあの頃を。

考えただけで、底なしの暗闇に落ちていくような錯覚に陥る。感想をくれ、と言われたのに、頭の中がいやに熱くて、何も考えることができない。目の前がぐるぐるとうねるようで、酸っぱいものが喉元にせり上がってきて——

「坊ちゃんは、優しい子だなぁ」

やわらかいその声に、駿はハッと我に返った。店主は、偽りのない微笑みを浮かべている。

「それにとても聡い。今までそうやってずっと、他の誰かのために、自分の言いたいこと呑みこんできたんだな」

「あ……、……その、俺……」

ただ狼狽えるばかりの駿に、店主は静かに言った。

「少しだけ、うちの娘の話をさせてくれるかい？」

「え……？　おじさんの……？」

「ああ……あの子もな、こんな親父には似ず、坊ちゃんのように優しくて頭のいい子だった」

　まぁ、少しばかり負けん気が強かったが、と笑いながら店主は続ける。

「だから、自分がどうにかしよう、みんなを助けようって、いっつも頑張っていた。でもな、おじさんは気づかなかった。それが当たり前だって、ずっと——甘えていたんだな。それで、あの子をあんなにまで追い詰めちまった……」

　彼は眉間に手をやると、ぐっぐっ、と揉みしだいた。

「本当に、言うのも恥ずかしいくらい情けない話だよ……でも坊ちゃん、こんなもんなんだ。大人だなんだって言ったって、いくらだってまちがえるし、ときどきズルもしてしまう。それくらい余裕がなくて……君たち子どもが、助けを求めているのに気づけない。本当に、本当に、ごめんな——」

　手を膝の上に下ろすと、店主は真剣な眼差しでじっと駿を見つめる。そしてひとつずつ、丁寧に言葉を選んで語りかけた。

「だから、どうか声を上げてやってくれないか。自分はこう思っている、こうしたい、こうしてほしい——その思いを、どうか伝えてやってほしい。君の近くにいる、大人に」

「……でも、それでも聞いてもらえなかったら……？」

「怒っていい。泣いたっていい。地団太踏んで、わがまま言って、思いきり甘えてやったらいい。……だからな、無理やり大人になって諦めないでいいんだ」

　駿はぽかん、と口を開けていた。そんなことを言われたのは、初めてだった。だから、急に言われたってどうしたらいいかわからない――その少年の逡巡ごと肯定するように、店主は頷いた。そして、駿が手の中で持て余していたデザイン画をそっと受け取る。

「感想は、またいつか会ったときに聞かせておくれ」

そう笑って手を振り、店主は河川敷を去っていった。

つられて立ち上がった駿はその背を見送り、しばらくぽつねんとその場に立ち尽くしていたが、

「あれ、駿？　あんた、こんなところで何やってんの？」

よく知った声に、ひゃあ、と飛び上がってしまった。

慌てて振り返ると想像したとおり、大きな腹を抱えて母がゆっくりと歩いてくる。

「母さんこそ、どうしてここに？」

「ちょっとは動かないと、身体によくないからね。それに……散歩するなら、昔からここが一番気持ちがいいもの」

駿の隣に立った母はそう言うだけで、塾に行かずにいる息子を詰りはしなかった。

それが、駿の心を動かす。ずっと胸の中に沈めてきた様々な思いがない交ぜになって、

「……母さん、俺、シュークリーム食べたいっ！」

脈絡なく飛び出たその言葉に、すぐ駿は後悔した。

もっと上手いこと言うつもりだったのに、とか、急にわがままを言って怒られないか、とか、身体がかちこちに竦んでしまう。

その強張りを優しくほどいてくれたのは、頭に伝うぬくもり——顔を上げると、母は怒りも、呆れもせず、駿をまっすぐ見つめて微笑んでいた。

「懐かしいね……よし、買いにいこ！　あ、でも今あのお店、閉まっちゃってるんだっけ」

「どこのでもいいよ、だから……っ」

自分に向けてくれるその笑顔を手放したくなくて、駿は必死に言い募る。母はそんな彼の頭から手を離し——慎重な動作で屈んでその場に膝をつき、駿の目線を合わせた。

そして、今度は腕の中にしっかりと彼を抱き締め、一層のまごころを込めて頭をなでる。

「駿。……たくさん、たくさん、我慢させてたんだね。ごめんね……ありがとう」

「母さ、……俺っ……俺っ…………」

もっと伝えなくては、と駿は想いを紡ごうとした。だがそれは胸から込み上げるあたたかな熱のせいで、言葉となるより先に涙に形を変えて、あとからあとから溢れだしていく。

母はそれを、ポンポンと駿の背を叩きながら、聞いてくれていた。

「うん……大丈夫」——彼女の声もまた、少し上擦っている——「この子が生まれたって、母さんが駿のことだいすきな気持ち、ずっと変わらないからね」

「うっ、……うあぁっ……！」

しばらくの間、駿はそこでずっと、ずっと泣いていた。

やがて自然と涙が治まった頃、母と手をつなぎ、ゆっくりと河川敷を歩きだした。親子の遥か頭上、曇天が微かに薄らいで、夕暮れの茜色がちらちらと隅田川に反射する。

河川敷から階段を上り、新大橋の袂からそれを眺めた駿は、何も変わっていなかったのだと思った。その実感は、彼の胸の中に小さな焔を灯す。そうして、もう振り返ることなく、母の手を強く握り、彼らの家へと帰っていく。

その少年のズボンのポケットから、するりと何か滑り落ちた。

それは——真っ白な紙の栞は、ひゅう、と風に吹かれ、上空へと舞い上げられていく。

そのまま、待ちわびた雪融けを迎えたように、どこか彼方へ、ふわりと消えた。

❄

(あの小さな土蜘蛛さん、今日はいないみたい)

夜行の進行の中でそぞろ歩いていた成海は、何度かちらちらと歩道に目を向けるようにしていたが、昨日のように輪に加われないでいる影は見当たらず、ほっと胸をなで下ろした。

おそらく、あの小土蜘蛛は店を訪れた少年が皮を被ったものだろう。余計な詮索は厳禁、とは理解しているものの、やはりあんな子どもまでが情焔の猛りに苦しんでいるという状況は痛ましいものがある。

現世で、誰か信頼できる大人に助けてもらってほしかった。成海にとって、祖父母がそうであったように。

そのときまた頭が、つくん、と痛んで顔をしかめる。夜行の最中に起きるのは初めてで、迂闊なことに頭痛薬も持ち合わせていない。

どうしようか……と悩んでいると、すぐ傍らの小僧が声をかけてきた。

「大丈夫？　豆腐、食べるぅ？」

「え？　あ、ありがとうございます。でも、大丈夫です」

「そうぉ？　遠慮しなくていいよぉ？　豆腐、おいしいよぉ？」

豆腐小僧はそう言ってずずいと左手に持つ盆を差し向けてきた。豆腐がぷるんと載ってる皿には、ご丁寧に匙まで添えられている。固辞するのも無礼か、と成海はひと口ご相伴にあずかることにした。

「……うん、おいしい！　ひんやりしてて、滑らかで……味がぎゅっと凝縮してるから、おしょう油かけなくてもこのままでいけちゃう！」

「でしょぉ？」豆腐小僧は得意満面だ。「なんかさぁ、うちの豆腐食べるとカビが生えるとかデマも流れてて、ホント失礼しちゃうけど、おいしいんだよぉ」

遠慮したその口でついついパクつき、完食してしまった成海である。ごちそうさまを告げたあと謝ろうとしたが、盆の上が謎の光に包まれ、すぐ新しい豆腐が出現したのでその必要はなかった。

豆腐小僧は「お大事にねぇ」と言い残して、再び豆腐布教活動に戻る。手を振って見送りながら、成海はいつの間にか頭痛が消えていたことに気づいて口許を緩めた。

（ああ……やっぱりすきだなぁ、ここが）

誰もが似合いの化けの皮を被って、思うがまま、望むがまま、あるがままでいられる。自分は、残念ながらふつうの格好のままだけど、この地上を流れる虹色の天の川の中をともに進むことを誰も咎めない。

いつか、魚ノ丞はこう言っていた。

『いかんともしがたい胸の内を抱えながら、ともに歌って踊って騒いでってしているうちに、なぁんとなく共有できるのさ……自分だけじゃないってぬくもりを。そしてそのぬくもりは、各々の所在なさをいつの間にだか癒してくれる――』

あれはこういうことだったのだと、成海は実感していた。

ただ、ここにいていい――そう言ってくれる居場所のあることが、どれほどの救いか。

成海は顔を上げて、中空を漂っている山車を見遣った。そこではいつものように魚ノ丞とカナが、琵琶を弾き、紙吹雪を散らし、白焔を轟かせ、この真景を――そこかしこに繚乱せし百鬼夜行の花道を紡ぎ出している。

それが成海には、途方もない御業のように感じられた。

(そうだ……ここがもし、真怪と呼ばれるような超常現象なんだとしても、構わない。あたしもう、怖くない。それよりも、もっとずっと、こんなにも、すきって気持ちのほうが強い！)

それはずっと昔に失くした宝物が、ひょっこり目の前に戻ってきたような奇跡だった。

もう二度と手放すことのないように、心の中で強く抱きしめる。

そのとき、地面が揺れた。

強烈な縦の地響きに、夜行の客たちは皆足を止めた。ずうん、ずうん、と連鎖するその震動は、後方から——新大橋のほうから迫りくる。

その正体がなんなのか、薄々気づきながら成海は振り返って絶句した。

「っ……！」

明けることのない夜が訪れた——そんな錯覚を抱く。それほどまでにその影は巨大で、ただ黒々としている——まるで、奈落を塗り込めたように。

土蜘蛛だ。

だが成海がこれまで見た中でも、最大級の体躯だ。都心の高層ビルを縦にも横にもいくつも重ねて、無理やりにひとつに束ねたような威容である。新参者か、とも思われたが、

——いいぃいいいいらぁあああぁあいぁああああぁらああぁんぬうううあああぁいい

びりびりと、空間を破裂させるかのごときその咆哮。

まちがいない……成海は確信する。自分を襲ったあいつだ。

全身に巻きつけられた注連縄は今にもはち切れそうで、大麻(おおぬさ)かと見紛うまでに貼りつけら

れた無数の呪符は、内側から洩れ出でる黒い焔に炙られ次々に消失していく。頭に何重にも被さった能面どうしがこすれ合い、嫌に甲高い不快音を立てた。

いいぃいいいいらぁあああぁあいぃあああぁらあああぁんぬううううあああぁいいいいい

雄叫びとともに、土蜘蛛はその場で地団太を踏む。それだけで車道にびきびきと亀裂が入り、周囲の建物や街路樹もぐらりと傾いて雪崩れこんできそうだ。

たちまち辺りに恐慌が巻き起こる。

いまだ地揺れは続いていたが、皆松明を放り出してほうほうの体で逃げ始めた。

山車の上の魚ノ丞はまた数多の紙魚となり、助けに走っている。カナも白い焔を吐き出して、そのサポートをしていた。それを見てほんの少し成海は安堵したが、

いいぃいいいいらぁあああぁあいぃあああぁらあああぁんぬううううあああぁいいいいい

土蜘蛛のその叫びが、すぐに叩き潰してしまう。

（……せっかくみんなここで、楽しんでいたのに――）

ずくん、と脳内の血管が跳ね飛ぶような頭痛。

だがそれはもう、成海の思考を阻害しなかった。

もっと大きな感情が、彼女を突き動かしている。

許さない――

許さない許さない許さない許さない、おまえなんか、

「いらない!!!」


自らもまた叫ぶとともに、成海は駆け出した。他のすべてのものが遁走するのとは逆方向にひたすら走った。コンクリートの車道は罅割れ、ところどころめくれあがり、とても進行には適さない状態だ。そんなのは知ったことないと言わんばかりに、成海の脚は地を蹴り、跳ね、ほとんど飛ぶように土蜘蛛に向かって突進していく。その異常を疑う理性は、とうに消し飛んでいる。

磁石の極と極が引かれあうように、両者の距離は縮まっていく。

いまだその場で八つ脚を蠢かせているその姿はこの上なく忌まわしく、一瞬でも早く葬り去りたくて、成海は罵声を投げつけた。

「おまえみたいのがいるから、みんなしあわせになれないんだ！」

ぴしり、と亀裂の走る音――しかしそれは地面などではなかった。

「おまえみたいのがいるから、空気が悪くなっていくんだ！」

土蜘蛛の頭に被さっていたいくつもの能面が、縦に割れていく。

「おまえみたいのがいるから、ぜんぶうまくいかないんだ！」

割れた能面は次々と落下していく――

一枚、また一枚と、割れて――

「消えろ！　失せろ！　いなくなれ！　みんな迷惑してるんだ！　みんな飽き飽きしてるんだ！　おまえみたいな暗くて、うすのろで、頭の悪いやつがいるから、あたしは――おまえなんか、おまえなんかおまえなんかおまえなんかっ、」


最後の一枚まで割れた。


土蜘蛛の真正面まで迫った成海は、やっとその足を止めた。

その頭上、睨みつけてくる土蜘蛛の素顔――それはどんな化物より、あの怨焔の大蛇よりもおぞましい、この世で最も見たくないものだった。

魚ノ丞の呼ぶ声を聞いた気がした。しかしただ、遠かった。開けてはいけない匣の蓋を、開けてしまった。今成海は、匣から溢れだした禁忌の奔流にただ呆然と打ちひしがれていた。

なぜ、自分はこんなにもこいつを受け入れられなかったのか――

なぜこんなにも憎悪し、恐怖し、許容できなかったのか。

蓋を開ければ、待っていたのは拍子抜けするほど単純で、だからこそどうしようもない事実だった。

この世で一番嫌いな、自分だからだ。

たったそれだけの真実に立ち尽くす成海に向って、土蜘蛛は――

幼い日の彼女の顔をしたそいつは、

ずっと面の中でくぐもらせていたその叫びを明瞭な声にして突きつける。

「おまえなんか、いらない！」

目録ノ伍　青海波、ここより永久に陽が照らし

あああああ、と土蜘蛛は能面に遮られることのない声で天を切りつけた。

それはまったく幼く、そのくせ心身を八つ裂きにするような憎悪の響きに揺れる、酷く不吉で、不気味な高音だった。ただ唖然と見上げるばかりの成海は、八つ脚の内のひとつが大きく持ち上げられるのを見て全身を強張らせる。

しかし、土蜘蛛は彼女に向かってそれを振り下ろすのではなく、別の脚も繰ってその巨体を方向転換させた。そして猛烈な勢いで走り始める——林立する建築物などまるで意に介することもなく、自らの進んだあとに道はできるのだと言わんばかりの不遜さで、突き進んでいく。

その進撃が引き起こした地揺れは先にも増して強大で、成海もバランスを崩してその場に倒れ——そうになったすんでのところで、ふわりと銀の光の粒がその身を包み彼女を宙に浮かばせた。

成海はそのまま光の粒に運ばれて、雪魚堂の山車に辿りつく。彼女を下ろした光の粒は結集して人型を作り、魚ノ丞が姿を顕した。

「お嬢さん、大丈夫でしたか……！」

「…………」

魚ノ丞とカナが、心配して寄り添ってくれる。正直なところ、このまま安堵に気が緩んだ勢いで、泣きついて、頭を振って、もう考えることを止めたかった。

だが、それは許されない。

「魚ノ丞さん、お願いがあるんです……この山車であいつを、追ってもらえませんか」

「――行先は、おわかりになるんで？」

静かな彼の問いに、成海は頷く。

「日本橋、室町――」

彼女が告げると、魚ノ丞も重々しく頷いた。すっくと立ち上がった彼の腕の中には、いつものようにいつの間にか五弦の琵琶がある。びょう、とバチで鳴らされた音を合図に、山車はぐんと動き出した。

遮るものなく中空を飛んでいく山車の下では、地獄絵図が描かれている。商業ビルも、高層マンションも、車道も、路地裏に残った古い家屋も、のべつまくなしに踏み倒され、破壊されていた。その瓦礫の下に、何が埋まっているのかが脳裏を過り、成海はえずく。

「お嬢さん、どうか思い出してください」魚ノ丞がいつになく真剣に言う。「ここは常世と現世のあわい……だからここで起きたことは現世で本当に起きたんじゃあ、」

「わかってます、魚ノ丞さん……わかってるんです、でも――」

彼が錯乱している自分をなだめようと、言い落としたこともわかっている。

ここは常世と現世のあわい――所在なきものたちみんなで見る、夢の世界。

そして夢とは見るものにとって、またひとつの――


「――！」

山車が止まり、眼下にその光景を望んで成海は息を呑んだ。

日本有数の――いや、最高峰の、繁華街。高層ビルが連なり、高級百貨店が軒を連ね、無数の人間の欲望が、野心が、高揚が、錯綜する交差点。

受注と引き換えに休みを潰して何度も販売のヘルプに入ったショッピングモール。接待要員で連れ出されてくだらない愚痴や野卑な言動とともに酒を飲まされた居酒屋。現場の調整ミスで納品できず謝罪に駆けずり回った帰り、恨めしく屋形船を眺めた橋の上。

あの日連れて行かれたレストラン――勤めていた商社のビル。


ああああああああああああああああああああああああああああああああああああ

それらすべてを、その周りのすべてを、土蜘蛛はその八つ脚で均していく。もはや言葉を成すこともなく、癇癪（かんしゃく）を起こした子どもさながら、喚き散らし、地団駄を踏む。

積み上げた積み木が気に喰わず、蹴りつけて崩すかのような気軽さで、蹂躙（じゅうりん）していく。

あああああああああああああああああああああああああああああああああああああああ

信号、看板、建物内の灯りが、次々と消えていく。

ひとつ、またひとつと消えていく。

栄華に咲き誇るこの街の煌めきが、見るも無残に潰えていく。

そのたびに、成海は頭痛が強くなるのを感じた。

同時に、鼓動が酷く昂ぶって、息が短く切れていく。


あああああああああああああああああああああああああああああああああああああああはっ、

土蜘蛛は、体内から洩れ出でた黒い焔を迸らせたその脚で、際限なく破壊を繰り広げていく。その脚の先に伝わる断末魔の叫びが、成海の皮膚に走る。

それは至極甘美だった。

〝ふつう〟の人間には無縁であるべき法悦だった。


　あははっはははははははあはははあはははあははっははっはっはっはっはははははあはははははははあははっははっはっはっはっはっはっははははははあはははははははははあははっははっはっはっはっはははははあははははははははははははははは

多分、魚ノ丞が呼びかけてくれた。カナも傍にいてくれた。それでも成海は、目の前で崩落していく街の有り様に、ただただ歓喜に打ち震え、笑っていた。

夢にまで見た光景だった。

❄

酷い寝汗に全身が不快を訴えて目を醒ます。

見慣れた低い天井はそこが晴海屋の屋根裏だと告げていたが、それを現実のものとして実感するのに数秒を要した。その間にも、心臓は異様に昂ぶったままで、呼吸も上がっている。

（あたし……あたし、は………、っ！）

成海は布団から跳ね起き、枕元で充電していたスマートフォンをひっつかんだ。

ニュースアプリにも、SNSにも、特段変わった動きは見受けられない。向こう一週間の天気は曇りのち晴れ、季節外れの台風の心配もない——

平穏な、日常。

そこで終わったことにできたなら、よかった。しかし彼女はぐっしょりと濡れた寝間着を脱ぎ捨て簡素に外出の支度を整えると、階下に降りて玄関を目指した。

廊下ですれちがった穀一が今日の朝食は筑前煮だと伝えてきたが、生返事してそのまま家を出た。通りをずっと小走りで進み、都営浅草線は人形町駅へ。

ホームに降りて、大量の通勤客を吐き出しては吸いこむ地下鉄に乗車した。身体から生気を搾り取られるような満員電車は久方ぶりだったが、今の成海にはなんら感慨を引き起こさない。

彼女が確かめたいのは、ただひとつ。

ほどなく、車両は日本橋駅に到着する。ホームに押し出された成海は、色彩に乏しいモノクロームの人波に流されながら改札から出た。足が自然と動く。

三年間、毎日のように辿った道順をなぞっていく。

先ほどから、頭痛がまたぶり返している。もうそれが眼精疲労によるものだとは彼女も思っていない。

胸の中、何かを喪失している。

その空白を埋め合わそうと理性がもがいて、軋み、痛む。

自分は、どこか、おかしい。しかしそれはいったいなぜなのか。〝ふつう〟でしかなかった猪瀬成海は、なぜこんな奇怪な状態に苛まれているのか。

その答に、対峙するときがきた。

「――！」

地上に出た成海は、ぐるりと見回す。

最後に見たのと同じ景色があった。

百貨店も、高層ビル群も、橋も、交差点も、何もかも——なんら変わることなく平穏な日本橋室町の光景がそこにあった。ひとつの歪みなく構成された、世界に誇り得る日本の中心街——そのジオラマの中を行き交う、数多の人と、車。

荒い呼吸で、よろめく足で、それでも成海は進んだ。大通りから路地に入って、角をふたつ曲がると——あった。〝過労で入院している間にクビになった〟、前の職場のビル。それもまた、当然とそこに建っていた。

あれは所詮、夢だった。

そのことに、安堵すべきだった。笑い飛ばすべきだった。そう、今どき子ども向けの映画だってあんな荒唐無稽な展開、あり得ないと。それが〝ふつう〟の人間の反応だ。

（なのに……ああ、なんで、あたし……）

ぶうん、とポケットに入れていたスマートフォンが振動した。どこか上の空の手つきで取り出してみると、晴海屋からの着信だった。もう済んだ答え合わせのバツ印に納得がいかなくて、解説を求める子どものようにボタンを押す。

「……もしもし」

『ああ、すみませんお嬢さん』

毅一の声は狼狽している。

『さっきのご様子が尋常じゃなくて、朝食も召し上がらなかったもんですから、気になっちまって……その、大丈夫ですか？』

「大丈夫です。あの、毅一さん……ひとつ訊きたいんですけど」

『はい？　なんでしょう』

「あたしがそこに居候するってなったとき、どうなんでしたっけ。身体壊して、入院して、クビになって、社宅追い出されて……なんか、そんな流れだけが漠然と頭の中にあって、他はよく憶えてないんですよね……」

しばらく、間があった。

受話器の向こう、毅一は明らかな困惑を催している。だが実直な彼は、慎重に言葉を選びながら、会話を続けた。

『……憶えて、らっしゃらない？』

「そうなんです。クビになったらなったで、退職の手続きとか、いろいろあったと思うんですけど……全然」

『そうですか……えぇっと、……まいったな……』

「ばあちゃんに、止められてますか？」

『…………はい』

「いいんです、話してください」

『お嬢さん、でも、』

「話してください」

表情筋がぴくりとも動かないのに、こんな強い声が出るのかと成海は他人事のように思った。毅一も根負けし、渋々と話し始める。

『お嬢さんが、前の職場をお辞めになったのは……きっかけは入院でしたが、その……俺と師匠がそのお見舞いに行ったときに、元同僚の方と鉢合わせして』

「元、同僚……？」

『はい、確か名前は……木下さんだったかな？　それで、その方が話したことには……彼女が辞めたのは、社内のあるトラブルの責を負わされたのだと。そして……お嬢さんもそれに、巻き込まれたのでは、ないかと……』

「……ある、トラブル」

『それで、いろいろ調べた結果どうも本当らしいということになって、お嬢さんにもお辞めになるよう師匠と説得しようとしましたが、当時のお嬢さんはなんというか、茫然自失というか、心ここにあらずというか……それでいて、職場の話を持ち出すと、酷く怯えられて。それをご覧になった師匠のご決断で、俺が退職代行エージェントに依頼をかけて――……お嬢さん？　お嬢さん、大丈夫ですか？』

もう毅一の言葉は届いていなかった。彼に望める答え合わせの解説は、半分――それは無意識に、成海も理解していた。

それじゃあ、もう半分は――と思ったところで、スマートフォンがメッセージの着信を告げ、画面を見る。新着の通知が発信者と内容の冒頭を示していたが、そこですべてが事足りるほどそれは簡潔だった。

——送信者／母
本日、離婚調停が成立する見通しです。

「——くん、猪瀬くん？」

「……っ、あ！　すみません、専務……少し、ボーっとしちゃって」

あれ……？

これ、なんだろう……。

すごく高級なレストラン。こんなの、人生で何回も来たことないよ。ナイフとフォークとスプーンがたくさん並べてあって、ステーキがお上品にプレートにのっかってる。神戸牛だか松坂牛だかのA5ランク和牛だって説明してくれたシェフの背をぼんやり見送った。

そうそう、それでこのあとすぐに食べたけど、美味しいはずなのに緊張しちゃって、全然味がわからなかったんだっけ。

――ああ、思い出してきた。これは数か月前のことだ。

仕事でもプライベートでも災難続きのあたしを見かねて、上司が連れてきてくれたんだ。

「気にすることないさ。君の気が少しでも和らいでくれたらとこの席を設けたんだからね」

向かいに座っている専務は――あれ、名前が思い出せないな――いつものように、オトナの風格を漂わせた笑顔だった。いわゆるイケオジ、がドラマからポンと出てきた感じ。取引先の女性にも人気が高いけど、それは顔だけじゃなく仕事の実力もあってのこと。

入社して右も左もわからないあたしがやらかしまくったポカを、いつも寛大にフォローしてくれる器の大きさまで兼ね備えてる。天は二物を与えずなんてウソだよなーって思うけど、それが不思議とイヤじゃない、尊敬できる上司だった。

そうだ、あの日も優しく話を聞いてくれたんだっけ。

「ご両親のことは、落ち着いたかい？」

「はい、まぁ……とはいっても、調停始めることになったたって連絡が来たきり音沙汰ないんですけど」

「それは……気が揉まれるね」

「あはは、でももう随分昔から、こんなだったんで！　とうとう来ちゃったなーって、そっちの気持ちのほうが強いですよ……今じゃ、早くケリつけて終わってほしいなってくらい！」

それは嘘じゃない。本当に早く終わってほしかった。父は関西、母は東北、一人娘のあたしは関東。物理的にもバラバラの家族だ、名目も揃えたほうがよほどすっきりするだろう。

でも、まぁ、もしもあのとき――って思うことは多々あるわけで。

そして、その無数の〝あのとき〟を大切に乗り越えて行っているのであろう一般のご家庭を目の当たりにすると、すごいなぁ、と感嘆しきりなのだ。その一つが、上司の家族。

「ホント、専務のご家庭が羨ましいです。こんな頼れるお父さんと、美人で優しいお母さん……そりゃ、娘さんもあんな可愛く育ちますよね！　今年でもう小学校六年生ですっけ？」

「はは、よく憶えてるね」

「もちろん！　あたしが入社したての頃、事務所に来た娘さんと一緒にあちこちセクション見学して回った仲ですから！」

見ず知らずの大人に囲まれてもやりたいようにワガママを突き通す小さなお姫様の姿は、未だ記憶に新しい。ああ、こういう世界で生きる子もいるんだって、羨ましく思えたから。

だけどそれは所詮ないものねだりなわけで、あたしはあたしであたしのできることをやり続けるしかないのだ。

だってもう、帰る場所がない。

なら今いる場所に、しがみつくしかない。

だからあたしはこの日も、ずっとバカみたいに笑ってたんだ。

「でも、お嬢さんと社内冒険したあのときは、まさかその部署ぜんぶに首ツッコむことになるとは思ってなかったですけどねー！　社内どころか社外でも、なんて。おかげで、ただ営業事務やってるだけじゃ身につかない経験できて楽しいですけど！」

「……猪瀬くんには、本当に助けられているんだ。うちは、一族経営が主体の商社だからね……社風に馴染めず、すぐに辞めていく者も多い。反対に、その穴をついて悪さを働くような輩もいるが」

「木下さん、ですか」

崩さないよう努めていた口許が、歪んだ。先日、電撃退社した彼女の去り際を思い出すと、途端に顔を作るのが上手くいかなくなる。

あたしが入社したときにはもう勤続一〇年で、仕事の流れを教えてくれた木下さん。海外顧客からの電話に泣きそうになっていたとき英会話のフレーズ表を差し出してくれたり、取引先によって注意しなきゃいけないことを細かに教えてくれたり——面倒見のいい、素敵な大人の女性だった。

そんな彼女が、帳簿を偽造して横領していたと発表されたのだ。

「……今でも、信じられません。木下さん、本当にいい方で……あたしもたくさんよくして頂きました。でも、仕事には厳格で……だからあたしも、お客さんも、すごく信頼して」

「それを逆手に取る強かさがあったことに気づけなかったのは、上司である僕の失敗だ」

彼は手にしていたナイフとフォークを置き、重たいため息を吐いた。

「それに、ひとりでお子さんを育てる彼女の苦労を察してやれなかった……それが拗れて、会社への不満を爆発させたんだと思う。すべて僕の責任だ、慚愧に堪えないよ」

不快感が顔に出そうになるのを、なんとか堪えた。上司のことは尊敬していたけど、木下さんの苦労を簡単に語ってほしくなかった。

木下さんとは、息子さんも交えて何度か食事しに行ったことがあった。母一人子一人、だけどそんなことは感じさせないくらいふたりは明るく、仲がよかった。それはひとえに、木下さんの愛情と努力の結果だ。

ひとり親だからってあの子に不自由させたくないから——前に一度だけ、彼女はそう話してくれた。あのときの、あの真剣な眼差し……あれが嘘だったなんて、思えない。

だからこそ、今回の横領騒動も納得がいかなかったのだ。木下さんが息子さんに恥じるような行為に手を染める、そんな人だったなんて、やっぱり信じられない——

……そう、そしてこのあとすぐに、その直感が正しかったって身を以て思い知るんだ。

食事が終わって帰るつもりだったあたしを、レストランが入っているホテルの最上階にあるラウンジに上司は誘った。

既に満腹で、ワインももらっていたから上機嫌だったあたしは、眺めがよさそうだな、なんて軽い気持ちで了承した。

カウンターに上司と隣り合って座って、バーテンダーさんが静かに差し出してくれたお洒落なカクテルに口をつける。よく行く安居酒屋の、ジュースの比率が高いものとは比べ物にならないほど上品な味わいで、あたしはすぐグラスを空にしてしまった。隣でスコッチをゆっくり飲んでいた上司が、笑いかけてきたっけ。

「猪瀬くんはお酒、強いんだね。社の飲み会でもあまり酔わないだろう？」

「そうなんですかね？　あーでも学生の頃、結構飲むサークルだったんで鍛えられたのかな」

「最近は、昔の友達とかとは会わないの？」

「あっはははは、会わないですねー！　予定が全然合わないんですよ。って、あたしが全然空けらんないのがいけないんですけど。連絡も来なくなっちゃったな～」

「いやぁ、本当にそれは申し訳ないな……猪瀬くんの負担を軽くするためにも、もう少し人員が増やせればいいんだが」

「何を仰います！　あたし、働くの、だいっすきなんで！　もっともっと仕事振ってもらっちゃってもいいくらいですよー！」

「だが、そんな働き詰めじゃあ彼氏さんにも悪いだろう？」

「あーあー、へーきです～！　そーいうのー、ぜーんぜんいないんでー♪　仕事が恋人？　みたいな！　あははっ、昭和かよって感じですよね～！　なんですっけ、『二十四時間働けますか』？　あっははは、だいじょぶでーす！」

……なんか思い返すとめちゃくちゃ酔ってたな？　あんな静寂を貴ぶためにあるような高級バーで恥ずかしい……。

ただこの時期、精神的にそうとう参っていたのは本当だった。休日もほとんど出勤して友達とも疎遠になってたし、実家は離散寸前。かといって、夢中になれる趣味なんかもない。だからこそいっそう、仕事に打ち込むしかなかったって悪循環。

それでも、誰かの役に立ってるって実感できれば、
そのときだけ、生きていていいって思えたの。

自分でも気づいていた。どうにかして止めないと、いつか呆気なく破綻するって。

でもどうやって？　どうしたら止まることができるの？

こうしていれば、少なくとも見放されないで済むの。

だからもう、止め方なんてわからない。

「……猪瀬くん」

専務が、そっと頭を撫でてくれた。

あたたかな手のひらで、優しく撫でてくれた。そんなの、子どもの頃以来だ――じいちゃんの手のひらに、似ていた。そう思ったら涙が溢れて、すぐ顔がぐちゃぐちゃになった。

「あれ？　やだっ、もー……なんでだろ、ごめんなさい、あたし変な顔っ……」

「構うことない、僕しか見ていない」

そう言う専務の声はカクテルのように甘くて、すぐ傍で聞こえたことに気づいた。頭をなでていた手がいつの間にか肩に下りていて、ぐっと抱き寄せられる。

「――君の力に、なれないか」

「え……？」

「君の抱えている苦しさや寂しさを、どうか僕にも一緒に背負わせてほしい」

胸が高鳴らなかった、なんて言ったら嘘になる。だって絵に描いたような完璧なシチュエーションで、憧れて尊敬している男性からそんなふうに迫られるなんて、あまりにもできすぎなお話だ。

何よりあのときあたしは酔っていたし、疲れていた。

なんだかもう、何もかも、考えるのが億劫だった。

こんなできすぎな話、今までを帳消しにするために神さまがもたらしてくれた贈り物だと思って飛びつくにはちょうど良かった。

専務の手が、肩から腰に下りる。反対側の手がスーツの胸ポケットから、何か一枚取り出した。そのままカウンターに置いて、すっとあたしのほうに差し出す。

カード式のルームキーだった。

「どうか――ゆっくりと、聞かせてほしい」

それが何を意味するのか、わかる程度には歳を取っていた。

そして頷くのがオトナなんだろうというのも理解していたし、そうするメリットしかないようにも感じていた——人のぬくもりがこんなにも間近にある、その安らぎは他の一切から目を逸らさせるほど魅惑的だった。実際、あのときあたしの左手はキーに触ろうとした。

　止めたのは、脳裏に過ったお姫様の笑顔。

（……あの子を、あたしと同じにするの？）

　気づいた瞬間、一気に酔いが醒めた。残ったのは微かに痛む頭と眩む視界。

　焦れたように、腰に回っていた上司の手が太ももをなでた——もはや、生理的な嫌悪しか催さなかった。

「……だめですよ、専務！　冗談でもそんなこと言っちゃ！」

　事を荒立てないように、という理性はまだ残っていた。バカみたいな大きな声を出して、アホみたいにケラケラ笑い飛ばす。周囲にいた他の客の視線が、ちらほらと刺さって専務は手の力を緩めた。その隙を逃さず、あたしはバースツールを下りて鞄を手にした。

「専務には、おうちで待ってる素敵な奥さんと娘さんがいるんですから！　……大切に、してあげてください」

　そう言い残して、足早にバーから、そしてそのホテルから出た。夜の街の喧騒を隔てる路地裏を、地下鉄の駅目指して一心に歩きながら、ずっと戦慄に全身を粟立たせていた。

（……何？　なんだったの、さっきのは……？　え？　専務が……あたしに？　あれ、不倫しようってこと……だったよね……？）

　冷静に考えると吐き気がこみ上げた。触られた頭、肩、腰、それから腿に、気味の悪い粘液がこびりついている気がして、一刻も早くシャワーを浴びたかった。

でも——それほどの拒否感を抱いても、なんとか好意的に解釈しようとしたよね？

（ううん、あれはホント、冗談だったんだよ！　専務もお酒飲んでたし……あんな幸せな家族がいるのに、それを壊すようなことあの専務がするわけないじゃん！　それを真に受けちゃって、バカだなーあたし！）

冗談だったら、あのルームキーはどう説明するの？　レストランからバーに移動するまで、あたしたちは一緒に行動していた……つまり、あれは最初から、

（——うるさい！　そんなこと気づいたってどうしようもないでしょ！　明日も職場で顔合わせるんだよ？　冗談ってことにしておかないと、いけないの！）

ねえ、やっぱり誰かに相談したほうが、

（誰に？　こんなの、よくあることで済ませられちゃうに決まってる。それに——ここ以外にあたしの居場所なんて、ないんだよ？　変に波風立てて、それすら失くせって言うの？）

……そうやって何度も言い聞かせて、あたしは社宅に戻るなりシャワーを浴びて、冷蔵庫の中の缶チューハイを一本空けてから、寝た。

次の日、アルコールに痛む頭を無理やり薬で騙して出社したあたしを待っていたのは、臨時の部内朝礼だった。専務は重々しい面立ちで、あたしを含む営業部四人にこう言った。

「……大変残念なお知らせがあります。木下くんの退社後、携わっていた業務の資料等を再度確認していたところ——彼女の横領には協力者がいました」

狭い事務所が一気にざわついた。いったい誰が——とみんなの疑問が一気に高まったところで、専務がすっと、こちらに視線を向けた。

「残念だよ——猪瀬くん」

「……えっ？」

専務が、手にしていた資料をこちらに渡してきた。木下さんの使用していたメールアドレスから、経費着服の段取りについて発信されている——宛先は、

「そ、そんな……何かのまちがいです！　あたし、こんなメール木下さんからもらったことありません!!」

「……これはメールサーバーの履歴から検出されたものだ。既に、上層部にも提出している」

あたしは反証を探そうと再度資料に目を走らせたが、さっと専務の手が攫っていってしまった。愕然としているあたしに彼は、心から憐れむような眼差しを向けた。

「悔いる気持ちから、昨晩食事に誘ってくれたんだろう？　あの場で話してくれれば……」

「は……？　何を言って、」

誘ったのはそっちじゃないか、と続く言葉は呑みこんだ。

すべて、遅かった。

営業部の他のメンバーが、侮蔑の視線を突き刺してきた。最低、と誰かが小声で呟いたのが、鼓膜を貫通して脳を麻痺させた。

その中で、たったひとつ明らかになったことがある。

専務が、横領騒ぎの犯人だ。

木下さんはそれに気づいたか、もしくはそうでなくても彼にとって不都合な存在になってしまい、罪をなすりつけられて消された――。

おそらく、これは初めてのことじゃない。彼はきっと、これまでずっと、自分を害する人間をこうやって排除してきたのだ――企業風土を隠れ蓑にして。

そして今度は、あたしの番だったということ。

「既に主犯の木下くんは社内の処断を受けており、共犯とはいえ関与も軽かったため、猪瀬くんは残留する方向で話がまとまりました」

彼の声は聞くぶんには慈悲深い。これを誠実な面持ちで言われれば、多少論理的な破綻があったとしても納得してしまうだろう。糾弾されているのが自分でなければ、あたしもそうだったろう。

「猪瀬くんは庶務課へ部署異動となります。経営会議では減俸という意見も上がりましたが、そこはなんとか執り成してもらいました……猪瀬くん、また心を入れ替えて、どうか我が社のために働いてくれないか」

それはあのルームキーを受け取れ、ということなのだろうか。

その答え合わせをする機会は、結局訪れなかった。営業部から追い出され庶務課に移ったあたしは、契約があと数か月で切れる嘱託社員とふたり、どうでもいいような作業を宛がわれた。資源ごみに出すため会議資料からホッチキスの芯を外す、といった、いわゆる窓際業務だ。

だけど、それは釣り餌だ。部署異動だけで済ませたのには、別の目論見があった。

出社するとロッカーに誹謗中傷を書きなぐった紙が張り巡らされていた。机の上が荒らされていた。廊下ですれ違い様に罵詈雑言を浴びせられた。

SNSの社内グループでは存在を無視され、連絡先を交換していた取引先からはブロックされ——要するに、社内外一丸となった非難にあたしは晒され続けたのだ。庶務課で一緒だった嘱託社員からすらも、舌打ちと侮蔑の眼差しを投げつけられた。

専務のたった一度の宣言で、あたしのこれまでは呆気なく瓦解した。

就職が決まらなくて、卒業間近になってようやく勝ち取った内定だった。だから自分にできる最大限の働きをして、恩に報いようとした。配属された営業部以外の仕事もこなしたし、積極的に取引先ともコミュニケーションを図って、休日返上で企画練って、現場に出て——

ぜんぶ、ぜんぶむだだった。

上層部が判断すれば切り捨てられる程度の労働力——そんなものでしかなかった。

その事実を二週間くらいかけて受け入れ終えると、身体が不調を訴え始めた。朝、起きられない。這いずるようにベッドから出てなんとか身支度を整え、玄関を出ようとして、ドアノブを回せない。それでも震える手を無理やり動かし社宅を出て、満員電車に揺られ、遅刻しながら——そしてそれをまた疎んじる視線に晒されながら——出勤する。それを限界まで繰り返した。

そしてある日、会社が入っているビルの前——やっとのことで出社したあたしは、たまたま、社の前に停まっている外車を見て足が動かなくなった。

ドアが開いて降りてきたのは専務と、奥さんと、少し大きくなったあの子——仲睦まじい一家の姿。

それが何を犠牲にして成り立っているものかを理解して、その場で嘔吐した。

(あそこは……あたしの居場所なんかじゃ、なかった)

ようやく、それを認めた。その途端、急に足許が崩れ落ちるように感じて、縋るようにスマートフォンを取り出した。

メッセージアプリを立ち上げ開いたのは、もう何年も前に止まってしまった家族のグループ。

『ねえ、話したいことがあるの——仕事、やめたいんだけど』

震える指で、たったそれだけのメッセージを打ち込むのにすごく苦労した。打ち終わっても、しばらく躊躇って、やっと送信ボタンを押した。

——五分したあと、父がグループから抜けた。

——いつまで経っても、母から返事はこなかった。

そして、気づいたら病院のベッドの上にいた。

あのあと、道端で気を失ったあたしを見て、誰かが救急車を呼んでくれたらしい。それから看護師さんやお医者さんがいろいろ説明してくれたけど、よく憶えていない……ううん、さっきまで、忘れてた。毅一さんが話してくれて、ようやく思い出せた。

運ばれてしばらく意識が戻らなかったあたしのために、病院はスマートフォンに入っている連絡先から親族にコンタクトを試みてくれた。そこで一番早く連絡がついたのが、糊ノ木に住んでいるばあちゃんだった。

ばあちゃんは、あたしの入院手続きや、必要なものをいろいろ用立ててくれた——会社を辞める手筈まで整えてくれたのは、さすがにさっき知ったんだけど。

ばあちゃんは、ばあちゃんのままだった。遠方にいることを理由に一度も顔を見せなかった父とも母ともちがって、あの夏の日、一緒に過ごしたばあちゃんのままだった。晴海屋の店内に蝉を放しちゃったあの日みたいに怒ったりはしなかったけど、しゃんとして、かっこよくて、あったかいばあちゃんのままだった。

そうだ、あたしの居場所、他にもまだあったんじゃない。

実家じゃなくても、会社じゃなくても、ばあちゃんのところに行けば——

「だめだよ。だって晴海屋にはもう、毅一さんって後継ぎがいる。あたしなんか邪魔なだけ」

そんなことないよ。現にこうして、会社辞めるのにいろいろ力を貸してくれたじゃない。

「それはばあちゃんが筋の曲がったことが嫌いだから。孫がやらかして世間様に迷惑かけたのをそのまま放っておけなかっただけ」

そんな……孫がやらかしたからなんて、ばあちゃんは思ってないよ。本当に、心配してくれてたんだよ。社宅を追い出されたあとだって家に呼んでくれて、

「面倒を見た野良猫がその辺で野垂れ死んだら、誰だって寝覚め悪いでしょ？　その程度のことだよ。実際、あの家はばあちゃんと毅一さんだけで回ってるじゃない。あたしなんて、ただの無駄飯食らいで役に立たない出来の悪い孫……きっと、早く出て行けって思ってる」

ひどいよ！　言っていいことと悪いことがある！　ばあちゃんはそんな人なんかじゃない、ばあちゃんとじいちゃんがいなかったらあたしここまで生きられて、

「うるさい！　もともとはあんたが悪いんでしょ!!」

え……？

「あんたがあのときややこしいこと考えなければ、あたしはすんなり専務の誘いに乗れてたのに！　そうすれば、あたしこんな目に遭わないで済んだ！　ぜんぶ、あんたのせいだ！」

い、いや、あれは……どう考えても、あの状況がおかしかったんじゃない！　それに、嫌なことを断って、あんな濡れ衣着せてくるほうが悪いよ！

「そんなことない！　専務は、だって専務は、ずっとあたしの味方でいてくれたもん！　発注ミスってロスがやばかったときだって、一緒に謝りに行ってくれて、」

それはそのとおりだよ、でもそんなの仕事の範疇じゃない？　いい上司だってことを盾に

して、不倫しようなんて誘ってきて……断られたらあんな仕打ちしてくるほうが、ずっと異常だって、あたしだってわかってるでしょ？

あの人、怖いよ——なんか、どす黒くて、なんでも燃やしてしまう焔みたいな、そんな、

「わからない！　わからないよ、もう、ぜんぶ！」

ねえ、いったん落ち着こう？　きっと大丈夫だよ、なんとかなるよ。あたし今までだってそうやってなんとか乗り越えてきたじゃない。一度家に帰って、ゆっくり休んで、

「もうその家もないじゃない」

それ、は……、

「そうだよね、ずっとなんとかなるって思ってきた。頑張れば、ぜんぶどうにかなるって。だけど現実はどう？　父さんと母さんの仲は戻らないし、職場でだって上手くいかない！　友達はみんな離れていって、ばあちゃんのところには新しいお弟子さんがいる！　あたしの居場所なんてどこにもない……全然、なんにも、どうにかなってないじゃない！」

それは、そうだけど……でも！

「でも？　何？　あんたそうやって、いっつもごまかしてきたよね？　でも、ここを乗り越えればどうにかなるって。だから頑張ろうって。そう言い聞かせ続けて、なんとかなった試しなんて一度だってある？」

……………。

「そうだ、ぜんぶあんたが悪いんだ。頑張っても、頑張っても、うまくいかないのは、あん

たが悪いからだ。あんたがもっと頭がよくて、優れてて、可愛くて、空気読めて、素直で、調子よくて、なんでも完璧にこなせれば、誰もあたしのこと見放さずにいた！　あたし、こんなにひとりぼっちじゃなかった!!」

…………………。

「――おまえなんて、いらない！　グズで、鈍間で、要領悪くて、頭が悪くて、不格好で、無様で、見ているだけで吐き気がする！　おまえなんて、いらない、いらない、いらない、いらない!!!」

…………………。

…………………。

…………………そう。

わかった。

「――お嬢さん！」

その声に成海はハッと目を醒ました。

蹲（うずくま）っていた身体を起こすと、どれだけこの姿勢でいたのだろうか――節々も、筋肉も、やたらと軋みを訴えた。だがそれ以外は何も、何も変わりがない。己への嫌悪感も、失望も。

「っ……！」

また大きな痛みの波が頭頂から全身に走り、上体が傾ぐ。

それを、誰かが肩を押さえて留めてくれた。

「お嬢さん――おいらのことが、わかりますか？」

「……魚ノ丞さん……」

名を呼ぶと、眼前にいる彼はいつも飄々としている口許を安堵に綻ばせる。それがほんの少し成海の気を鎮めて、彼女は辺りを見渡すだけの余裕ができた。

「……ここ、どこですか……？　なんにもない……まっしろ……」

「ここもまた、常世と現世のあわい……」

静かな声で、魚ノ丞は告げる。

「お嬢さんは現世で、凄まじい執着と拒絶の相克を抱いた――その衝突点にできた、消し飛んでしまいそうな空白に、みこころが辛うじて逃れてきたんです」

「……よく、わからないけど……」

成海は震える両手を、魚ノ丞の胸元に宛がう。

「ああ、会えてよかった……お願いしたいことがあるんです……」

「——どのような？」

なりふり構っていられない成海は、魚ノ丞の着流しをぎゅっと掴んで震えをいなす。

「魚ノ丞さん、あたしを——燃やしてください」

彼が息を呑むのがわかったが、一度望みを口にして、成海はもう止まることができなかった。頭の痛みがそのまま言葉になるように、ほとんど叫びながら続ける。

「燃やして——燃やして、あたしを、跡形もなく、元からなんにもなかったように燃やしてください！　お願いです、魚ノ丞さんならできるでしょ、どうか、今すぐ……！」

「お嬢さん、どうか落ち着いて……少し、頭を冷やしたほうがいい」

「だめなんです、今じゃなきゃ！　あたしの頭、もうだめなの……冷やせっこないの……憎くて、憎くて、許せなくて、堪らないの!!」

氷の海に落ちて辛うじて這い上がった人間のように、成海の全身はガクガクと震えた。

「このままじゃ、またあいつが——あんなふうに、街を壊して——」

「お嬢さん、あれは夢のお話です。あの夜行の中だけの出来事なんですよ」

「ええ……それで魚ノ丞さんは前に、こうも言いましたよね……夢とはまた見るものに、とって、ひとつの現実でもある」

あることないことなんでもまくしたてる彼の舌が、縫い止まる。

その意は肯定。そうだよね、と成海は引き攣った笑みを浮かべた。

「魚ノ丞さん、あたしね——朝起きて、現実にあの街が、元いた会社が、そこで働いていた人たちがなんともないのを知って——すごくがっかりしたんです。落胆したんです。なんであいつら、まだ生きてるんだろう。のうのうと息を吸って、安穏と暮らしてるんだろうって」

ギッと奥歯を噛み締める。口内のどこかが切れて、鉄の味が広がった。

「そんなどうしようもない衝動が、確かに現実のものとして、この胸の中にある——！　あたしの情焔が、怒り狂ってこう叫ぶんです。『壊してしまえ！』、『あの夢と同じように、粉々に叩き潰してやれ！』って——そう、ぜんぶ逆だった！　現実のあたしがこんなだから、土蜘蛛(あいつ)はあんなふうに暴れた！　こんなどうしようもなく最低で、最悪で、ごみクズ以下のあたしだから、あいつはあんなに醜くておぞましい皮を被ってる！」

感情を爆発させて喚き散らす彼女の声に、魚ノ丞はただ、その肩を支えたまま耳を傾けている。成海は陰鬱に顔を上げた。

「きっと魚ノ丞さんもカナくんも……気づいてたんですよね、あいつがあたしだって……」

黒眼鏡の向こう、魚ノ丞は如何な感情を抱いているのかいつも悟らせない——でもこのときは少しばかり眉根を寄せて、悔恨の情を滲ませた。

「みこころは、多種多様な〝自分〟から成り立っている。通常、それは外から守るための殻の中に入って、ひとくくりにされている——夜行のお客様がたはその殻を化けの皮に換えて、思い思いに遊ばれるんです。お嬢さんのみこころは、その殻の部分がどこかへはぐれ、自ずと皮となった……恐らくカナは、初めからそれに気づいていたと思います。おいらは……情けのうござんす、あの土蜘蛛さんが訪れるまではわかりゃしませんでした──」

「ううん、ちがうの魚ノ丞さん……はぐれたんじゃない。あいつがいらないから、あたしが捨てたの。でも──」

成海は項垂れ、ぶるぶると頭を振る。

「結局、そんなの意味なかった。あいつが悪いんじゃないの。あたしが悪いの。あたしが根本から腐ってるから、こんな、気持ち悪くて、我慢ならない──そしてまたすぐに、新しいあいつが生まれて、それでいつか、ぜんぶ台無しにするの」

「お嬢さん、」

「だからお願い、魚ノ丞さん！　そうなる前にあたしを燃やして！　灰にして、あの奈落の壺に放り込んで！　ぜんぶ、ぜんぶなかったことにして──！」

また情焔が胸で爆ぜて、成海は魚ノ丞の胸の上にあった両手で拳を握り、ドンと殴りつけた。二度、三度と叩いているうちに、涙が溢れ出す。

「ニュースでやってた……小学生の通学路で刃物を振り回して逮捕された男の話……みんなあれを見て、男のこと、責めた。ニュースキャスターも、コメンテーターも、SNSでも、毅一さんだって……そう、それが〝ふつう〟。悪いことした奴のことをありえないって思うのが、正しいこと。でも、あたしは、」

しゃくり上げながら、成海は叩く手を止める。

「ああ、わかるなって……思った。何かひとつまちがえれば、あそこで逮捕されて、みんなに責められているのはあたしでもおかしくない――……そして、」

ふっと、全身の力が抜けた。上体がまた傾ぎ、魚ノ丞が肩を押さえて支えようとしてくれたが、成海の頭はぽすんと彼の薄い胸に落ちる。

泣き疲れてしゃがれた声を、

「もう、今にも、まちがえそうなの」

やっとのことで、振り絞る。

「ねえ……ねえ、魚ノ丞さん……まちがってもいいって、言ってくれましたよね……？　だけどあたしやっぱり、そんなの、堪えられない……そんなふうに思い留まるのも、もう限界……だってどうしても消えないの……あたしの中の情焔が、あいつらを燃やせって、ずっと、ずっと、あたしを急き立てるの……！」

両手で、顔を覆った。微かに頭を振りながら、今ひとたび懇願する。

「だからお願い――その前に、あたしを、燃やして……………」

あとに続くのは、自らの嗚咽だった。もうこれ以上、成海には申し開くことなどなかった。

無用の塵芥となり、無限の忘却に包まれて、ただひたすらに眠りたかった。

それを叶えられる唯一の存在は、しかし、何も応えてくれはしない。

気の遠くなるような沈黙を、成海は切実に希いながら耐える。

その耳朶に響いたのは彼の承諾ではなく、

――ぱちん、

とか弱いものが潰えるような、どこか儚い音。

奇異を感じて、成海は頭を上げる――

その先に見たのは、思いもよらぬ光景だった。

「……え？　なんで？　どうして……？」

「あ、……ああ、こりゃ、お見苦しくて申し訳ない……」

魚ノ丞は、変に歪んだ口許から、たははと気弱な笑みを漏らした。

そしてその彼の両目にかかっていたはずの黒眼鏡が――消えていく。

海に戻った人魚姫のように細かなシャボンとなって、そこここの空間に、ぱちんと弾けて融けていく――

「この御燻眼鏡ってぇのは、明るいのにはめっぽう強いし、吸収していい感じに整えてくれるんだが、湿っぽいのにゃからきし弱くてね……ああ、また旦那に叱られちまいますよ……」

「そうじゃなくて……！　なんで……」

こくりと小さく喉を鳴らし、成海は今一度問う。

「なんで……泣いてるの、魚ノ丞さん……？」

素顔になった彼は、その壮麗な面差しに無数の涙を滴らせていた。

長い睫毛に縁どられた銀の双眸を瞬かせると、はら、はらりと、宝珠のようなその雫が頬を滑る。そうして、いつものような微笑みを浮かばせようとしていたが、表情を作る筋をなぜだか上手く操れず、憐憫の情を忍ばせることができないでいるようだった。

その様すらも、うつくしかった。

――なぜこの男が斯様な美を湛えているのか、成海はこのとき悟った。

これまでも魚ノ丞は、幾度も――幾千、幾万、幾億とこんなふうに涙を流してきたのだ。

それぞれの場面で、どのような事情があったのかなど、成海にはわかるはずもない――ただきっとどのときも、彼は目の前にいる人のことを、真から想って涙したのだろう。

ほと、ほとりと零れるたびに、見る者の心に垂れ、ぬくもりをもたらしてくれる、今このときのような涙を。

それが滔々と流れ続けて、彼の相貌は削り出された――悠久普遍の美と成るまでに。

しかし、どうして自分のような人間にそんな涙を見せてくれるのか――成海は見惚れながらもわからないでいたが、ふとある可能性に思い至り、愕然とする。

「……あたしが……燃やしてなんて、頼んだから……？」

やはり、彼は何も答えない。だが、成海にはそれこそが何よりの解に思えた。

全身から血の気が引いた。今まで心身を駆り立てていた狂騒がぴたりと止まる。

自分は知っていたはずだ、魚ノ丞の性分を。

以前も、それで後悔したはずだ。彼を踏みにじるような過ぎた冗談を言った。それでも彼は言い返すことも、やり返すことも、傷ついた素振りすら見せなかった。

（そう……あたしはわかってたはずじゃないか、魚ノ丞さんがそういう優しいひとだって！）

自分だけじゃない――店に、夜行に訪れるどの客も、彼は等しく胸襟を開いた。どんなに軽んぜられて、嘲り、侮蔑を投げつけられようと、カラカラ笑って受け止めた。そうしていつも、見守ってくれた――。

そんなひとに、なんと惨たらしい要求をして、涙を零させてしまったのか。

「ご、ごめっ……ごめんなさい、魚ノ丞さん、あたし……あたし……！」

成海は魚ノ丞の涙を拭おうと、自身の両手を彼の頬に添わせた。壊れ物を扱うように注意しながら、何度もこする。

「あたし、魚ノ丞さんの気持ち、なんにも考えなくて……！　ああ、もう、ホントなんでこんな……バカだあたし……！」

「……お嬢さん」

「ごめんなさい……ごめんなさいっ、ごめんなさいっ！　燃やせなんてウソ、あたし自分でどうにかするっ！　だから泣かないで、魚ノ丞さん……！」

「お嬢さん、」

「ごめんなさい……傷つけちゃってごめんなさい……ずっと、ずっと……ごめんなさい……！　だからお願い、泣かないで……あたしなんでもする、だからっ、」

自らもまた泣きながら、成海は魚ノ丞の頬を拭い続けた。

その手のひらに、彼がそっと自身のそれを重ねる。呆気に取られる成海をまっすぐ見つめ、

「ああ――お嬢さんは本当に、お優しい」

魚ノ丞は、微笑んでそう言った。

「え……？」

「事を起こすのはいつも誰かのため、何かのためだ……今だって、おいらのためにご自身の願いを軽々と蹴り飛ばした。そして元を正せばその願いも、他の誰かを傷つけないためだ」

「だって、そんな……こんなの、」

「おっと、当然だなんて口にするのはおよしなさいな」

彼がその人差し指でそっと唇を押さえたので、成海は言葉を呑まざるを得なくなる。

「善いか悪いかはさておくとして、世の中には自分のために誰かを踏み台にするものもいる……でも、少なくともお嬢さんはそうじゃあない」

指を離して、魚ノ丞は眦をやわらかくたわめる。

「ねえ、お嬢さん……なんでもするって、その言葉に二言はありませんかい？」

「え……？　……そりゃ、その、ないです、けど……」

「ええ、ええ、大丈夫。この願いを叶えてくれたら、おいらピタッと泣き止んじまいます。それにこれはお嬢さんにしかできない、すごーく重要なことなんでさ。だから、ね――」

魚ノ丞は成海の手を握ったまま自分の頬から離す。そして、両の手のひらで包みこむように握り直して、きゅっと力を込めた。

またきらりと一粒、その銀の目から光を零して、

「お嬢さん、どうか……自分にも、優しくしてください」

深々と、雪が降るようにそう言った。

「ろくろ首のお客さんのために怒ったように……一反木綿さんを心配したように……野良息子と親父さんを見守ったように……ううん、それだけじゃあござんせん。初めて雪魚堂を訪れた日、転んだカナに寄りそったときのように――今、泣いているおいらのことを気遣ってくだすったように――そして、身の回りの大切な人たちに、そうしてきたように――その優しさを、ほんの少しでいい、ご自分にも分けてやってください。それがおいらの願いです」

「自分に……？　優しく……？」

茫然とそれを聴いていた成海は、目を逸らして首を横に振った。

「……そんなの、どうやったらいいかわからない……だって、あたしは、」

「『グズで、鈍間で、要領悪くて、頭が悪くて、不格好で、無様』だから？」

「――」

「……そうやってずうっと昔から、身に降りかかる理不尽の理由を、ぜんぶご自分のせいにしてきたんですね。他に転嫁するには、やっぱりあなたは、優しすぎたから――だけどもう、そんな必要はないいんですよ。あなたがまちがっていたのは、なんてことない、優先順位……

たった、それだけ。そうしてまちがえて、まちがえて、まちがい尽くして——それにも行き詰まったなら、また別の道を往けばいい」

魚ノ丞が、ゆっくりと立ち上がる。

手をつながれていた成海もその隣に立った。

離した片手をまっすぐ伸ばして、魚ノ丞は静かに前方を指す。

「自分が本当に望んでいるのは何か、ようくみこころを澄ましてごらんなさい——お嬢さんには、それができる。おいらはそう、信じてます」

成海は彼の指先を見遣って、目を見開いた。真っ白な空間に、見慣れた小さな黒い影。

「カナくん……、っ！」

名を呼んだ、そのすぐあとに顔が強張った。

カナは、その手を誰かとつないでいた——だがそれは、人の形を成していない。

朝靄のような空白の狭間から、徐々に姿が鮮明になってくる——その巨体は、まちがいなくあの土蜘蛛だった。

何重もの注連縄も、大麻のような呪符の数々も変わりはなかったが、幾重にも被せられていた能面はどこかに消え、幼い日の成海に似たその顔だけが禍々しい出で立ちの中でぽっかり浮いている。

滑稽で、不気味で、なんとも目を背けたくなる有り様だが、しかし——そこにいる。

八つ脚のうちのひとつと手を結んでいたカナは、そっと離すと、覚束ない足取りで、それでもまっすぐ歩いてくる。そして成海の前に立ち、ひとつこくんと頷いた。彼女は戸惑うも、自らの手を包んでいたぬくもりが離れて魚ノ丞に顔を向けた。彼もまた、カナと同じように頷いた。

固く目を瞑り、成海は深呼吸した。

覚悟を極める。

瞼を押し開くと、もう迷うことなく前を見据え、一歩、また一歩、と進んでいく。

「な、なんだ！　寄るな!!　踏み潰すぞ!!」

近づいてくる成海を威嚇せんと、土蜘蛛はその八つ脚で大きく地団駄を踏んだ。しかしこには、彼女らの矛盾する感情がぶつかって生み落とされた静寂の空白――彼女らそのもの以外に互いを阻むものはない。いくら土蜘蛛が地を揺らし成海の歩みを止めようとしたところで、無為と化すが定めだ。

だから、彼我の距離は刻々と詰まる。成海の足は、徐々に早くなる。それを押し留めようとしてか、なお土蜘蛛は上ずった声で喚いた。

「こっち来るな！　おまえなんか嫌いだ！　嫌いだから、本当に、踏み潰す!!　本当だぞ!!!」

「…………」

「なんなんだ、今更っ――そんな顔すれば許されるなんて、」

最後の距離を、成海は飛ぶように駆け抜けた。

自分が、何を望んでいるのか――

今、彼女は、はっきり理解していた。

考えてみれば、こんなに単純で、簡単で、当たり前のことだった。そんなことにすら、気づけずにいた。自分自身と、真正面から向き合うまでは。

驚いた土蜘蛛が前脚を振り上げた、その瞬間に、成海は懐へと飛び込む。

そして、

「…………ごめんね………………！」


思いっきり、腕の中に抱き締めた。

「あたし、あなたのこと、見ないふりしてた……ずっと、うまくいかないこと、嫌なこと、何もかもあなたのせいにして……なのに、いらないなんて言い続けて、」

「――そうだ！　おまえはいつもそうだった！　だから、だからあたしは！」

「それでも、あたしを守ろうとしてくれた……」

成海のその言葉に、土蜘蛛は息を呑んだようだった。

魚ノ丞は言った――たくさんの自分から成る心を入れる殻、それが化けの皮になるのだと。

だから彼女の化けの皮であるこの土蜘蛛は、本来彼女を外から守る存在だった。

そしてそれは、あまりにも過酷な使命だったのだろう――子どもの頃の自分と、それに不釣り合いな八つ脚の巨躯。そのふたつが入り混じる奇怪な姿と成り果てるまでに。

　そしてそこまで自分を追い詰めたのは、他ならぬ自分だ。

「いつだって、あなたはあたしの一番傍にいてくれて……守ろうとしてくれた。励ましてくれた。支えようとしてくれた。だけど、あたしは――」

「そうだ、おまえは、あたしのこと、無視し続けたじゃない……っ！」

「……そうだよね、本当に、今更だよね……」

　まちがえていたのは、優先順位――その言葉が深く突き刺さり、涙が溢れ出す。

　同時に、彼女が今まで認められないでいた想いまで零れさせた。

「怖かったの……周りの人に、嫌われるのが……本音で話して、拒絶されるのが……だから自分のせいにするのが、一番簡単だった。楽だった。それで傷ついても、何も感じなければ平気だって――でも、その傷を、あなたがずっと引き受けてくれていたんだね」

　ぐっと、抱きしめる腕に力を込める。

　胸で迸る情焔の熱が、伝っていく。

　それは土蜘蛛の中へと流れ込み、肥大したその皮の中を廻っていく。

　じゅん、じゅん、と、呪符が浄化され、消えていく――ばら、ばらりと、注連縄が解け、去っていく――自らを封じ、戒めていたくびきが、ひとつ、またひとつと過去になる。

　そうして、これまでかけることのなかった言葉を、成海は口にした。

「――ありがとう」

「…………」

「しんどいことも、つらいことも、くるしいことも、さみしいことも、ぜんぶあなたが抱えてくれた――だからあたしは頑張り続けることが、できた」

「……………っ！」

最後の注連縄が解けた――その刹那、

「――だめだ、離れて!!」

土蜘蛛の悲愴な叫びとともに、その皮の内側に閉じこめられていたものも解き放たれた。

どおおおおこおおおどおおこおおおおおこおおこおおおおおおおおお

数多の情焔を呑み干し消失させてきた、黒の濁流――。

かつてあの職場で成海を襲ったものと、いつかの夜行でカナの代わりに吸いこんだもの

……その茫漠たる量の怨焔が土蜘蛛の皮を突き破り、表へと飛び出してきた。

この空白を敷き詰めた場にめぼしい獲物はただひとつ――八俣の大蛇と変化した怨焔は、萎んだ土蜘蛛と成海へと一目散に襲いかかる。

そして、成海は――急激な虚脱感に見舞われ動けないでいる土蜘蛛を庇うように、一層強く抱き締めた。

「ぐっ……あ、ぅ、ぁあ、あああああああああああっ!!!」

瞬く間に全身が怨焔に包まれる。

凄絶な炎獄に存在ごと炙られて、あらゆる感覚が刹那に消し飛んだ。

ただじわじわと、己がなくなっていくのだけがわかる——底冷えのする怨焔の彷徨う声が心身の空洞に木霊して、自分が、猪瀬成海という一個のいのちが、侵食されていく。

これほどの業苦だったのか——野良息子が、カナが、そして土蜘蛛が苛まれていたのは。

いっそ狂って意識を手放せばいくらか楽かもわからない。その考えが脳裏を掠めたが、土台意味のない話だった。なぜならば——

「バカ!! なんで……?! あたしなんて置いてさっさと逃げなさいよ!!」

涙声で罵ってくる彼女が、今、確かに、自分の腕の中にいる。

すべての穢をなすりつけ、追い出したけれど、やっと向かい合うことのできた彼女が——もうひとりの自分が、今、ここにいるのだ!

成海の身体一つで庇える面積など、そう広くはない。だから抜け殻となった土蜘蛛もまた、怨焔に炙られている。守りきってやれはしないけど、見放すことなどできない。

消し炭となるその前に、どうしても確かめなければならない——成海は身も心も丸ごと消しゴムで消されるような理不尽な痛みを押しやって、息も絶え絶えに訊ねる。

「……う、ぐぅっ……ねえ、ひとつ聞かせて……なんであのとき……カナくんの代わりに、怨焔を吸いこんだの……?」

「はぁ?!」何をこの非常時に、と言わんばかりの声音で土蜘蛛が返す。「だってそんなの……ぐっ、うぅ、ぁっ、……見過ごせ、ないでしょ、あんなのっ！」

「え……？　それだけ？」

ぽかん、と成海が口を開けると、

「それ以外になんかいるっ?!」

さも当然と土蜘蛛は言い切った。

ああ、自分はさぞかし間抜けた顔をしていることだろう――

そうわかっていたが、もう、成海は止められなかった。

腹の底から突き上げるように、カラカラと大きく笑う。

「あはっ……ははは、あはははははは!!!　ああ、もう、ホント……あたしって、バカ！」

「……へへっ、そうだ！」土蜘蛛も、ケラケラ笑う。「あんたは、大バカだ！　そんで……」

成海は抱擁を解く。

そして土蜘蛛の――〝わけのわからんへんちくりん〟とされた化けの皮が融け、幼き日の姿だけになった彼女の、小さな手を握る。

涙まみれの笑顔を突き合わせて、互いに大きな声で叫んだ。

「「あたしたちって、ほんっとーに、大バカ！」」

――胸から、噴き出す。

ありとあらゆる彼女らの想いで千々に染まった情焔が、迸る。

それは息つく間もなく唸り、昂ぶり、広がって、彼女らを喰らい尽くさんとしていた怨焔の大蛇を見る見るうちに凌駕した。

あまねく色彩を呑み干し暗然の黒と化していたその焔は、解放の歓呼に励起され、自らもまた元来の姿へと解かれていく——

しかし、あまりにも劇的だった。自分自身と再び廻りあえたことで生じた情焔の奔流は、爆発的な勢いでそれぞれを呑みこみ、別々に宙へ放り投げる。

「あっ!!」

「ナルミッ!!」

固くつないだはずの手が、呆気なく分かたれてしまう。虹色に轟く情動の波の向こう、ずっと自分を守ってくれていた彼女の姿はすぐ見えなくなってしまった。

なんとかそれを掻き分けて、成海は小さな手を掴もうとした——しかし、これまでずっと押し込めてきた情焔の反動は凄まじく、己ですら御しえない。

それでも諦めることなど、できるわけがない。

だって、彼女は名前を呼んでくれたのだ。

やっと受け入れられたのだ。彼女は自分だと——自分は、彼女だと。

しかし、ひとりきりではこの状況をとうてい乗り越えられそうにもない——だから、

「助けて、魚ノ丞さん！」

叫んだ。

この声は届くと、知っていた。

そして、

――惜しむことなく。


周囲の景色が、変わる。

まっさらな空間に無数の亀裂が入り、はらはらと、崩れていく――そうして紙吹雪となって、ざあ、と風に吹かれていった。

頭上に広がるは、誰そ彼の緋と彼は誰の紫が入り混じる、宵闇の九天。

その中空に、自らの情焔とともに成海は浮かび上がっていた。そして眼下に望むは新大橋通りを埋め尽くす、妖怪、あやかし、名状しがたきもの――つまりは異形の徒の群れ、群れ、群れ。

「さあさ、皆々様方！　どうぞ何卒、お力をお貸しくださりませい！」

浮遊する山車の上で、魚ノ丞が両手に扇子を広げ、声を張り上げる。
びぃん、とカナが五弦琵琶を鳴らし——大合唱が、始まった。

ひい
ふう
みい、と
そりゃそうりゃそれで
じゅうぶんさ

聞き憶えのある調べ——成海はうっそりと目を細め、耳を傾ける。
初めてこの夜行に訪れたときに聞いた、あの歌だ。

ひい　ふう　みい
ひい　ふう　みい、と、
かぞえつづけておだいじん
そりゃそうりゃそれで
うきよばらいにゃ　じゅうぶんさ
こんどはこちらに　おいでやおいで

さあさ　いっしょにあそびましょ

夜行の客人たちが、笑いかけてくれるのが見える。

彼らが、彼女らが、そういう言葉でくくり得ないものたちが、銘々の歌い方で、各々の踊り方で、中空に浮かぶ成海とその情焔をあやす。

辺り一面に降りしきる銀の紙雪が、ふわ、ふわりと舞い落ちた。

荒ぶる情焔はひとつ、またひとつとその身を委ねていく。

そりゃそうりゃそれで、そりゃそうりゃそれで――

繰り返された節が静かに止むと、魚ノ丞が深と、変調の音を響かせた。

ひい　ふう　みい
ひい　ふう　みい、と、
ほかのだれかの　ちりあくた
かかえこんでる　おじょうさん
そのうで　だれの
だれの　だれの　だれの

彼は袂から取り出した紙吹雪をまた一握、放り投げる。

それは夜行の熱気に吹き上げられて、続く歌とともに、成海の許へ降り注ぐ。

そのうで　だれの
ちがう　あなたの

成海の猛る情焔は、銀の紙吹雪に鎮められ、ゆっくり、ゆっくりとひとつにまとまっていく。安穏なる揺りかごにあやされて、成海は彼の紡ぐ言祝(ことほ)ぎに、心静かに、耳を澄ませた。

そのうでは　あなたの　たからをいだく　ためにあり
そのあしは　あなたの　ゆくすえあるく　ためにあり
そのくちは　あなたの　みこころみたす　ためにあり
そのはなは　あなたの　さちかぎわける　ためにあり
そのみみは　あなたの　あいのねをきく　ためにあり
そのめめは　あなたの　あしたをうつす　ためにあり

カナがひときわ大きく琵琶を弾き、

あなたは　あなたが　あなたをいきる
ただそれだけの　ためにある

朗と魚ノ丞が歌を結ぶと、

――カッ！

と、目の眩む閃光が辺りに走って――

そうっと、成海は瞼を押し上げる。

気づけば、地上……新大橋通りの車道に座り込んでいた。何度か瞬くと、視界が明瞭になる――そしてその膝の上にあるものを、両の手に確かに掴んで、眼前にかざした。

「ああ、やはり――」

傍らに立つ魚ノ丞が、感嘆の声を漏らす。

「げに天晴れな青海波――お嬢さんのみこころはきっと然様なると、かねてより夢想したとおりでござんした」

白線に連なる波模様――描かれているのは、たったそれだけ。しかしその上に、星くずを砕いてまぶしたような、細やかな煌めきが宿っている。小さなさざ波がゆっくりと行く末までに広がって、やがて大きな海と成る――その息衝きが、ありありと感じられた。

そして、波間の地に染め抜かれているのは、地辺と天辺とで異なる色彩だ。真夜中の海の藍が視線を上げていく中で徐々に明るくなって、やがて――

「おや、」魚ノ丞が手を眉間にかざした。「……夜明けだ」

新大橋の上に、いつの間にか日が昇っていた。

金色の太陽が差し向ける曙光にむずかって、成海の膝の上で寝ていた彼女が、身じろぎする。額に貼りついた前髪を指で優しく掻き分けてやると、彼女はゆっくり瞼を開き、その視界に成海を捉え――微笑んだ。

「……おはよう」

「おはよう……あたし」

百鬼夜行が流れたあと、まだなんとなく離れられないでいた成海を魚ノ丞が誘って、隅田川の河川敷を並んで歩いていた。

両端には魚ノ丞と成海。魚ノ丞の手はカナにつながれて、カナのもう一方の手がつながれているのは成海……ではあったが、その姿は彼と同じくらい小さい。

土蜘蛛——の化けの皮を脱いだ幼い頃の成海が、そこにいた。

しゃれっ気のないぼさぼさとしたおかっぱに、Tシャツに短パン、よく焼けた肌にすりむけた膝小僧……あの夏の日、採ってきた蝉を晴海屋の店内に放してしまって怒られたときそのままの姿だ。

その小さい手のもう片方を握っている二五歳の成海は、首を傾げた。

「なんであたしたち、まだ別々に離れたままなんだろう……?」

「そりゃそうりゃそりゃ、お嬢さん、ささいなことですよ」魚ノ丞が何の気なく言う。「分かたれたみこころが元のひとつに戻るのには、それなりの時間が必要なんでござんす。慌てず、焦らず、冷静に……そいつが何よりの薬ってやつですよ」

「そーだそーだ!」幼い成海がブンブンと手を振る。「勝手に追い出しといて急に帰って来いなんて、ムシがよすぎ!」

「うっ……そりゃ、まあ……そうだね」

小さい自分の偉ぶっている姿がなんだかおかしくて、クスクスと成海は笑ってしまった。

「まぁ、」魚ノ丞が言う。「そう心配することもござんせん。ちょっと離れやすくなってるとはいえ、お嬢さんはご自身の片割れがここにいるとちゃあんと把握してるんですから、前みたいに難儀することも少なくなっていきますよ」

「ええ、それは……わかってます」

ずっと苛まれてきたあの頭痛は、今ではまるで嘘のように消え去っている。あれは心の殻を失ったせいで胸から溢れる情焔に対処しきれず、頭の中の理性がずっとブレーキをかけようとしていた――その折に催していたのだと、成海は自ずと理解していた。

だがそんな彼女を魚ノ丞は驚いたような顔で見てくるので、首を傾げる。

「なんですか？」

「いやぁ……えらくすっきりされたなぁと思いまして」

「ああ……そうですね。そう言われれば……自分でも、びっくりしてます」

はは、と成海は気の抜けた笑いを浮かべた。

「……おかしいですよね。このあと目が醒めたら、布団の中にいるのは転職活動連敗中のまったく冴えない猪瀬成海のまま……いやだったことだって、何ひとつ変わってやしない。なのに――なんでだろ」

成海は視線を落として、手をつないでいる彼女を見遣る。

彼女は――幼い日の姿をしたもうひとりの自分は、にかっと朝日のように笑ってくれた。

自然と、成海も笑い返す。

「――なんか、まぁ、なんとかなるかなって！　……そんな気分なんですよね、今」

「なるほど……実に、お嬢さんらしい」

荒唐無稽な言い分を、魚ノ丞はからりと笑って受け止めてくれた。

それだけのことが嬉しくて、成海の口はつい軽くなってしまう。

「転職活動も、一回ストップしようかなって考えてます。やみくもに働くだけじゃ、きっとまた潰れちゃう……きちんとばあちゃんにも相談して、まだしばらくは晴海屋に居候させてもらおうかと」

「ええ、ええ、それがようござんす。雪魚堂も、カナの一件を始めお嬢さんがたには大変お世話になりましたからね、じきそれに見合ったご縁が訪いましょうな」

「へ？　何言ってるんですか魚ノ丞さん。ご縁払いならもうとっくに頂きましたよ？」

「……うん？」

典雅な面差しをきょとんと崩す彼がおもしろくて愉快な心持ちになりながら、成海は得意満面で返す。

「魚ノ丞さんと、カナくんと、たくさんのお客さん――それに何より、あたし自身。もうこんなに、大切なご縁を頂きました。だから今度は、あたしが返す番！」

成海はカナを見つめ、胸の中の情焔を滾らせ誓う。

「約束、したもんね――カナくんを、ひとりで苦しめないで済む方法見つけるって。あたし、全然諦めてませんから！」

よほど驚いたのか、魚ノ丞は足まで止めてぽかんと口を開けている。

　だがすぐその口許が震えて——腹を抱えて大笑いし始めた。

「あっははははは！　ああ、愉快、愉快だねぇ！　お嬢さんと一緒にいると、本当に……………ははははっ、あっはははは！」

「ちょっと！　カッコよく決めたのになんですか、バカにして！」

「いや、そうじゃなくて……はははははっ！　なぁ、カナ、おまえにも聞こえりゃよかったのに……まったく美事なるあの啖呵！」

　魚ノ丞は屈んで、カナの顔を覗きこんだ。そしてぴたりと笑い止む。

　訝しんで訊ねる前に、成海はその理由を知った。


「……な、の」


か細い声。聞き憶えのない、その音は——カナの小さな唇から零れたものだ。

　少年は、これまで焦点の定まらなかった黒い双眸を魚ノ丞にひたと据えてもう一度、「な、の」と呟いた。呆然としたまま、魚ノ丞はこくこく頷く。それを見届けて、カナはゆっくり首をめぐらし——成海を見た。

「……な、み」

　魚ノ丞と同じように、成海もこくこく頷くしかできない。この状況の意味を彼女が理解する——より先に、カナの視線はまたも移って、もうひとりの小さな成海を見る。そして名前を呼ぶ……のではなく、首を傾げた。

「…………？」

「ん？　あたしの名前、わからない？」

「…………」

「んー、確かにあたしもナルミだけど、それじゃあ紛らわしーもんね」

彼女は少し悩んでいたが、すぐニカっと笑った。

「めんどっちーから、小ナルでいーよ」

「……こ、な、る」

「そ！　あんたは？」

もうひとりの成海──小ナルの問いに、カナは口を噤む。

その頭を、ポンポンと優しくなでたのは魚ノ丞だ。

「まったくもってシンプルイズベストに、〝仮〟の〝名〟前で〝カナ〟。本名は絶賛募集中なのでご応募お待ちして……いたんですか、いささか待つのも倦んじまいましたね」

彼はすっくと立ち上がり、成海にひとつ目を瞑って見せた。

「ひとりで苦しませない方法とともに、真の名前も探しに参るとしますか」

「……！　はいっ！」

「おー！」

成海の返事に、勢いよく小ナルも続く。カナはそれ以上何も言わずにいたが──その口許には、淡い笑みが結ばれていた。

それを見つけて、成海は胸の中の情焔が、またひとつ、熱く燃えるのを感じる。

この熱があれば、もう迷うことはない。

自分が誰かもわからない暗闇の中、縋るようにして握りしめていた〝ふつう〟という名の燈火――それはそれで、これまでの自分には、確かに必要なものだった。

でも昨晩、あの百鬼夜行の最中手放したきり、もう戻りもしなかった。


だから、あれが、おわり。

〝ふつう〟に子ども時代を経て、

〝ふつう〟に成人し、

〝ふつう〟に社会に出、

〝ふつう〟に挫折せども、

〝ふつう〟に立ち上がり、

〝ふつう〟にもがき、あがき、みうしない――


そんな〝ふつう〟尽くしの二五年間を生きてきた彼女の、

〝ふつう〟三昧の人生の、あれが、おわり。

そして今ここで、数多のご縁の先に拓かれた夜明けの道を歩く彼女の――
他の誰でもない猪瀬成海の人生の、

これが、はじまり。

夜が明け、街もようようと目覚め始める――


通勤する者の姿すらまばらの新大橋通りを猪瀬菜穂海は渡っていく。

向かう先は浜町と人形町の境にある、緑道だ。梢を揺らす風は秋の終わりの冷たさを孕んでいたが、どてらを一枚羽織ったばかりの菜穂海の足取りは怯むことなく、やがてひとつのベンチまで辿りつく。右端に座ると、手にしていた小さな風呂敷包みを脇に置き、ベンチに背をもたせ掛けた。

うす雲を刷毛で伸ばしたような小春日和の空を眺めながら、

「折り紙を教えてくれ、と頼まれたよ」

ぽつりと、そう呟く。

「洒落た青海波の柄の千代紙を持ってきてね。とはいえあたしは菓子を作る以外のことにゃあとんと機微が疎いもんで、いい歳した孫とふたりで頭付き合わせて、あーでもない、こーでもない、と紙をしわくちゃにしながらなんとかやっとで、鶴を折った」

普段は一分の隙なく結ばれている菜穂海の口許が、珍しく綻んだ。

「ああいうのは、あの人の仕事だったからね――でも、成海は、」

彼女は視線を、膝の上に乗せた拳に転じる。

「できあがった鶴を、後生大事に見つめていた……」

――新大橋通りを走る車の音が、ときおり静かに届く。

「そのとき、ぽろりと零したんだ――ずっと昔、小さい頃、『弟と妹、どちらがほしい？』と父親から訊かれて、なにも答えられなかったんだと」

ふう、と菜穂海はひとつため息を吐いた。

「その理由までは口にしなかったよ。本人もわかっていないんだろう。ただ、あたしはなぁんとなくわかる……家族の中で、居場所がなくなるような気がしたんだろうね。下の子なんていなくたって自分が十分かすがいになってみせる、と。夏にうちに来ていた小学生の時分から、あの子はそういうのに聡かった――聡すぎたんだ。だから一番近くにいる父親と母親の仲が軋んでいくのだって、否応にも悟っていた」

ぎっと歯を食いしばる――面差しに、苦渋が広がっていく。

「父親は、〝家族〟という体裁が整えば自ずと幸福が訪れると思っていたんだろう……そんな傲慢さの透ける態度に、母親は辟易としていた。そうなるって、あたしは最初からわかっていたよ。あの娘さんは自分で舵を取る類の人間だ。一方的に理想を押し付けてくるようなうちの息子とは、直に合わなくなるって、だから言ったのに、」

そこで、ハッと気づいたように言葉が途切れた。

いつもは機敏に働く彼女の右手が、鈍重な動きで顔を覆う。

「……ああ、それがよくなかった」

一層、こもるため息。

「あたしが一から十まで指図するのが、ずっと息子は気に喰わなかったんだ……それを見るだけで止めようとしない親父のことも。その反発が家族神話への憧れになって、うちを出た。〝ふつう〟の家庭を作ろうと躍起になって――破綻して。その咎を受けるべきはあたしだというのに……成海ひとりがぜんぶ、背負わされてしまった」

しばらく菜穂海はそうして俯いていた……だが右手を静かに下ろすと、自身の左方――ベンチのもう片側に、つい、と視線を向けた。

「でもそれを、あんたが助けてくれた……そこにいるんだろう、魚ノ丞さん」

彼女の話に黙って耳を傾けていた銀白髪の男は、黒い丸眼鏡に秘した眼差しを菜穂海に向ける。

「――誰も悪くなんかありゃしませんよ。あなた、必死にがんばったじゃあないですか」

そうして、彼と彼女はしばらく見つめ合っていた――形の上では。

やがて菜穂海は目を逸らし、わかっていたことを確かめ終えたようにゆるく頭を振った。

「……ああ、だめだね。やっぱりなにも見えや、聞こえやしない。でも――」

「今お客さんの心には、在りし日の記憶がほんの少し浮かび上がっている。雪魚堂で、あの百鬼夜行で過ごした、少女時代の想い出が」

「成海からあの店の名を聞くまで、すっかり忘れていたよ……でも、あたしの胸の中にゃあ、ずっと在り続けたんだ――」

再びベンチに背を預け、菜穂海は碧さを増していく秋の空を見上げた。

その遥か先、とうに通り過ぎた光景に想いを馳せるように。

「人の心の模様をうつしとった紙を扱う問屋に、自由奔放な妖怪どもの百鬼夜行……そんな夢かうつつみたいな情景の中に、自分もいた。そのおぼろな記憶をはっきりさせたくて、あれこれ本の記述を漁ったこともあった。でもそうしているうちに、あの人と出逢って、晴海屋を立ち上げて……いつの間にだか、考えることすら忘れていた」

「ええ、ええ――そのための手前どもですから」

魚ノ丞は頷くも、口の端に苦いものを滲ませる。

「惜しむらくは、その後だ……みこころを結ぶまでに愛おしいお方と廻りあい、ともに支えあいながら道を歩んだとて、一切のご苦労が滅されたわけじゃあなかったことでしょう。お客さんの情焔は人一倍、激しい。しかし手前どもは——雪魚堂は——」

ははは、と誰に聞き届けられるでもない自嘲の笑みが零れる。

「不要、と命じられ、閉鎖されておったのです。戦後から高度経済成長を迎え、ご縁の調和を図るよりは一極に集中することによって、現世の交流を活性化させようと……それが、時流の裁断でした。流天の旦那は始終反対し、偏ることで零れ落ちるものの重大さを説いて回りましたが……それが実ったのは、ようやく今時分になってからでござんした」

彼は眦から零れ落ちるものを押し留めんと、天を仰ぐ。

「あなたに……そしてあなたの大切な方々に……そして、がんばることしか許されなかった皆々様方に、寄り添うことができなかった——慚愧の念に堪えません」

「だけど、それでも——あたしの心を守ってくれていたのは、あの日々さ」

晴れ晴れとしたその声に、魚ノ丞は彼女を見遣った。

菜穂海は、笑っていた。

「……きっと、これも直に忘れちまうんだろう。そうなる前にと思ってね。うちで作ったまんじゅうだよ、食べとくれ」

彼女はベンチに置いた風呂敷包みを、ぽんぽんと叩いて、立ち上がる。

「まぁ、そこにいるんだかわからないし、無駄になるかもしれないが……そりゃそうりゃ、それで、またよかろうさ」

そう言い残して、あとはもう未練などなく踵を返し、彼女は彼女の居場所へと戻っていった。

その背を見送って、見えなくなって、少しの間惚けて……ようやく、魚ノ丞は風呂敷包みに手を伸ばした。結び目を解くと、中から出てきたのは見覚えのあるまんじゅうだった。触れると、包装フィルムごしにも熱を感じる――出来上がったばかりのものだ。うやうやしい所作でフィルムを剥き、神酒に口づけるようにひとくち食む。

「――ええ、ええ。大変おいしゅうござんすよ」

そうしていずれ食べ終わり――

彼もまた、彼の居場所へと戻っていく。

己が情焔に惑う誰かを迎えるための、夢かうつつかも定かでない、あの紙問屋へと。

あとがき、に代えて

「ちがうちがう！　もー、小ナル、何度言ったらわかるの？　だから、折り目つけるときは指の腹使うんだって。そんなに爪でギュッてやったら……あー！　ほら、破いたぁ！」

「うっせーうっせーうっせーわ！　あーナルミがギャーギャー言うから手元狂った〜！」

「はァー?!　なんですか、自分に向かってその口の利き方は！」

「自分だからだし？　てか、そっちもヒトのこと言えないくらいグチャグチャじゃん！」

そう言われては立つ瀬もない成海です。絶賛分離中のもうひとりの自分……こと、小ナルに対し、オトナの貫禄を見せつけようとあれこれ折り紙指南しようとしたものの、一向に指図を聞かないわ、むしろアラを指摘されてしまうわ、まったくいいところがありません。

離れたまんまの小ナルとまたひとつになるため、彼女を預かってくれている雪魚堂を訪れては交流を試みようとする成海でしたが、だいたい毎回なんやかんやでケンカしてしまいます。お互いとにかく大声なのでシンバルを打ち鳴らしまくるような有り様でしたが、一緒に店番しているカナはどこ吹く風で、窓際の安楽椅子の上でうつらうつらと舟を漕ぎ、ゆうらゆらりと揺られています。何を隠そう、昨日の夜行でも大活躍だったのです。

「おんや、お嬢さんがた、またそんな議論をブンブン回してどうなすったんで」

「魚ノ丞さん、小ナルがまた紙ダメにして！」「そんなんナルミもだし！」

奥の間からひょっこり出てきた黒丸眼鏡の店主名代は、きゃんきゃんとした言い合いにも慣れっこで、彼女たちが持て余した折り紙の失敗作をひょひょいと回収します。

「なぁに、こんなのダメの駄の芽の先っちょほどにも大したこっちゃありゃしません」

謡うように言いながら、彼は丸まった折り紙を広げ……るや否や、ぴりぴりりと千切り始めました。その突拍子もなさに成海も小ナルもプンスコ顔はどこへやら、あんぐり口を開いて見ているしかできません。

まだ折られていなかった千代紙も何枚か破いてしまうと、魚ノ丞は手近な抽斗から糊と葉書を出して、大小様々に千切った破片をペタペタと貼り始めます。ほどなく、色とりどりの鱗を持った魚が葉書の上を泳ぐ光景ができあがりました。

「どうです、ちぎり絵っつうんですよ。ちょうど御礼状をしたためなきゃならんくてね、お嬢さんがた、いくつかこさえるのを手伝ってもらえりゃしませんか？」

そう言われて、成海と小ナルは目くばせをし、照れくさそうに笑い合いました。これにて和平調停と成り、店の奥の座敷に上がってちぎり絵作りに興じだしました。

……が、ここでも張り合って作りすぎたため、皆様のみこころにも左様のごとくちぎり絵葉書をお届けしたく存じます。

本作をエブリスタ連載時から応援してくださった皆様には、晴天満開に咲き誇る桜並木を。

いつも寄り添い励ましてくれる友人の皆様には、清流を涼やかに渡る白銀の魚の群れを。変わらず支えてくれる家族には、軽やかに鈴音を鳴らす久寿玉（くすだま）を。書籍化に際しひと方ならず心を砕いてくださった編集部の皆様、特にご担当くださった尾中様には払暁（ふつぎょう）を迎えた赤富士を。

また、二〇二二年現在、いまだ収束の目途も立たない未曽有のパンデミックの最中、医療・行政の最前線で必死に闘ってくださっている皆様に、凛然と輝く雨上がりの虹の空を。変わってしまった日常の中、絶えず倦まず自らの日々に情焔を灯していらっしゃる皆様に、泰然と歩むうつくしい毛並みの虎の肖像を。

そして、本作を読んでくださったすべての方に、百花繚乱咲き誇る大輪の花火の数々を。筆舌尽くしがたいほどの感謝の念を、千紫万紅の紙雪に託しまして。


「ふーん……まぁ、まぁ、いいんじゃない？」

「そーゆーナルミのもさ、まぁ、まぁ、いいんじゃね？」

「……ふふっ」

「……ひひっ！」

「あたしたちもまたいつか、ひとつに戻るんだろうけど……」

「ま、もーちょっとこうしてても、いーかもね」

「おぅい、お嬢さんがた。品評会はそこそこに、三時のおやつと洒落込みましょうな」

「はい！　そうだ、あそこのお店再開したから、シュークリーム買ってきたんですよ」

「やったー！　おーいカナ、シュークリームだぞ〜。今日こそ食べれたらいいな！」

「…………」


それではどうかまたどこかで、お目にかかれますように。

馬喰町(ばくろちょう)バンドさんの『わたしたち』を聴きながら。

ことのは文庫

夢かうつつの雪魚堂
紙雪の舞う百鬼夜行

2022年5月27日　初版発行

著者　世津路章
発行人　子安喜美子
編集　尾中麻由果
印刷所　株式会社広済堂ネクスト
発行　株式会社マイクロマガジン社
URL:https://micromagazine.co.jp/
〒104-0041
東京都中央区新富1-3-7ヨドコウビル
TEL.03-3206-1641 FAX.03-3551-1208（販売部）
TEL.03-3551-9563 FAX.03-3297-0180（編集部）

本書は、小説投稿サイト「エブリスタ」(https://estar.jp/)に掲載されていた作品を、加筆・修正の上、書籍化したものです。
定価はカバーに印刷されています。

ISBN978-4-86716-289-7　C0193
乱丁、落丁本はお取り替えいたします。